Das Streiflicht

Projektmanagement: Sabine Sternagel, Daniela Wilhelm-Bernstein
Art Director: Stefan Dimitrov
Layout und Satz: Matthias Worsch
Herstellung:Thekla Licht, Hermann Weixler
Druck und Bindearbeiten: Kösel GmbH & Co. KG, Altusried-Krugzell
Printed in Germany

ISBN: 978-3-86497-101-3

Herausgegeben von
Hilmar Klute und Joachim Käppner

Das Streiflicht

Neueste Nachrichten
aus der gedeuteten Welt
2010 bis 2013

Süddeutsche Zeitung Edition

Inhalt

Endlich wieder ein Streiflichtbuch! Endlich wieder eine umfassende Sammlung des Lustigsten, Charmantesten, Feinsten und Klügsten, das in deutscher Sprache möglich ist! So rufen die Freunde dieser Kolumne landauf, landab; sie twittern es und posten es auf Facebook, als gäbe es kein Morgen; in den Foren wird nichts anderes verhandelt als das Bucherereignis der ersten Jahreshälfte und auf Amazon warnen die Händler in alarmistischem Grün: nur noch ein Exemplar auf Lager! So wird es sein, jedenfalls stellen wir uns das so vor. Und, um dem Furor noch ein bisschen Futter zu geben: Es ist ja auch schon eine geraume Weile her, dass dem Leser eine veritable Sammlung mit Streiflichtern in die Hand gedrückt wurde. Seitdem hat sich einiges geändert – Autoren sind weggegangen, andere, jüngere, sind hinzugekommen und die Themen sind heute natürlich auch andere als vor fünf Jahren. Vieles wandelt sich in unserer Welt, Despoten werden aus ihren Ländern verjagt, das Wetter schlägt um, ein paar Tierarten sterben aus, andere werden zufällig entdeckt. Und immer wieder haben wir es mit Menschen zu tun, bekannten und unbekannten, denen Dinge widerfahren oder die Dinge tun, von denen wir Streiflicht-Autoren glauben, sie seien so bemerkenswert, dass wir sie auf 72 eleganten Zeilen erzählen sollten. Natürlich ist eine solche Sammlung von Streiflichtern auch immer ein hübsches Schulterklopf-Projekt: Schaut mal her, liebe Leser, was wir wieder auf die Beine gestellt haben in den letzten drei Jahren. Und das jeden Tag, den Gott werden lässt, und es sind Tage darunter gewesen, in denen die Welt sich wahrlich nicht von ihrer heitersten Seite gezeigt hat. Das ist das eine. Vor allem aber ist diese kostbare Sammlung der schönsten Streiflichter ein Geschenk an die Leser, für die diese Kolumne inzwischen ungleich wichtiger geworden ist als das tägliche Hofpfister-Brot mit Dinkelkruste. Jeden Morgen brandet an den Frühstückstischen ein herzhaftes Gelächter auf, das von frenetischem Applaus begleitet wird, weil wieder einmal ein frisches Streiflicht ins Haus gekommen ist. Wem sonst also kann ein solches Buch gewidmet sein, als unseren täglich aufs Neue entflammten Lesern? Die Antwort: Niemandem natürlich als unseren Lesern, außer womöglich denen, die von heute an unsere Leser sein werden.

München, im Januar 2013
Hilmar Klute

I

Gefühlte Kälte – Das Wetter zwischen Himmel und Hölle

Als Gott gerade dabei war, der Erschaffung Berlins den letzten Schliff zu geben, saßen ihm plötzlich seine PR-Berater im Nacken und nörgelten, dass er bei der Stadtschöpfung wieder nicht an die Familien mit Kindern gedacht habe. Weil Gott aber keine Lust hatte, sich schon wieder mit diesen verschwitzten Strategen an einen Tisch zu setzen, formte er eigenhändig einen dicken Lehmklumpen, nannte ihn aus einer Laune heraus Prenzlauer Berg und pappte das Ding von der Mitte aus gesehen rechts auf Berlin – fertig. Hier sollten in Gottes Namen nur diejenigen wohnen, die Kinder haben oder haben werden oder haben wollen. Leider klappte es nicht sofort, weil erst die Kommunisten dort wohnten und dann die Lyriker, aber inzwischen sind ja diese alten Ideologien abgelöst worden von Frauen und Männern, die Andenmützen auf dem Kopf und einen Säugling vor der Brust tragen. Und Gott sah, dass auch dieses Problem erledigt war.

Leider ist es jetzt auf dem Prenzlauer Berg, liebe Kinder und liebe Eltern, zu einem ganz blöden Missverständnis gekommen. Hier hat nämlich Klaus Schulte, der Betreiber eines kleinen Cafés mit dem lustigen Namen „Niesen“, zwei Räume ausgewiesen: einen für die Kinder zum Spielen, Schreien und Einander-Plastikspielzeug-auf-den-Kopf-Hauen; und einen anderen Raum für Erwachsene zum Dasitzen und Kaffetrinken. Eigentlich ist das gar nichts Schlimmes, früher hielten sich die Kinder auch oft in sogenannten Kinderzimmern auf, während die Erwachsenen in sogenannten Wohnzimmern saßen, rauchten und sich Dinge erzählten, von denen die Kinder nichts wissen durften. Auf dem Prenzlauer Berg ist allerdings ein Quadratmeter, auf welchem kein Kind anzutreffen ist, ein verlorener Quadratmeter, oder genauer: ein Quadratmeter, auf dem die Lebensfreude fehlt, die ja beim Kind, so der in dieser Sache eilends beigesprungene Kinderschutzbund, durch Lärm und Spiel Ausdruck findet.

Nun gibt es andererseits erwachsene Leute, die ihre Lebensfreude zum Beispiel durch Zeitunglesen oder versonnenes Dasitzen ausdrücken. Und da muss ein guter Caféhausbesitzer schauen, dass er beide Seiten zusammen- oder, wie im Fall „Niesen", auseinander bringt. Aber wer auf dem Prenzlauer Berg das Kind von der Welt der Erwachsenen trennt, stellt nicht nur sein Café, sondern das gesamte Projekt Prenzlauer Berg infrage. Wenn aber dieses Theater dort nicht bald aufhört, kann es passieren, dass Gott sich noch einmal einen Lehmklumpen schnappt und oberhalb der Wichertstraße einen eigenen Prenzlauer Berg nur für die Kleinen draufpappt; dort dürfen sie spielen, schreien, Plastikspielzeug auf kleine Köpfe hauen. Und nachmittags können die Eltern dann auf den kleinen Berg steigen und ihre kleinen Kinder abholen. Andenmützen haben sie ja schon. *09. März 2010*

Ernst Jüngers Tagebücher sind das, was man eine echte Fundgrube nennt. Am 24. September 1995 notierte er, dass man *kräuseln* sowohl transitiv als auch intransitiv verwenden könne, dass es für den Botaniker Dahl ein Glück sei, in der Dahlie fortleben zu dürfen, und dass er, Jünger, „als Anarch" nie mit „Heil Hitler!" gegrüßt habe. Anders die Leipziger Arbeiter, die laut Jünger so taten, als benützten sie den Hitlergruß, während sie in Wirklichkeit „Drei Liter!" riefen. Die Verwendung des Hitlergrußes wird vom Gesetz unter Strafe gestellt, was auch für „Drei Liter!" gelten könnte, wenn es unter den obwaltenden Verhältnissen als „Heil Hitler!" aufzufassen wäre. In dem Fall müsste der Rufer nachweisen können, dass er die Parole im Interesse der staatsbürgerlichen Aufklärung oder im Rahmen der Kunstausübung verwendete beziehungsweise dass er tatsächlich drei Liter einer gesamtgesellschaftlich anerkannten Flüssigkeit bestellen wollte.

Es ist jetzt 66 Jahre her, dass der Nazihorror zu Ende ging. Auch dieser „Ausstieg" hinterließ eine Unmenge schwerst kontaminierten Schrotts, darunter Wörter und Floskeln von beängstigend langer Halbwertszeit. Das Zeug strahlt auf seine spezielle Art vor sich hin, und wenn jemand, sei es aus Versehen oder aus Vorsatz, etwas davon aufklaubt, schreit alles auf und hält sich, wie in den fünfziger Jahren eingeübt, die Aktentasche über den Kopf. Der letzte größere Vorfall passierte vor einem Jahr. Damals mutmaßte die Moderatorin Katrin Müller-Hohenstein, dass ein bestimmtes Tor für Miroslav Klose „ein innerer Reichsparteitag" gewesen sein müsse. Es gab ziemlich viel Wind – ein reines Wunder, dass man dem Ko-Moderator nicht unterstellte, er sei Adolf Hitler in der Maske von Olli Kahn. Die aktuelle Causa ist schon etwas älter, wurde aber erst jetzt gerichtlich beigelegt. Diesmal war es ein Bereichsleiter, der sich im Ton vergriffen hatte. Als er von der Sekretärin des Verkaufsleiters an fehlende Umsatzmeldungen erinnert wurde, sagte er: „Jawohl, mein Führer!“ und wurde daraufhin ohne Abmahnung gekündigt. Das war unangemessen, doch hat das Landesarbeitsgericht Mainz keine Mühen gescheut, auch das Unpassende an dem Nazispruch herauszuarbeiten. Insbesondere warnt es davor, dergleichen als kabarettistische oder humoristische Aufarbeitung des Dritten Reichs auszugeben – ein seit jeher recht schleißiges Deckmäntelchen.

Wie die Stimmung bei dem Discounter ist, weiß man nicht. Vielleicht verträgt man sich, vielleicht nicht. Sollte letzteres der Fall sein und der Bereichsleiter wieder mal einbestellt werden, sei ihm zu einer Reaktion à la Ernst Jünger geraten. Also: rein ins Vorzimmer und der Sekretärin mit gekräuselten Lippen eine Dahlie überreichen, und wenn die Gute dann fragt, wie viel Wasser die Blume braucht, stur „Drei Liter!“ rufen. *4./5. Juni 2011*

Die Älteren unter uns erinnern sich vielleicht noch ans Wunschkonzert und im Rahmen dieser Gesamterinnerung an ein Lied, das an Goldglanz alle anderen Lieder überstrahlte. Es hieß „Die alten Leut'" und wurde, bei diesem Titel nicht weiter verwunderlich, zu hohen runden Geburtstagen gespielt. Was den Jubilaren regelmäßig die Träne – in diesem Zusammenhang wohl besser: die Zähre – ins Auge trieb, war folgende Stelle: „A oida Mensch, der kimmt ma füa / als wiar a Gotteshaus, / denn von der Kirch und de oidn Leut, / da geht der Segen aus." Unter den Vergleichen ist der mit einer Kirche schwer zu überbieten. Entsprechend selten wird er verwendet, und es wäre in der Tat lächerlich und grotesk, wenn sich jemand in frischer Begeisterung dazu hinreißen ließe zu sagen, dass ihm die eben im Café verzehrte Malakofftorte „wie ein Gotteshaus" vorkomme. Umso erstaunlicher, dass nun der Schauspieler Ulrich Tukur die Meinung vertritt, die Krimireihe „Tatort" sei „eine Kirche mit einer großen, gläubigen Gemeinde".

Das geht über einen Vergleich weit hinaus und ist so zu verstehen, dass der „Tatort" mittlerweile in die Reihe der Religionsgemeinschaften aufgerückt ist und in einer Liga mit den Mennoniten, Quäkern und Zeugen Jehovas spielt, wenn nicht gar in der Klasse der Großbekenntnisse. Es unterliegt keinem Zweifel, dass diese Sonntagabendserie um einiges besser besucht ist als die Sonntagvormittagsgottesdienste, und was ihre Hauptzelebranten angeht, so haben die meisten Gläubigen sie wie am Schnürchen parat: Lindholm, Ballauf, Schenk, Thiel, Boerne, Odenthal, Batic, Leitmayr und so weiter, nicht zu reden von Ruhestandsgeistlichen wie den Benefiziaten Stoever und „Brocki“ Brockmöller. Tukur, der selbst als Ermittler wirkt, hat den Kirchenvergleich freilich nicht zur Selbstfeier angestellt, sondern zur Abwehr des Bösen, in dem Fall personifiziert durch Til Schweiger, der seinerseits demnächst als Kommissar in die Serie einsteigen soll.

Schweiger hat sich am heiligsten der dieser Kirche heiligen Zeichen vergriffen, nämlich an dem berühmten Intro, in dem ein eisblaues Augenpaar, ein Fadenkreuz, zwei schützend vorgehaltene Arme und zwei fliehende Beine zu einer Ikone des Vorspanns geronnen sind. Wie er sich vergriffen hat? Nun, er nannte diesen Vorspann „outdated“ und „scheiße“, und wer sich ein Bild davon macht, wie Schweiger dabei näselte und die Mundwinkel nach unten zog, der versteht, warum sich jetzt die ganze „Tatort“-Gemeinde samt ihrer hohen und niederen Geistlichkeit auf ihn stürzt. Nun hat sich auch noch der Bund Deutscher Kriminalbeamter in die Fahndung eingeschaltet und rät dem Neuen zu mehr Demut. Alles in allem wird Schweiger als der Kommissar in die Geschichte des „Tatorts“ eingehen, der sich schon vor Amtsantritt voll ins Knie geschossen hat. *19. April 2012*

Günther Jauch ist keiner, vor dem man sich großartig fürchten müsste, sondern im Gegenteil ein ganz, ganz Netter. Und doch ging es, als er am Sonntagabend seinen Talk anmoderierte, wie ein kalter Hauch durch die deutschen Wohnzimmer, und doch war es, als sei auch das Nette nichts als des Schrecklichen Anfang. Das kam daher, dass er seinen Gast, die Bundeskanzlerin, mit einem Hinweis auf Kaiserin Sissi einzuführen suchte, deren vom Film her bekannte Schicksalsjahre in Angela Merkels bevorstehenden Schicksalstagen demnächst möglicherweise eine Fortsetzung fänden. Mensch Jauch, dachte man sich, nun halt aber schnell die Luft an, damit du am Ende nicht auch noch auf das Mordwerkzeug des Attentäters Luigi Lucheni zu sprechen kommst, die berühmte Feile, und von da aus auf die wenig ausgefeilte Systematik des Euro-Rettungsschirms!

Jauch wäre nicht Jauch, hätte er die Kurve nicht gekriegt, und der Vergleich Sissi/Merkel ist damit vom Tisch. Desto deutlicher tritt jetzt jener andere Vergleich hervor, den Benedikt XVI. bereits am Samstag im Gespräch mit Ministerpräsident Winfried Kretschmann anstellte. Es ging bei dem kleinen Plausch um Stuttgart 21, das umstrittene Bahnhofsprojekt, und da sagte der Papst, dass er in seiner Kirche vor einem ganz ähnlichen Problem stehe, dem Problem nämlich, die pluralistisch auseinanderdriftenden Kräfte zusammenzuhalten. So behutsam das formuliert ist, so klar ist es in der Botschaft: Es sind die Wutchristen in ihrem alle Lebensbereiche durchdringenden Relativismus, die sich seiner Leitung entgegenstellen. Schief ist der Vergleich nur in dem Punkt, dass diese Leute die Kirche weiter unten haben wollen, während es den Stuttgarter Wutbürgern darum geht, den Bahnhof oben zu lassen.

Der Bibel zufolge gleicht das Himmelreich unter anderem einem im Acker vergrabenen Schatz, einem Senfkorn, aus dem ein Baum wächst, und einem Sauerteig, den eine Frau unter drei Scheffel Mehl mengt, bis alles durchsäuert ist. Könnte man in freier Fortführung des Papstvergleichs nicht sagen, dass das Himmelreich auch einem Bahnhof gleich ist, und zwar einem Kopfbahnhof, weil dort die Fahrt zunächst einmal endet? Insofern wäre es natürlich völlig unsinnig, diesen Bahnhof nach unten zu verlegen, denn wer sollte schon ein Interesse daran haben, aus dem Himmelreich auf der anderen Seite wieder hinauszufahren. Theologisch steckt also in dem Vergleich Himmel/Bahnhof einiger Zunder, wohingegen es zu nichts führt, die Kirche, die ja auch ihre Schicksalsjahre zu absolvieren hat, mit der Kaiserin Sissi zu vergleichen. Sehr wohl aber kann man Sissi mit einem Sauerteig vergleichen, den Ernst Marischka 1955 ff. in etliche Scheffel Film mengte. Der Teig ging wunderbar auf, und von den Kipferln, die daraus erwuchsen, wurden alle satt, ja übersatt. *27. September 2011*

Von den apokalyptischen Reitern hatte der erste ein weißes Pferd; er führte den Bogen. Der zweite saß auf einem roten Pferd und hatte ein großes Schwert. Des dritten Pferd war schwarz, sein Zeichen die Waage. Der vierte aber, der auf einem Falben ritt, das war der Tod. Den fünften hat der Johannes der Offenbarung nicht gesehen, dafür der Meteorologe Dominik Jung von wetter.net. Dieser Reiter kommt aus den Tiefen Sibiriens, sein Name ist „Hoch Cooper", und was er schwingt, das ist „die russische Kältepeitsche". Unserer Rechnung zufolge müsste er Kasan schon hinter sich gelassen haben und auf Moskau zureiten. Jedenfalls wird er in der zweiten Wochenhälfte hier einfallen und seine Peitsche schwingen über Gerechte wie Ungerechte, und die Bewohner des Landes werden Wollmützen aufsetzen und sagen, dass es nun *gefühlte* 30 Grad minus habe.

Es lässt sich nicht genau feststellen, wann das Wort *gefühlt* aus der Reihe der Partizipien ausscherte und den Formenkreis des Vermeintlichen, Mutmaßlichen und Scheinbaren fast diktatorisch zu beherrschen begann. Der Prozess erinnert an Vorgänge wie die, dass Tiere in Gebiete, in denen sie nicht heimisch sind, eingeschleppt werden, sich dort explosionsartig vermehren und das Gleichgewicht der Arten gefährden. Man nennt das Bioinvasion, doch anders als das nach Australien eingeschleppte Kaninchen oder die nach Guam verpflanzte Baumnatter war das Wort *gefühlt* im Deutschen ja heimisch und hoch geachtet. Es muss in ihm selbst etwas vorgegangen sein, eine Kannibalisierung in dem Sinn, dass es in konkurrierende Wörter eindrang und sie von innen her zersetzte oder auffraß. Seitdem haben wir die *gefühlte* Inflation, *gefühlte* Krisen, Krankheiten und Fußballsiege, *gefühlte* Wahrheiten, den *gefühlten* Bundespräsidenten Gauck und Harald Martensteins „Gefühlte Nähe“, einen *gefühlten* Roman.

Die weitaus gefühltesten Sujets sind die *gefühlten* Temperaturen, und so verwundert es nicht, dass sich auch bei der russischen Kältepeitsche nichts Genaues sagen lässt. Statt uns mit soliden 14 oder 19 oder 23 Grad unter null zu konfrontieren, weissagt der Deutsche Wetterdienst, dass „der bockige Ostwind ... auch tagsüber die *gefühlten* Temperaturen immer im zweistelligen Minusbereich halten“ wird. Übersetzt heißt das, dass die echte Temperatur unter zehn Grad sinken kann, wenn auch nach allgemeiner Lebenserfahrung nicht unter 50 Grad (außer am Funtensee, dort wird man 70 bis 80 Grad messen). Wir haben oben gehört, dass die Pferde der apokalyptischen Reiter weiß, rot, schwarz und falb waren. Von „Hoch Coopers“ Pferd war dabei nicht die Rede, und jetzt kennen wir auch den Grund dafür. Cooper hat gar kein Pferd, er reitet den Bock Ostwind. Und warum? Weil Pferde das *gefühlte* Sausen der Kältepeitsche noch mehr als wir scheuen. *31. Januar 2012*

Wenn eines Tages die Allgebrauchslampe, in der Fachwelt abgekürzt als A-Lampe oder AGL, nicht zu kaufen sein wird, ist nicht nur eine Ära der Energieverschwendung zu Ende gegangen. Auch eine der zentralen Darbietungen des Hausmeisters wird mit der Glühbirne verschwunden sein. Generationen von ihnen durften nämlich, bestaunt von Kindern und Großmüttern, mit großem Tamtam das Heldenstück „Vom Wechseln einer Birne, mit Gefühl und deutscher Ingenieurskunst" aufführen. Diese Spezialisten wussten sich nach sorgfältiger Begutachtung des Schauplatzes mittels souveräner Handhabung des Birnenschraubsockels in Fluren und Hauseingängen als Ritter der Stehleiter aufzuspielen. Daraus bezogen sie das Recht, alle Mitbewohner schurigeln zu können, schließlich waren sie die Herren über Licht und Finsternis. Nun, ihr Einsatz wird bei der Energiesparlampe nie mehr nötig sein, weil die Dinger ja angeblich laut Herstellerangaben ewig halten sollen.

Dass aber in einer immer komplexer werdenden Welt selbst auf einfachste Vorgänge kein Verlass mehr ist, hat sich nun in England gezeigt. Schauplatz des Geschehens ist Cheltenham. Der englische Badeort verfügt über mehrere Mineralquellen, denen eine heilende Wirkung nachgesagt wird, und gilt als wohlhabende Stadt. Das hat wohl auch damit zu tun, dass sich hier, wie in den meisten Bade-Städten der Welt, bevorzugt reiche Menschen niederlassen. Einer von ihnen ist einer Sache auf den Grund gegangen, die in vielen anderen Städten unbeachtet vonstatten gegangen wäre. Es ging um den aufgrund des klar umrissenen Auftrags eher glanzlosen, aber für die Infrastruktur funktionierender Gemeinwesen wichtigen Vorgang des Glühbirnenwechsels im öffentlichen Raum. Der Pensionär Jack Doran hat dank akribischer Beobachtung festgehalten, dass die städtische Verwaltung 46 Tage gebraucht hat, um eine defekte Glühbirne in einer Straßenlaterne auszuwechseln. Doran protokollierte von seinem Heim an der Prestbury Road aus, dass Mitarbeiter der öffentlichen Verwaltung, unterstützt von Polizeibeamten, insgesamt zwölf Besuche an der Straßenlaterne Nr. 49 Prestbury Road benötigten, um die defekte Birne zu entfernen und durch eine funktionierende zu ersetzen.

Wäre die Welt ein Witz – und nichts liegt uns ferner, als eine solche Behauptung aufzustellen –, dann könnte man sich jetzt auf einen der wenigen erinnerungswürdigen Ostfriesenwitze besinnen, demzufolge 100 Ostfriesen benötigt werden, um nördlich von Emden eine Glühbirne auszuwechseln: Einen, der die Birne hält, und 99, die das Haus drehen. Seit Cheltenham aber wissen wir endlich, wie lange es dauert, wenn einer die Birne an die Fassung hält, während sich die Welt fassungslos um sich selbst und die Prestbury Road dreht. *29. Oktober 2011*

Der Wert eines Wortes bemisst sich nicht zuletzt daran, wie häufig es gesprochen oder geschrieben wird. Es gibt wendige Wörter wie und oder dann, sie müssen um ihr Dasein kaum bangen, als williger Kitt lassen sie sich in fast allen Sätzen verbauen. Wörter aber, die keiner schreibt oder redet, sind wertlos, weil sie vergessen werden. Der Pfennigfuchser hat sich nach der Währungsreform in einem nachtdunklen Bau verkrochen, dass er noch nicht ausgestorben ist, muss dem Zeitgeist angelastet werden. Dem Bandsalat geht es nicht besser (die Digitalisierung wird ihn eines Tages verspeisen), und Fisimatenten waren schon immer Mumpitz. Doch gibt es Wörter, um die zu kämpfen sich lohnt, das Läuten zum Beispiel, es droht nämlich ebenfalls zu verstummen. Dabei war die Welt nie lauter als heute, es klingelt und surrt ja überall. Nur scheint in diesem Brei kaum noch einer das Läuten zu vernehmen, und wenn doch, dann als Lärm – oder als feierliches Getöse, wenn die sogenannten Hochzeitsglocken läuten.

In Deutschland läutet es auch des Mittags, seit genau 555 Jahren. Die Türken standen vor Belgrad, Papst Calixtus III. stand vor der Frage, wie er dem Verteidiger der Festung, Johann Hunyadi, denn helfen könnte. Die Möglichkeiten der Metaphysik sind in Kriegsfragen begrenzt, der Papst ordnete also Fürbitten an: Jeder Christ habe während des Geläuts zur Mittagszeit drei Vaterunser und drei Ave Maria zu beten. Bald danach standen die Türken nicht mehr vor Belgrad, entweder lagen sie dort oder waren geflüchtet, und mit ihnen die Wahrheit, wie stets im Krieg. Der Papst erklärte Geläut und Gebet im Nachhinein für schlachtentscheidend. Aus Dankbarkeit für den göttlichen Beistand gegen die Türken ordnete er an, die Glocken fortan regelmäßig zu läuten – und was soll man sagen, sie läuten bis heute. Aber auch Johannes Hunyadi, der mit seinen Truppen ganz weltlich gearbeitet hatte, ist nicht völlig vergessen. Er lebt weiter: einerseits in der unvergleichlichen Hunyadi-Torte, andererseits als Anagramm im Namen eines koreanischen Autoherstellers.

Welchen Sinn hat das Mittagsläuten heute? Es ist ein Ritus, eine Mahnung *pro pace*, und Frieden ist doch immer gut. Als Türkenglocke und heiliger Bimbam wider die Osmanen haben die Glocken freilich ausgeklöppelt. Die Türken stehen zwar wieder vor Europa, aber diesmal bitten sie geduldig um Einlass. Und gewarnt wird vor ihnen ja genug, von unbequemen oder auch bequemen Geistern, die Bücher schreiben, in denen zum Beispiel steht, dass Deutschland sich abzuschaffen droht. Diese Schriften sind buchstäbliche Alarmglocken, nach deren Lektüre sich zumindest die Einsicht einstellt, dass niemand sich um die Angst in diesem Lande zu ängstigen braucht – auf die deutsche Läutkultur war schließlich noch immer Verlass.

30. Juni 2011

Jeden Tag wälzt Sisyphos seinen Stein auf einen Berg. Er schwitzt und ächzt und seufzt, und fast hat er es geschafft: Er kugelt den schweren Brocken eben über die Kante, da gleitet er ihm aus den Armen und poltert zu Tal. Die Arbeit, zu der die Götter ihn verdammt haben, beginnt von Neuem. Wieder unten ansetzen, wieder die Mühsal des Aufstiegs, wieder scheitern. „Und es rann der Schweiß ihm von den Gliedern", heißt es bei Homer, „und der Staub erhob sich noch über sein Haupt". Albert Camus sah in dem antiken Helden Sisyphos den modernen Menschen in seiner ganzen Seinsgeworfenheit und kam deshalb auf die seltsame Idee, wir müssten uns diesen Ewigen Arbeiter als glücklichen Menschen vorstellen.

Schon wahr, Arbeit ernährt den Menschen, sie gibt ihm vielleicht sogar seine Würde, aber sie ist doch eine eher menschenfeindliche Erfindung. Arbeit macht zumeist unfroh, und dann schwitzt man auch noch furchtbar dabei. Rainer Langhans hat sich sein Leben lang vor echter Arbeit gedrückt. Vielleicht ist die Bundeswehr daran schuld, bei der er 1962 den Befehl verweigerte. Seither, seit bald fünfzig Jahren, tut Langhans nichts mehr. Er sät nicht und erntet nicht und die Öffentlichkeit ernährt ihn doch. Er war der Kommunarde, der Kiffer, der Esoteriker, der Barfußprediger und dem weniger arbeitsscheuen Bürger ein Ärgernis. Ausgiebig hat er diesen Ärger bedient, seit er 1967 in die Kommune 1 einzog, seit er sich, Brust an bloßer Brust, mit Uschi Obermaier fotografieren ließ, erst recht, seit er einem „Harem" von fünf Frauen vorsteht, die auf Sex verzichten und sich dafür spirituelle Unterweisung erhoffen. Mitten in der totalen Erwerbsgesellschaft tut Langhans das einzig Wahre: nichts.

Wahrscheinlich glaubten die Betreiber des RTL-„Dschungelcamps“, den großen Fang getan zu haben, als sie den großen Verweigerer nach Australien in den Busch holten. Sie wollten eine lächerliche Figur vorführen, einen Nullo, der aus der Zeit gefallen ist, und bekamen jemanden, der das ganze sadistische Schauspiel mit Schlangenfraß und Stromstößen scheitern ließ, weil er einfach nicht mitmachte. Den Gag-Schreibern im „Dschungelcamp“ fiel für dieses schamlose Privatisieren mitten in der Medienhölle von RTL nur die „fleischgewordene Pusteblume“ ein – eine Wendung, die der zwanghafte Wehrkraftertüchtiger Guttenberg als Beispiel für den Niedergang der Welt klaute. Ein Mann, der sich über Jahrzehnte vor der Arbeit drückt, der zehn Millionen Zuschauer düpiert, weil er sich nicht vor Maden gruselt, nicht über das schlechte Essen klagt und statt hysterisch zu streiten, sich auf die faule Haut legt und schläft, der kann kein schlechter Mensch sein. Wir müssen uns Rainer Langhans als glücklichen Menschen vorstellen. *27. Januar 2011*

Wer Samstagabend ferngesehen hat, begegnete in der ARD dem altblonden Hansi Hinterseer, er zeigte auf die Berge, er zeigt ständig auf die Berge. Man sieht ihn oft im Ersten. Eigentlich immer. Es gibt mit ihm auch Filme, die sich in nichts voneinander unterscheiden. Sie heißen „Da wo die Berge sind", „Da wo das Glück beginnt", „Da wo die Heimat ist". Gegen Hinterseer brachte das ZDF Jörg Pilawa in Stellung. Pilawa gilt beim ZDF als Glück und Heimat in einer Person, sie lassen ihn alles, aber auch alles wegmoderieren. Man sieht ihn da oft. Eigentlich immer. Frei nach Shakespeare: Bis es euch gefällt.

Am Samstag moderierte Pilawa die „1,2 oder 3 "-Jubiläumsshow. „1,2 oder 3" ist eine Kindersendung, und weil sie in diesem Jahr 35 wird, wurde sie vom ZDF zum Event aufgeblasen. Subtext, natürlich absichtslos druntergelegt: Früher gab es Nischen für Kinder im Programm, heute ist alles Kinderprogramm. Elton war auch da – ein Mann, der vom Billigfernsehen ins öffentlich-rechtliche 'rübergemacht hat, wie so viele eben. Angesagt war am Samstag ein Zapping des Grauens. Hinterseer, Wiesen, Warten auf den Auftritt der ersten Kuh. Elton, Erörterung der Frage, was passiert, wenn die Kuh pupst. Hinterseer mit Karel Gott, der ein sehr buntes Hemd trug. Pilawa mit Verona Pooth. Irgendwann schob Bernhard Hoëcker seinen Schädel ins Bild. Im Ersten, im Zweiten? Egal. Die Welt geht mal wieder unter, aber es kommt: Hoëcker. Und es kommt: Günther Jauch! Der erste Politik-Talker des Landes! Von dem man sich an diesem Tag im Programm mal live ein paar persönliche Einlassungen zu relevanten Fragen gewünscht hatte. Aber man sah den sündteuren

Mann des Ersten, wie er im Zweiten übte, den Finger so aus der Mundhöhle zu ziehen, dass es „Plopp“ macht.

Will man etwa wieder den alten, übellaunigen Neil Postman zitieren? Ja. Hier: „Fernsehen wurde nicht für Idioten erschaffen – es erzeugt sie.“ Das ist das eine. Das andere ist: Wer durch das Berchtesgadener Land wandert, denkt, dass jeden Moment der Hinterseer mit seinem albernen Hund um die Ecke strawanzen könnte. Die Fernsehmenschen besudeln über Jahrmillionen gewachsene Gebirgslandschaften. Oder, sie lassen Michael Schanze noch mal vor die Kamera, der „1,2 oder 3“ vor Jahrmillionen moderiert hat. Verona Pooth fiel ihm wie bestellt um den Hals. Pilawa raunte, es rankten sich die „unglaublichsten Geschichten“ um Schanzes Sendung. Gesten, Worte, Farben: aufgeblasen, marktschreierisch, geschmacklos. Es war rührend zu sehen, wie Schanze das Ganze auf den Boden zurückzuholen versuchte. Er sah älter aus als früher, aber er war freundlich und zugewandt wie damals. Und: verloren. Das öffentlich-rechtliche Fernsehen hat einem erst die Berge versaut, dann die Erinnerungen an die Kindheit. Vergiftet ging man ins Bett. *10. September 2012*

Es kann ja wohl nicht angehen, dass wir hier plötzlich mit einem dermaßen undurchdringlichen und somit unvertretbaren Schneefall konfrontiert werden, ohne dass irgendeiner uns vorher Bescheid gesagt hat. Vor drei oder vier Tagen war doch alles noch vollkommen normal. Die Hundehaufen lagen offensichtlich und für alle zugänglich in den Grünanlagen, es hingen sogar noch ein paar alberne Blätter an den Bäumen, und die Straßen waren frei wie ein Reggaetänzer auf Jamaika. Wie kann man ein Volk, das sich jeden Tag mit den diffusesten Bedrohungsszenarien auseinandersetzen muss, mit Terrorwarnungen, Wikileaks und Sebastian Frankenberger – wie kann man ein solches Volk dermaßen im Regen stehen lassen, wenn es um den Schnee geht? Woher soll man wissen, dass sich der Schnee sogar auf die Eisenbahnschienen legt und diese dergestalt manipuliert, dass viele Menschen in stehenden Zügen übernachten müssen oder, wenn's schlimm läuft, eng aneinandergekuschelt im Frankfurter Hauptbahnhof? Wenn uns irgendjemand mal einen Wink gegeben hätte, dass man eventuell im frühen Dezember mit Schneefall rechnen müsse – wir hätten zumindest darüber nachgedacht, die Reifen zu wechseln.

Jetzt ist das alles zu spät. Draußen ist alles weiß, das Auto kommt nicht mehr aus der Parklücke, und wir haben keine Ahnung, wie lange der Zustand anhält. Ein paar Tage, ein paar Wochen oder vielleicht Jahre? Es sagt uns ja keiner etwas. Niemand ist da, der sich bemüßigt fühlt, zu erläutern, warum ausgerechnet jetzt diese, sagen wir, Wintersituation eingetreten ist und wie lange wir mit ihr leben müssen. Wenn wenigstens jemand mit einer Statistik behilflich sein könnte, aus der hervorgeht, wie oft das mit dem Schnee schon passiert ist und ob es normal ist. Möglicherweise haben ja schon Generationen vor uns Schnee gehabt und vielleicht sogar Lösungsansätze entwickelt, wie damit umzugehen sei.

Wie bitte? Wir sind zu hysterisch? Ja, vielleicht sind wir das. Ach, aber es ist doch bloß deshalb, weil wir jetzt unseren ersten schweren Winter erleben, in dem wir nicht von Jörg Kachelmann beraten und bemitleidet werden. Kachelmann wird gerade selbst von seinem neuen Anwalt beraten und von einigen Menschen möglicherweise bemitleidet, aber was nützt das alles? Nichts, denn wir sind in diesem elenden Winter ganz auf uns allein gestellt und haben auch schon wieder alles vergessen, was Kachelmann uns vor Jahr und Tag über diese Jahreszeit verraten hat. Bleibt sie für immer? Ist der Schnee ein spezifisches Wintermerkmal oder eine Folge des weltweiten Rauchverbots? Kommt es uns nur so vor oder wird die Welt immer komplizierter und der Winter immer härter? Der Winter ist ein rechter Kachelmann, heißt es nicht so bei Matthias Claudius? Nein? Ach, uns erklärt ja auch keiner mehr was. *3. Dezember 2010*

Keine Frage, die Schöpfung war ursprünglich eine rundum gelungene Sache. Steht ja schon in der Bibel: „Und Gott sah an alles, was er gemacht hatte, und siehe, es war sehr gut." Er hatte zu dem Zeitpunkt beeindruckend viel gemacht, Himmel und Erde, Wasser, Land und Alpentäler, die Galapagosschildkröte und die zugehörigen Inseln, kurzum, man kann ihm dieses behaglich zufriedene Resümee kaum verübeln. Man kann nur ein paar tausend Jahre später zart anfügen: Es blieb nicht ganz so gut, ja mit der Schöpfung ging es derart rasant den Bach runter, dass Gott irgendwann verstummte und sich in andere Gefilde zurückzog. Was er dort tut, weiß kein Mensch, hienieden aber haben seine Stellvertreter dieser Tage ein souveränes Zeichen in Sachen Schöpfungsbewahrung gesetzt: Der Weltbund der Bibelgesellschaften gibt die erste biologisch abbaubare Ökobibel heraus. Die Seiten sind aus Recyclingpapier, gedruckt wird ausschließlich mit Sojatinte, und die biblischen Texte sind angereichert mit Tipps und Tricks, wie man sich in der Arbeit oder beim Autofahren als verantwortungsvoller Verwalter der Schöpfung verhalten kann. Vorgestellt wird diese Bibel auf den Galapagosinseln.

Das Ganze wirkt wohldurchdacht und es wird sicher ein großer Moment, wenn die Weltbundmissionare mit ihrer Sojabibel auf diesen fernen Inseln anlanden und den Galapagosschildkröten predigen wie Franziskus einst den Vögeln. Das Einzige, was an der Aktion verwundert, ist die Tatsache, dass diese Bibel nur auf Spanisch aufgelegt wird. Ist denn die spanische Sprache überhaupt vollständig ökologisch abbaubar? Muss so ein Buch nicht auf Deutsch erscheinen, der Sprache, die den sauren Regen erfand und das Waldsterben, linguistische Exportschlager der Achtzigerjahre? Fragen über Fragen. Aber immer, wenn man denkt, es geht nichts mehr, kommt von irgendwo Herta Müller her, diesmal in Gestalt eines *Spiegel*-Interviews, in dem sie erzählt, wie sie aus vorgefundenen Wörtern neue Gedichte bastelt, nicht mit Sojatinte, sondern mit Uhu, aber immerhin, alles recycelt. Vor allem aber erzählt sie, wie sie die rumänische Sprache erlernte: „Ich war da schon 15, es war, als würde ich diese Sprache essen. Sie hat mir geschmeckt, ich kann es nicht anders sagen." Rumänisch und Spanisch sind mindestens so eng miteinander verwandt wie die verschiedenen Arten der Galapagosschildkröte. Wenn schon das Rumänische derart schmackhaft ist, dann wird das Spanische auch kompostierbar sein.

Bleibt zu hoffen, dass das biblische Projekt bald Nachahmer findet, Verleger, die ihr gesamtes Programm zum Verschwinden bringen, Autoren, die die Größe haben, ihren eigenen Texten mit Sojatinte die Vergänglichkeit einzuschreiben. Was bleibt, sind dann nur leere Seiten, die zu Staub zerfallen. Wenn sie nicht vorher von den Galapagosschildkröten gefressen werden. *30. August 2012*

Wenn der Mensch in früheren Zeiten etwas erleben wollte, dann zog er wie Eichendorffs „Taugenichts“ hinaus in die weite Welt, wo es tolle Schlösser gab und noch tollere Frauen, und wenn er ganz verwegen war, kutschierte er nach Italien, das alles zu bieten versprach, was man sich an amourösen und sonstigen Abenteuern vorstellen konnte. Wer heute in den Süden fährt, liegt den ganzen Tag am Hotelpool herum, und wenn sich doch einmal ein verheißungsvolles Gespräch mit der Dame auf der Nachbarliege ergibt, funkt der Animateur dazwischen und mahnt zur Wassergymnastik. Das ist auch gut so, man will ja nicht auch noch im Urlaub Abenteuer erleben. Der Alltag ist abenteuerlich genug, vor allem, wenn er im Büro stattfindet. Dort herrscht der Chef wie ein orientalischer Despot, Speichellecker und Intriganten tun alles, um die Sitten am byzantinischen Kaiserhof am Leben zu erhalten, und die sogenannten Kolleginnen haben allesamt des Teufels Großmutter zum Vorbild. Man könnte einen Roman darüber schreiben.

Jürgen Bücker, tätig bei einem Möbelhersteller in der Abteilung „Verkauf/Export“, hat einen Roman geschrieben, und zumindest der Titel lässt den Schluss zu, dass er mit dem Angestelltenmilieu bestens vertraut ist. „Wer die Hölle fürchtet, kennt das Büro nicht“ heißt das Werk, und wäre man nicht zu faul, hätte man längst auch so ein Buch geschrieben. Bückers Roman löste in der Firma, insbesondere in der Sachbearbeitung „Verkauf/Export“, eine literarische Debatte aus, an deren Ende die fristlose Kündigung des Autors stand. Zu lebensnah, zu realistisch, hieß es, die Romanfiguren seien lediglich das platte und zudem ehrenrührige Abbild der realen Mitarbeiter. Man kann sich das Hallo in der Personalabteilung vorstellen, als man bei der gemeinsamen Lektüre dort angelangt war, wo die Angestellte „Fatma“ mit dem charmanten Satz „Leider steht ihr Intellekt genau diametral zu ihrer Körbchengröße“ beschrieben wird. „Um Gottes willen, das ist ja eine von uns!“, hallte es da durch die Möbelfabrik.

Bürochronist Bücker hat gegen die Kündigung erfolgreich geklagt, jetzt liegt der Fall beim Landesarbeitsgericht in Hamm. Wieder einmal geht es um Persönlichkeitsrecht und künstlerische Freiheit. Zwar wäre Goethe kein Satz über die Körbchengröße herausgerutscht, mit seinem „Werther“ aber hatte er ähnliche Scherereien, vor allem im Kreis um Charlotte Buff. Oder Thomas Mann: Der hatte sich beim Kollegen Gerhart Hauptmann unbeliebt gemacht, weil er ihn als Mynheer Peeperkorn im „Zauberberg“ wie ein „idiotisches Schwein“ (Hauptmann) aussehen ließ. Der Roman spielt in einem Sanatorium hoch über Davos, es geht um Liebe, Krankheit, Tod, ja um das Leben schlechthin – also um alles, was heutzutage das Büro bietet. *13. Juli 2011*

Der Mann hatte einen schlechten Leumund: „Seht, da steht das Ungeheuer, namens Jakob Niedermeier!“ Der Täter, laut der Überlieferung durch Wilhelm Busch als Mörder und Räuber überführt, hatte wie viele seinesgleichen zur eigenen Verteidigung nichts Gescheites vorzubringen; so verfiel er dem Tod auf dem Richtblock: „Und man fasste den Beschluss, dass man Jakob köpfen muss.“ Wie viel klüger wäre doch der Niedermeier gewesen, hätte er gerufen: Ein anderer war’s, *alius*, wie der Lateiner sagt, der andere, ich jedenfalls war es nicht, ich war gar nicht dabei. Ich habe ein Alibi.

Doch so sehr es auch der menschlichen Natur in all ihrer Niedertracht entspricht, eigenes Fehlverhalten abzustreiten und anderen zuzuweisen, so gering ist die Fertigkeit, dies glaubwürdig zu tun. Ein gutes Alibi erfordern ja auch strafrechtlich nicht relevante Angelegenheiten, etwa eine im zwischenmenschlichen Bereich weitergeführte Betriebsfeier. Aber ein solches Alibi ist selten zur Hand, es sei denn, man lebt im Einzugsbereich der Münchner S-Bahn. Die Behauptung, man sei mit ihr steckengeblieben und daher nicht zeitig erschienen, entspricht so sehr der allgemeinen Lebenserfahrung, dass sie noch bei den argwöhnischsten Ehepartnern oder Abteilungsleitern Glauben findet. Jedenfalls gilt sie als nicht zu widerlegen. Statt ansonsten das Scheitern durch stümperhafte Selbstversuche zu riskieren („Liebling, heute wird’s länger im Büro“), ist zu raten, den Fachbetrieb aufzusuchen. Eine hochspezialisierte Alibi-Agentur in Bremen bietet „den gewünschten Freiraum, Ihr eigenes Leben zu führen und sich nicht rechtfertigen zu müssen“.

Dies muss nicht zwingend schändlich sein. Wie oft redet man sich doch heraus im vollen Wissen, dass der andere die Erbärmlichkeit der Ausflucht sofort erkennt: die quälende Einladung bei Tante Hertha, die dann wieder Bauchspeck in Sauerkraut kocht. Oder die von allen als zur Gänze nutzlos erkannte 18-Uhr-Konferenz, auf welcher der Vorgesetzte bis zum Überdruss aus seinem Privatleben plaudert. All dem könnte man, für beide Seiten gesichtswahrend, doch so leicht entgehen durch ein von professioneller Hand erstelltes Abwesenheitszeugnis. Hätte etwa der Bundespräsident diesen Service genutzt („Zu einem von Ihnen bestimmten Termin/Anlass schicken wir Ihnen eine Einladung mit offiziellem Erscheinungsbild als Bestätigung, einen Termin wahrnehmen zu müssen"), müsste er nicht diese kleingeistigen Fragen über Luxusferien erdulden und könnte sein Amt mit der gebotenen Würde ausüben – zum eigenen Wohl sowie dem des Staatsvolkes, das nicht jeden Tag mit der Sache behelligt würde. Niedermeier kam übrigens ohne Alibi davon, man konnte ihn wegen seines groben Buckels nicht köpfen: „Und sieh da, am Hochgericht / Ach herrje – da ging es nicht." *13. Januar 2012*

II

Die abknickende Vorfahrt und andere große Errungenschaften

Er wähnte sich angekommen in der Hölle, als er nach der langen Überfahrt von Lissabon über Madeira schließlich Luanda erreichte. Mit den anderen Soldaten wurde er gleich weitergekarrt ins Landesinnere, wo Portugal seinen Kolonialkrieg gegen Angola kämpfte, und so lernte er, dass es noch eine Hölle nach der Hölle gibt, und dann eine weitere. Zwei Jahre musste er bleiben, von 1971 bis 1973, er war Arzt. Fast jeden Tag schrieb er an Maria José, die er liebte bis zur Raserei. Einmal schrieb er: „Ich erinnere mich an lächerliche Einzelheiten, den Leberfleck auf dem Spann Deines Fußes, an Deinen Goldzahn, an die Furche in Deinem Nacken, und ich mag alles auf absurde Weise: gnädige Frau, ich liebe Sie. Würde ich Sie nicht schon kennen, würde ich Sie auf den Straßen mit abstoßenden, ungestümen Angeboten verfolgen." Es ist ein Glück, dass alle diese Briefe erhalten sind, seine Töchter haben sie unter dem Titel „Leben, auf Papier beschrieben" veröffentlicht. In diesem wunderbaren Buch offenbart sich António Lobo Antunes als großer Liebender und als werdender Schriftsteller. Wer sich nicht rühren und im Innersten ergreifen lässt von diesen Briefen aus dem Krieg, zählt zu den bedauernswerten Kreaturen, denen die Schöpfung ein steinernes Herz zugeteilt hat.

Davon scheint es hierzulande noch mehr zu geben, als man ohnehin vermuten musste. Wie sonst ist zu erklären, dass 65 Prozent der Deutschen ihre Schulzeugnisse aufbewahren, aber nur ein Drittel ihre Liebesbriefe? Diese Zahlen sind in der Welt, weil es dem Magazin *Chrismon* gefiel, beim Institut Emnid eine Umfrage in Auftrag zu geben. Emnid behelligte daraufhin die Leute mit der Frage: „Was retten Sie vor der Mülltonne?“ Sicherlich, es handelt sich bei *Chrismon* um ein evangelisches Magazin, was bedeutet, dass es von einer gewissen Sachlichkeit geprägt ist. Doch abgesehen davon, dass die Umfrage Gottlose ebenso einschloss wie Fromme jeder Konfession, sind selbst evangelische Menschen so sehr zu lieben imstande, dass sie sich zu abstoßenden, ungestümen Angeboten hinreißen lassen und diese auch formulieren.

Man stelle sich vor: Wie einer das alte Zeugnis aus der 10 b mit dem Vierer in Mathe in eine Plastikhülle schiebt und im Leitz-Ordner ablegt, um dann mit der gleichen Sorgfalt die Zeilen, die Elfriede einst entflammt aufs parfümierte Papier zauberte, dem Müll zu überantworten. Nicht auszudenken, Maria José Lobo Antunes hätte so gehandelt, nachdem António sie verlassen hatte. Nein, sie verwahrte die Briefe, und tatsächlich kehrte, als sie schwer erkrankte, António zu ihr zurück und gab ihr Geleit in den Tod. Lächerliche Einzelheiten: Er sagte dem Leberfleck auf dem Spann ihres Fußes Lebewohl, ihrem Goldzahn und der Furche in ihrem Nacken. *02. April 2011*

Zu den zahlreichen Weisheiten, die der einstige Nirvana-Frontman Kurt Cobain der Nachwelt hinterließ, gehört folgender Ernährungs-Tipp: Es ist okay, Fische zu essen, denn sie haben keine Gefühle. Eingefleischte Fans wissen natürlich, dass diese Zeile aus dem schönen Lied „Something in the way" stammt. Sie führt uns mitten hinein in eine Grundsatzdebatte der Vegetarismus-Ära. Was ist Fisch und was ist Fleisch? Und wo beginnt das Tier, das man ohne schlechtes Gewissen nicht mehr vertilgen soll? Fest steht wohl: Die Analoghühner im Supermarkt haben niemals gegackert, und die Fischstäbchen sind noch nie in Wasser geschwommen. Aber hilft es dann dem Tierschutz, wenn man sie im Regal zurücklässt? Kurt Cobain kann sich an dieser Erörterung leider nicht mehr aufklärerisch beteiligen, weil er sich vor einiger Zeit erschossen hat. Das muss die Nachwelt schon unter sich ausmachen. Gerät diese Nachwelt aber mit Gewissensfragen in eine Sackgasse, dann sucht sie bekanntlich Rat beim Sport.

Zu den nicht ganz so zahlreichen Weisheiten, die der einstige DFB-Frontmann Theo Zwanziger hinterließ, gehört die fleischige Erkenntnis: Die Stadion-Bratwurst ist nach wie vor das wichtigste Lebensmittel beim Fußball! Tatsächlich hat dieses in Senf und Curryketchup planschende Vergnügen schon unzähligen Menschen den Samstagnachmittag gerettet. Die weiterhin stabilen Besucherzahlen von Klubs wie Hertha BSC oder Alemannia Aachen sind überhaupt nur damit zu erklären, dass viele Deutsche das Wochenende lediglich an der Stadionwurst in ihrer Hand erkennen. So, und denen soll man jetzt mal mit Moralfragen kommen.

Die strenge Tierschutzorganisation Peta Deutschland kommt sogar mit Antworten. Sie hat gerade ein Ranking der „vegetarierfreundlichsten Fußballstadien" der Saison 2011/2012 veröffentlicht (Fischgerichte bringen Minuspunkte!). Zunächst einmal gilt es, zu vermelden, dass der FC Bayern tatsächlich noch gegen Borussia Dortmund gewinnen kann. Wenn auch nur in Bezug auf Brezen, Erbseneintöpfe und gemischte Salatschalen. Das aber ist schon deshalb ein Überraschungserfolg, weil der Bayern-Mogul Uli Hoeneß die Stadionwurst praktisch erfunden hat. Fleischloser als die Münchner Küche präsentiert sich lediglich jene des einstigen Weltpokalsiegerbesiegers FC St. Pauli. Am Millerntor reicht die Speisekarte von Frühlingsrollen über Gemüsefrikadellen, Bruschetta und Waffeln bis hin zu vegetarischem Laugengebäck. Ortsfremde müssen sich St. Pauli als grüne Slow-Food-Oase mit angeschlossener Fußballwiese vorstellen. Wenn sich der Verein aber nicht dem Vorwurf der Doppelmoral aussetzen will, dann sollte er künftig nur noch Spieler von auswärts verpflichten, am besten welche aus Tofu. *11. Mai 2012*

Manchmal ist es gar nicht so einfach, ein glücklicher Deutscher zu sein. Zum Beispiel dann, wenn man rein zufällig in Berlin wohnt. Oder noch schlimmer: Wenn man rein zufällig nicht in Berlin wohnt. Der kleine Glücksvorteil des Berliners besteht darin, dass er schon da ist, wenn er nach Berlin will. Für alle anderen ist und bleibt der Weg in die Hauptstadt mit allerlei mittelalterlichen Strapazen verbunden. Von Flugreisen ist grundsätzlich abzuraten, der nächstliegende funktionierende Airport befindet sich in Frankfurt am Main. Zwar gibt es im Großraum Berlin zum Teil mehrspurige Autobahnabschnitte, die manchmal zwei Tage am Stück befahrbar sind. Sie haben nur leider keine Autobahnanschlussstellen, die zwei Tage am Stück befahrbar wären. Verhältnismäßig unkompliziert ist die Einreise auf jenen Wanderwegen, welche der Dichter Theodor Fontane erkundet hat. Ansonsten bleibt nur die gute alte Eisenbahn. Mitten in Berlin steht eine vierstöckige Shopping-Mall, die einen hübschen Ausblick auf das Regierungsviertel bietet. Dort halten dem Vernehmen nach auch Züge.

Die Deutschen haben ein gestörtes Verhältnis zu ihrer Bahn. Das ist, wie so viele deutsche Verhältnisse, schwer zu verstehen. Sicher, das Boulevard-Frühstück im Bordbistro macht so wenig Fortschritte wie der Englischkurs der Zugbegleiter. Und gerade jetzt, da der Winter naht, muss man auf den Hauptstrecken (also fernab der Hauptstadt) wieder etwas zusammenrücken. Wahr ist aber auch, dass sich in den Gepäckablagen nicht selten noch ein freier Liegeplatz findet. Vor allem in jenen Abteilen, in denen entweder die Heizung oder die Klimaanlage streikt. Im Übrigen reist man auch auf dem Gang recht bequem. Das haben gerade zwei Fahrgäste namens Marco Reus und Mario Götze demonstriert. Die beiden Fußballer hatten die Heimreise von ihrem Spiel in Hannover ohne Reservierung angetreten. Sie mussten sich mit einem Stammplatz gegenüber der Klotür begnügen. Wer aber ihre glücklichen BVB-Gesichter auf Fotos sah, der ahnt: Man kann das Leben durchaus in vollen Zügen genießen. Jedenfalls dann, wenn diese Züge nach Dortmund rollen.

Nun aber zu einer aktuellen Verkehrsmeldung: „Im Winter wieder Direktzüge zwischen Berlin und Potsdam." Das klingt nach einem Jahrhundertprojekt, denn zwischen diesen Städten liegen gut und gerne 31 Kilometer. Offenbar, so muss man das ja lesen, sollen Bahnreisende die Strecke künftig ganz ohne Umsteigen bewältigen können. Ob das klappen kann, wenn demnächst die ersten Schneeflocken leise auf die Gleise rieseln und der Fahrplan einfriert, darf sich jeder selbst ausmalen. Andererseits, wie sagte noch gleich der Alte Fritz, der berühmteste Berlin-Potsdam-Pendler neben Günther Jauch und Fontane? Man solle die menschlichen Pläne nie nach ihrem Ausgang beurteilen. *30. November 2012*

Das soziale Netzwerk Facebook wird gerne bemüht, wenn man mal wieder einen Trend ausrufen möchte. Ob etwas zum Trend wird, entscheidet die Anzahl der Nutzer, die das Thema mit einem Klick auf „gefällt mir" gewürdigt haben. Die Tätigkeit „Aus dem Fenster schauen" zum Beispiel gefällt auf Facebook nur einer kleinen Gruppe von 89 Personen und ist folglich kein Trend. Aber hier zeigt sich, dass das Internet eben nicht das wahre Leben ist. Geht man nämlich durch eine Wohnstraße einer beliebigen Stadt, sieht man pro Mehrfamilienhaus mindestens einen Menschen, meist höheren Alters, der aus dem Fenster schaut. Oft lässt auch ein zwischen Fensterbank und Unterarme geschobenes Kissen darauf schließen, dass sich hier jemand mehrere Stunden pro Tag dem Aus-dem-Fenster-Schauen widmet. Diese Menschen sehen grundsätzlich gelangweilt aus, weil draußen ja meist nicht so furchtbar viel passiert. „Es hatte ihr noch niemand den Gefallen getan, vor ihrem Haus niedergefahren zu werden", schrieb die Dichterin Ilse Aichinger einmal über die Tristesse einer Aus-dem-Fenster-Schauenden.

Hat der Mensch noch nicht das Alter erreicht, in dem er den ganzen Tag von zu Hause aus hinausschauen darf, muss er es im Büro tun – übrigens auch schon deshalb ein klassischer Ort des Gelangweiltseins, weil besonders in Bürovierteln kaum Leute niedergefahren werden. Ein paar Menschen, die ihre Langeweile offenbar in Kreativität umgemünzt haben, kamen nun auf die Idee, ihr eigenes Fenstertheater zu veranstalten. Sie nahmen die bunten Klebezettel aus den Schubladen ihrer Rollcontainer und pappten sie nicht wie sonst, mit

Handlungsanweisungen an sich selbst versehen, an ihre Computerbildschirme. Nein, sie arrangierten aus den Post-its Comicfiguren und Botschaften an den Fensterfronten. Im Haus gegenüber saßen auch gelangweilte Kreative. Als sie sahen, was geschehen war, fingen sie ebenfalls an, die Fenster zu bekleben, und sie wollten es besser machen als die anderen. Angefangen hat der Irrsinn vor ein paar Monaten in einem Büroviertel im Pariser Vorort Montreuil. Nun schwappt der „Post-it-War", der Haftzettelkrieg, der bei Facebook 40341 Personen gefällt, über die Städte dieser Welt. In Deutschland wurde eines der ersten Post-it-Kunstwerke in der Hauptstadt der Langeweile, in Hannover, gesichtet, wo die Menschen nun zum ersten Mal etwas halbwegs Interessantes sehen, wenn sie aus dem Fenster schauen.

Aber was machen die Kreativen eigentlich, wenn sie ihre Fenster komplett mit Post-its zugeklebt haben? Dann werden die wohl rausgehen müssen aus dem Büro. Und jemanden niederfahren. Und die anderen, die noch ein paar Zentimeter freie Fensterfläche haben, würden im Fenster liegen und zum ersten Mal spüren, wie die Langeweile langsam weicht. *24. September 2011*

Deutsche Rapper sind junge Männer, die viel von Gewalt singen, von den Problemen, die sie mit ihrer Eingliederung in die bürgerliche Gesellschaft haben und davon, dass jeder eine zweite Chance verdient hat. Sie haben oft Namen wie Reinigungsmittel: Sido, Bushido. Die meisten Rapper lehnen Gewalt ab, allerdings erst, nachdem sie diese angewendet haben. Dann halten sie bewegende Vorträge darüber, dass Leute, die andere hauen, Probleme mit sich selbst haben und dringend darüber nachdenken sollten, woran das wohl liegen mag. Beim Rapper selbst liegt es oft an der Ehre. Wenn die Ehre verletzt wird, breitet sich im Kopf des Rappers eine nicht mehr steuerbare Wut aus, die sich aus kulturellen Gründen per Faustschlag entlädt. Zumeist wird der Faustschlag von dem Hinweis des Rappers begleitet, der soeben Geschlagene habe eine Mutter, die einen unbotmäßigen Lebenswandel führe. Dabei kennt der Rapper die Mutter des Hingestreckten im Allgemeinen gar nicht. Danach regen sich alle furchtbar auf, der Rapper wird geächtet, bereut und bekommt am Ende eine zweite Chance.

Rapper sind singende Resozialisierungsfälle. Vielleicht wollen deshalb so viele Fernsehsender einen Rapper beschäftigen. In der österreichischen Talente-Show „Die große Chance" saß der Rapper Sido in der Jury. Nach der Sendung traf er auf den Gesellschaftsreporter Dominic Heinzl, den er schon längere Zeit nicht mag, weil der immer so über ihn spottet. Sido erklärte Heinzl, dessen Mutter sei eine Hure. Dann haute er ihm eine rein. Der ORF feuerte den Rapper umgehend, um den Weg frei zu machen für die zweite Chance. Denn Sido fand das, was er da gemacht hat, selbst nicht in Ordnung. „Gewalt ist Schrott“, sagte er der *Bild* -Zeitung. Er habe daran gearbeitet, dass ihm das nicht mehr passiert, aber jetzt sei es eben doch noch mal passiert. Und dann muss man auch sagen: Okay, wenn er wirklich alles versucht hat, dann ist das mit dem Prügeln vielleicht eher eine Art höherer Gewalt. Und kann man Menschen, die wirklich hart an sich arbeiten, aus der Jury und damit der Gesellschaft ausschließen, nur weil sie eine starke Neigung zum Hauen in sich spüren?

Sido ist jetzt wieder in die Jury zurückgekehrt. Und vielleicht wird es auch eine Aussprache mit Dominic Heinzl geben. Dann würde Sido dem Reporter erklären, dass Spott eine Sache sei und Gewalt eine andere. Und wenn er, Heinzl, auch noch so provokant zu ihm, Sido, gewesen sei, rechtfertige das keine Gewalt. Es wird kein Problem gelöst durch Schlägerei, würde Sido dem Heinzl sagen, und dass wir alle für ein gewaltfreies Miteinander verantwortlich sind. Aber wenn der Heinzl wieder so spöttisch grinst, während der Sido sagt, dass Gewalt niemandem nützt, dann geht das ziemlich an die Ehre, und da darf der Heinzl sich nicht wundern, wenn er sich noch mal eine fängt. *05. November 2012*

Jeden Morgen schieben sie sich durch die Straßen, stieren Auges, hängenden Kiefers, ausdruckslos. Quetschen sich in Vorortzüge, U-Bahnen, Busse, werden wieder ausgespien, schlurfen zu ihren Arbeitsplätzen. Nichts hält sie auf, außer automatischen Drehtüren, die blockieren, weil sie stumpf dagegen drücken wie Fliegen an die Scheibe. Es sind Menschen, die ihre Verrichtungen mit dem Rückenmark erledigen, in deren Gehirnen nur noch flüchtige, isolierte Begriffe wie „Meeting“ oder „Feierabend“ aufleuchten. Es sind Büro-Zombies. Von den stöhnenden Untoten zahlloser Horrorfilme unterscheidet sie bislang, dass sie mittags gleichsam ferngesteuert zur Kantine schwanken, statt sich vom Fleisch der Lebenden zu ernähren.

Womöglich war es der tägliche Anblick dieser dumpfen Massen, der einen besorgten Bürger im englischen Leicester dazu bewog, eine dringende Anfrage an die dortige Stadtverwaltung zu richten. „Können Sie uns bitte mitteilen“, schrieb er, „welche Vorkehrungen Sie für den Fall einer Zombie-Invasion getroffen haben?“ Der Mann hatte mit Hilfe einschlägigen Quellenmaterials Recherchen angestellt. Nachdem er „mehrere Filme“ gesehen hatte, schien es ihm „offensichtlich, dass wir schlecht auf einen solchen Fall vorbereitet sind“. Eine Verwaltungssprecherin musste eingestehen, dass die Stadtverordnung nirgends ausdrücklich auf eine Zombie-Plage Bezug nehme. Es könnten nur „einige Elemente darauf angewendet werden, sollte sich diese Situation ergeben“.

Eine ebenso peinliche wie schließbare Planungslücke: Mitarbeiter des mathematisch-statistischen Instituts der Universität von Ottawa haben sich schon vor Jahren wissenschaftlich mit dem Problem beschäftigt, und die Ergebnisse unter dem Titel „Wenn Zombies angreifen! Mathematische Modelle eines Ausbruchs von Zombie-Infektion“ veröffentlicht. Das Resultat ist allerdings niederschmetternd: Eine Zombie-Infektion würde zum Zusammenbruch der Zivilisation führen, alle Menschen wären binnen kürzester Zeit selbst angesteckt oder tot. Die Vermehrungsquote der Untoten, ausgedrückt in der Formel (ßN)(S/N)Z = ßSZ, ist in jedem Szenario unfassbar hoch. Denn sowohl menschliche Geburten als auch Todesfälle würden die Zombies mit weiteren Körpern versorgen, die sie fressen, anstecken oder als einen der ihren auferwecken könnten. Die Statistiker sehen die einzige Chance der Menschheit darin, rasch und hart zurückzuschlagen. „Wir müssten sie ausrotten, bevor sie uns ausrotten“, lautet ihr Fazit. Nun ist bekanntlich die einzig sichere Methode, einem Zombie endgültig den Garaus zu machen, seine Enthauptung. Wer sich wappnen will, muss also stets eine Axt bei sich tragen. Und im Pendlerverkehr darauf achten, ob einer der Mitreisenden versucht zu beißen. *18. Juni 2011*

Die Kulturgeschichte des Rasierens ist geprägt worden von zwei Männern, die ihren Auftrag bereits im Namen mit sich herumtrugen. Die Rasierklinge hat ein Amerikaner erfunden, der King Camp Gillette hieß. So könnte sich auch einer dieser nachlässig rasierten Rapper der Gegenwart nennen, aber Mr. Gillette hieß tatsächlich so, auf alten Fotos kann man sehen, dass er das von ihm entwickelte Kleinmesser dazu nutzte, die Backen- und Kinnpartie von allen Stoppeln zu befreien. Sein Schnäuzer kam vor diesem Hintergrund tadellos zur Geltung. King Camp Gillette war ein formvollendeter Mann, er beschäftigte sich mit Fragen des utopischen Sozialismus und starb erst, nachdem ein anderer Erneuerer des Rasierwesens aus den Kulissen hervorgetreten war. Vor 80 Jahren wurde der erste elektrische Rasierapparat der Welt auf den Markt gebracht; erfunden hat ihn ein Tüftler, der seinen Namen seinerseits als Verpflichtung verstanden hat: Schick hieß der Mann, Jacob Schick aus Iowa.

Nach allem, was man weiß, ließ Jacob Schick den utopischen Sozialismus links liegen. Er war ein Mann der Tat und in jungen Jahren vor allem damit beschäftigt, Telegrafenleitungen durch Alaska zu ziehen. In Alaska, bei minus dreißig Grad, versagte Gillettes Rasierklinge. Sie braucht ja Wasser und Schaum, um ihre Wirkkraft entfalten zu können. Schick musste vor der Rasur immer erst ein Loch ins Eis hacken, das kam ihm lästig vor, und er betrachtete sein stoppelbärtiges Gesicht in der spiegelnden Eisfläche und beschloss, die Angelegenheit zu revolutionieren. Noch in Alaska zeichnete er die ersten Entwürfe. Der Prototyp war so schwer, dass man ihn mit zwei Händen ans Kinn heben musste, was das Rasieren schwierig, wenn nicht unmöglich machte. Aber Schick blieb dran, integrierte den Motor und erfand sogar einen angemessen ehrgeizigen Werbeclaim: „Ein gut rasierter Mann kann 120 Jahre leben.“

Das hat sich, nicht nur in seinem Fall, als Utopie herausgestellt. Schick war nicht mal 60, als er starb, aber seine Erfindung brummt und hobelt und raspelt nach wie vor. Inzwischen lässt sich die gewünschte Stoppellänge wunderbar regulieren. Jacob Schick hat Til Schweiger, Maximilian Schell und George Michael die Gelegenheit gegeben, ihre Gesichter in verschattete Landschaften umzudekorieren. Er ist nicht nur der Erfinder des Rasierapparats, er hat auch dem Mehrtagebart eine Schneise geschlagen. Der elegante Herr Schick selbst war immer perfekt rasiert, so wie auch King Camp Gillette – seiner Bedeutung entsprechend – stets perfekt rasiert war. No jokes with names? Stimmt schon. Aber dass dieser speckhaarige Comedian aus Berlin, der immer im Elektromarkt-Werbespot seine unrasierten Witze in die Landschaft röhrt, ausgerechnet Mario Barth heißt – das kann natürlich kein Zufall sein. *18. März 2011*

Doof, doofer, Berlin. Würde man in einer Zeitung, die in München erscheint, einen Artikel so beginnen, hieße es gleich wieder, man betreibe doch nur Berlin-Bashing. Muss man gar nicht, zumal es gerade in München viele Anlässe gibt – Ude, die Mietpreise, den FC Bayern –, München zu bashen. Und wollte man dennoch auf Berlin schimpfen, geriete man schnell ins Hintertreffen. Die begabtesten Berlin-Basher sind nämlich die Berliner selbst, allen voran ihr Bürgermeister. Niemand sonst hätte ein so dummes Gesicht machen können wie Wowereit, als er erklären musste, warum das mit dem Flughafen schon wieder nicht klappt, und wie es kommt, dass man leider erst zwei Minuten vor zwölf gemerkt hat, dass Feuer gefährlich ist auf einem Flughafen. An Wowereits Seite saß der immer noch unrasierte Ministerpräsident von Brandenburg, dessen Performance das Vorurteil bestätigte, dass die Brandenburger Berliner sind, nur ohne Stadt. Einige behaupten auch, die Berliner seien Brandenburger, nur mit Stadt.

Aber man will ja nicht ungerecht sein. So ein Flughafen ist schon etwas Schwieriges. Normalerweise sind die einzigen, die eine Startbahn oder gar einen ganzen Airport aufhalten können, Wutbürger jedweder Couleur. In Berlin, und dafür muss man diese Stadt lieben, halten die Betreiber selbst den Flughafen auf, vielleicht auch, weil sie befürchten, dass ihre Wutbürger – sind schließlich auch Berliner – das nicht hinkriegen. Und, um das nicht zu vergessen: Berlin hat drei Flughäfen. Mehr als genug. Der eine, Tempelhof, ist zu; der andere, Schönefeld, macht nicht auf; der dritte, Tegel, hat die langsamste Gepäckabfertigung der Welt, vielleicht mit der Ausnahme von Timbuktu, wenn da Großraumflugzeuge hinflögen, was sie nicht tun. Nach Berlin fliegen die übrigens auch nicht. Außerdem sollte man Berlin nicht mit Timbuktu vergleichen, weil um Timbuktu herum die Sahara liegt, um Berlin aber liegt Brandenburg. Ein solcher Vergleich wäre gemein gegenüber der Sahara.

Aber was sagt schon so ein blöder Flughafen? Es gibt viele Gründe, stolz zu sein auf Berlin. Da wäre zum Beispiel die kulturelle Vielfalt am Kollwitzplatz, wo man so viel Schwäbisch hört, dass man selbst Oberndorf für eine Alternative hält. Und natürlich das Antiquariat am Gendarmenmarkt, der Zinnfigurenladen in der Knesebeckstraße sowie die tiefer gelegten Autos der Libanesen auf dem Tauentzien – alles Markenzeichen, die im Vergleich mit Bonn und Hannover Berlins Weltstadtniveau garantieren. Man muss auch überhaupt nicht nach Berlin fliegen. Man kann die Bahn benutzen. (Die S-Bahn sollte man meiden, die fährt nur selten.) Und mit dem Auto kann man auch fahren. Auf den letzten 200 Kilometern allerdings ist es ratsam, die Türen zu verriegeln und die Fenster zu schließen. Da geht es durch Brandenburg.

10. Mai 2012

Wie kann es sein, dass jeden Tag exakt so viel in der Welt geschieht, dass es auf die Zeile genau in die Zeitung passt? Manchmal passiert ja wirklich wenig bis nichts; dann gibt der Blattmacher eben einen großen Bericht über die Jahrestagung der Naturfreunde Dinkelsbühl in Auftrag. Hernach bleibt ihm nichts weiter als die Hoffnung, dass es zum Redaktionsschluss wenigstens einen betrunkenen Landrat zu vermelden gebe. Schließlich könnte der Tag in Sachen Ereignisreichtum noch wachsen und damit abwechslungsreicher werden als jene 24 Stunden, von denen Wolfram Eicke in seinem Märchen „Der kleine Tag" erzählt. Eicke hat einen Ort ausgemacht, an dem alle Tage leben – jene, die schon waren, und solche, die noch sein werden. Man kann sich diesen Ort als ein Sommerhaus vorstellen, irgendwo auf den Kalendaren, und weil jeder Tag nur ein einziges Mal auf die Erde reisen darf, sitzen am Abend alle Tage gespannt auf der Veranda und warten auf den Bericht ihres diensthabenden Kollegen. Der Vater des kleinen Tages war gefürchtet, an ihm hatte sich „ein grauenhaftes Erdbeben ereignet", das die Menschen „noch Jahrzehnte später nicht vergessen konnten". Als die Zeit für den kleinen Tag gekommen war, nahm sein Vater ihn zur Seite und sagte, es sei ganz wichtig, dass etwas Ungewöhnliches passiere, „sonst ist dein ganzes Leben sinnlos". Am kleinen Tag aber passierte: nichts. Menschen küssten sich und ein Kind bekam ein Fahrrad geschenkt. Das Wetter? Ging so.

Der kleinste Tag des vergangenen Jahrhunderts war der 11. April 1954. Forscher haben vor kurzem ein Computerprogramm mit 300 Millionen Fakten der neueren Weltgeschichte versorgt. Das Programm begab sich auf die Suche nach dem langweiligsten Tag überhaupt. Am 11. April 1954 starb keine Berühmtheit und es wurde keine geboren; es gab keine Erdbeben, Schiffsunglücke, Endspiele. Gut, es gab Wahlen in Belgien, aber in Belgien wählen sie ständig und haben trotzdem nie eine Regierung. Der 11. April 1954 also war ein wirklich sehr kleiner Tag, ein globales Gähnen, und viel kleiner noch wird er im Licht der Tage dieses Jahres. Was haben die nicht alles zu erzählen: Aufstand in Tunesien, Atomkatastrophe in Japan, Krieg in Libyen. Die Tage sind groß, gewaltig fast, und so geht das jetzt schon seit drei Monaten.

Bei Eicke erklären die Menschen den kleinen Tag am Ende zu einem internationalen Feiertag, weil an ihm nichts Böses geschehen ist. Schöne Vorstellung, dass es bald mal wieder ruhig sein könnte auf der Veranda in dem Sommerhaus auf den Kalendaren. Dass zum Beispiel der 11. April 2011 in der Dämmerung nach Hause kommt, die anderen ihn fragen, wie denn sein Tag gewesen sei, und er dann nicht so recht weiß, was er berichten soll. Vielleicht gibt es auch einfach keine kleinen Tage mehr.

11. April 2011

Ein schöner, gleichwohl irgendwie wunderlich und defizitär klingender Begriff ist die abknickende Vorfahrt. Er hört sich an, als wäre man zielbewusst auf einem Ast unterwegs, der mitten auf der Strecke bricht und das Auto mitsamt seinem Fahrer in die Tiefe reißt. Aber vielleicht ist das auch wieder allzu wortgrüblerisch und empfindsam reflektiert – es gibt ja Leute, die jeder Vokabel nachlauschen müssen wie einer flüchtigen Eule. Also bitte: Abknickende Vorfahrt heißt doch zum Beispiel, dass der Verkehrsteilnehmer eine mehr oder weniger scharfe Linkskurve zu meistern hat, gleichzeitig aber die Berechtigung besitzt, die Kurvenfahrt vor dem von rechts kommenden Fahrer zu absolvieren. Ist das bis hierhin einigermaßen verständlich geworden? Gut. Dann in dieser Sache noch eine Bitte: Wenn man auf der abknickenden Vorfahrtsstraße unterwegs ist, möchte man doch kurz den Blinker setzen. Auch im Interesse des ADAC.

Dem Allgemeinen Deutschen Automobil-Club fällt nämlich seit geraumer Zeit auf, dass es in Deutschland einen fatalen Hang zur Blinkverweigerung gibt, und das nicht nur auf abknickenden Vorfahrtsstraßen. Auch Parklückenausscherer sowie gewöhnliche Links- und Rechtsabbieger entscheiden sich zunehmend gegen die visuelle Bekanntmachung ihres Richtungswunsches. Der Laie würde von rücksichtslosem Verhalten sprechen, von Gedankenlosigkeit oder so. Der ADAC dagegen verfügt im Allgemeinen über ein ziemlich gut sortiertes psychoanalytisches Besteck und kommt nun zu folgender Diagnose: Der Allgemeine Deutsche Blinkverweigerer hat Allmachtsphantasien. Um das auch wirklich ganz klar zu kriegen: Wer ohne zu blinken abbiegt, hat ideologisch auch das Zeug dazu, die Verfassung zu stürzen, das deutsche Volk zu knechten und eine grausame Dikatur zu etablieren, in der ohne vorher zu blinken die Freiheitsrechte abgeknickt werden. Er würde in befreundete Nachbarländer einmarschieren und dort die Straßenverkehrsordnungen außer Kraft setzen. Das ist die eine Sorte Nichtblinker.

Die andere ist nicht ganz so schlimm. Die ist wie du und ich und hat einfach keine Lust, jedesmal den Hebel zu drücken, nur weil es zufällig in eine andere Richtung geht. Im Leben geht es doch ganz oft in verschiedene Richtungen; man verlässt vertraute Wege, um zu neuen Ufern zu gelangen, begibt sich auf unbekanntes Terrain und möchte, nicht wahr, auch mal interessante Nebenwege erkunden. Die Menschheitsgeschichte ist geprägt von großen Gestalten, die ständig die Richtung gewechselt haben. Wenn Napoleon jedesmal den Blinker gesetzt hätte, als er nach Austerlitz, Jena und Auerstedt abgebogen ist, wäre er wohl nicht weit gekommen, oder? Und was hat Napoleon bitteschön mit Allmachtsphantasien zu tun?

04. Februar 2010

Die erste Frau nach Mama, der viele junge Deutsche mit Haut und Haaren verfielen, hieß Gerda Johanna Werner und war – die Älteren werden sich vielleicht noch erinnern – auf der Rückseite der 50-Pfennig-Münze abgebildet. Dort kniete sie und pflanzte das deutsche Wirtschaftswunder in Gestalt einer Eiche, denn dass eine Frau kniet und ein Kopftuch trägt, hatte damals noch nichts Anstößiges. Das 50-Pfennig-Stück war zu Zeiten der D-Mark die Einheit, von der an Geld anfing, Spaß zu machen. Zu wenig war es ja sowieso immer. Kindheit lässt sich als der Versuch beschreiben, in wie viele Teile man eine Münze aufspalten kann, zum Beispiel in drei Lakritzschnecken, fünf Colafläschchen und einmal Fußballbilder oder, nein, lieber zwei Lakritzschnecken ...

Das Taschengeld wohnte in Vaters ausgebeulter Gesäßtasche, in der seine Brieftasche steckte – Männer hatten Brieftaschen, Frauen, die ja immer etwas komplizierter sein müssen, Portemonnaies. In der Brieftasche waren aber zum Glück keine Briefe; vielmehr schien es unglaublich, was alles in so eine Brieftasche hineinpasste: die Gorch Fock, das Lübecker Holstentor, jede Menge alte Meister, und einmal durften die Kinder sogar den Limburger Dom sehen, aber nur von Weitem, denn er schmückte den 1000-Mark-Schein. Brieftaschen waren phallisch, sie wurden zu doppelter Größe aufgeklappt, Portemonnaies hatten einen Schnappverschluss, der das Geld eher behalten als hergeben zu wollen schien. Gott, wie viel Marmorkuchen man runterwürgen musste, bis Oma endlich den Heiermann fürs Zeugnis mehr hervornestelte als springen ließ!

So war das damals, liebe Kinder. Und heute? Heute haben wir den Euro, die Krise, die Political Correctness und euch, denn ihr seid nun diejenigen, die auf dem Geld sitzen. Zwar ist die Höhe eurer Bezüge Verhandlungssache, und doch könnt ihr euch bei jeder Tarifrunde auf eine Steigerung verlassen. Und konjunkturabhängig ist euer Taschengeld schon gar nicht. Deutsche Kinder streichen durchschnittlich die Rekordsumme von 27,18 Euro monatlich ein, das ist Höchststand in der 20-jährigen Geschichte der Taschengeld-Aufzeichnung. Wenn man weiß, dass sie im Jahr über 1,85 Milliarden Euro verfügen, muss man sagen: Es sind unsere Jüngsten, die der Euro-Krise trotzen. Überdies sparen junge Deutsche ihr Geld lieber, als es einfach so rauszuhauen. Im Verhältnis gesehen, bilden sie zweieinhalb Mal höhere Rücklagen als ihre Eltern. Wer frisches Geld aufnehmen möchte, sollte also am besten die Kids anpumpen. „Aber nicht alles auf einmal ausgeben", hört man Sechsjährige öfters ihren Eltern hinterherrufen, wenn die schon ins Outlet-Center enteilen. Die Jugend von heute ist der geborene Sparkommissar, und deshalb könnte demnächst durchaus eine Kinder-Troika nach Athen entsandt werden. *10. August 2012*

Nahe Berlin lebt ein Mann, der Köllner heißt, Eberhard Köllner. Die meisten Menschen kennen ihn nicht, weil die meisten Menschen sich nur für Geschichten von Siegern interessieren. Köllner aber ist ein knapp Geschlagener, in der DDR war er einer der Kandidaten für das Raumfahrtprogramm, er posierte schon im Raumanzug für Porträtfotos. Aber es gab noch einen anderen Kandidaten, Sigmund Jähn. Köllner und Jähn waren befreundet, zwei stille Männer, am liebsten wären sie wohl gemeinsam geflogen. Doch die Sowjets, die Delegationsleiter, hatten nur noch einen Platz im Raumschiff frei. Eberhard Köllner hat schließlich der Sojus 31 hinterhergeschaut, in der sein Freund kauerte, er hat danach die Berichte gelesen über Jähn, der jetzt ein Held war. Warum Köllner unten bleiben musste, ist nie geklärt worden, vielleicht wäre alles anders gekommen, wenn sein Familienname „Berliner" gewesen wäre oder „Bautzener". Aber so? Der Legende nach waren die propagandistisch sensibilisierten DDR-Zeitungen ganz froh darüber, dass sie nicht mit der Nachricht aufmachen mussten: „Köllner erster Deutscher im All."

Gerade haben zwei kanadische Schüler ein Legomännchen auf die Reise geschickt, er hing an einem Heliumballon und hatte selbstauslösende Kameras untergeschnallt. Zu behaupten, der Legomann wäre ins All geflogen, klingt einerseits etwas dick aufgetragen, schon in 24 Kilometern Höhe platzte ja der Ballon. Andererseits: Gemessen an der Größe des Legomannes entsprach das einem Menschenflug zum Mars. Die Schüler orteten seinen Absturzort und sahen, dass die

Kameras schöne Fotos gemacht hatten. Sie zeigen den Legomann und im Hintergrund die Erde von ziemlich weit oben. Die Schüler, beide 17 Jahre alt, gaben eine Pressekonferenz, die *New York Times* nannte den Legomann einen Legonauten. Die Schlagzeilen der *Times* haben nach wie vor Gesetzeskraft: Der Legonaut steht jetzt in einer Reihe mit den Kosmonauten, den Astronauten, den Taikonauten und dem Austronauten, das war der einzige Österreicher im Weltall.

Schon stehen die TV-Teams Schlange beim Legonauten. Den Kanadiern ist jederzeit zuzutrauen, eine Sonderbriefmarke herauszubringen, und bei Ebay wäre er ein Renner, sollten die beiden Schüler ihn dort anbieten. Dem Legonauten geht es wie den Kosmonauten, Astronauten, Taikonauten und dem Austronauten: Er muss den Fliehkräften des Ruhms standhalten. Eberhard Köllner hat immer gesagt, dass er froh war, kein Held geworden zu sein. Er musste keine vorgefertigten Reden halten wie Jähn, er musste keine Autogramme geben. Er ist der Meinung, dass es am Ende gut ist für einen Mann, wenn er der sein kann, der er war. Das ungefähr wäre die Botschaft des Kosmonauten, der am Boden blieb, an den Legonauten, der fliegen durfte.

30. Januar 2012

Den meisten Menschen ist die Angst ein treuer Begleiter. Manchen wird sie gar zum Freund, aber das ist eher die Ausnahme. Es ist auch gar nicht so gut, wenn einer ganz auf du und du mit seiner Angst ist, da kommt sie viel zu nah an ihn heran, und eines Tages kann sich das rächen, um nicht zu sagen: Eines Tages wird sich das rächen, und zwar fürchterlich. Deshalb ist es besser, mit der Angst per Sie zu bleiben und eine respektvolle Distanz zu wahren. Recht verbreitet sind zum Beispiel die Flugangst, die Prüfungsangst, die Angst vor Spinnen, die Angst vor Weißspitzen-Hochseehaien, die Angst vor dem schönen, festen, grauen Himmel, in den man einen Kloben hineinschlagen möchte, die Angst, dass Sonntagnacht im ZDF schon wieder was über Hitler läuft, die Platzangst und ihre Schwester, die Einschlussangst sowie die Angst vor den Menschen und überhaupt allem da draußen, und dann wäre da natürlich noch die Angst vor der Angst, die aus dem Vagen heraus, das ihr wesentlich eignet, eine beeindruckende Bösartigkeit entwickelt. Am größten aber ist, wie die Gesellschaft für Konsumforschung (GfK) gerade in einer Umfrage herausgefunden hat, die Angst vor steigenden Lebenshaltungskosten.

Diese besonders dämonische Angst greift bevorzugt den Menschen in Sachsen-Anhalt mit kalten Fingern ins Genick, sie schlingt sich um den Brustkorb und drückt alle Luft heraus, sie erscheint als Fratze im Traum. Im „Angst-Index“ der GfK liegt Sachsen-Anhalt vorn, 63 Prozent der Menschen im Land geben an, mit vielen Ängsten in enger Gemeinschaft zu leben, auf den Plätzen zwei und drei folgen Mecklenburg-Vorpommern und

Hessen, was überrascht. Mecklenburg-Vorpommern liegt doch am Meer, und die Menschen an der Küste sind bekanntlich glücklich und frei; es müssen wohl die im Landesinneren besonders ängstlich sein. Dass in Hessen noch jemand Angst hat, ist auf den ersten Blick unerklärlich, denn Roland Koch ist längst zurückgetreten, und Thilo Sarrazin hat seinen Job bei der Bundesbank in Frankfurt gerade gekündigt. Auf den zweiten Blick wird klar: Diese erlösenden Nachrichten erreichten die Hessen erst, nachdem sie den Umfragern von ihrem Leben in Angst berichtet hatten. Am wenigsten Angst haben natürlich die Menschen in Bayern, und dass in punkto Angstfreiheit nach den Bayern umgehend die Berliner folgen, zeigt, dass Angst bisweilen nichts mit den realen Lebensumständen zu tun hat.

Es ist die eigentümliche Doppelnatur der Angst, die sie so faszinierend macht. Einerseits ist mit ihr nicht zu spaßen, denn sie verfügt über die Fähigkeit, des Menschen Seele vollständig zu verspeisen. Andererseits lässt es sich ohne sie auch nicht glücklich werden, denn Angst ist, wie Oscar Wilde treffend bemerkte, die Wurzel des Optimismus. *11. September 2010*

Vieles, was man für beständig erachtet, ist in Wahrheit flüchtig bis dorthinaus: Versprechen genauso wie Prognosen, Garantien, Doktortitel und Männerfreundschaften, alles ist im Fluss und geht am Ende doch nur den Bach runter. Das Leben ist, um es einmal bündig zu sagen, wie der Eishockeysport: schnell, hart, und der Puck ist so klein, dass man kaum sehen kann, wo er gerade auf dem Eis umherrutscht. Nur wenigen ist es daher vergönnt, den gelungenen Torschuss als solchen zu erkennen. Nur wenige wissen, warum die dicken Männer auf den Schlittschuhen sich ausnahmsweise nicht mit dem Schläger gegenseitig auf den Helm hauen, sondern mit erhobenen Fäusten vor Freude wie die Esel auf dem Eis herumtanzen.

Der Eishockeysport ist dermaßen flüchtig, dass es fast weh tut. Man möchte ihm zur Seite springen wie ein freundlicher Seelsorger-Puck und sagen: Ich weiß, wie man dich ein bisschen für die Ewigkeit rüsten kann. Der Eishockey Klub Düsseldorfer EG hat sich jetzt allerdings selbst aus der Flüchtigkeitsfalle manövriert. Die Vereinsleitung möchte gerne, dass der Club ins Unesco-Weltkulturerbe aufgenommen wird. Schließlich seien der Welt, so die Verantwortlichen, durch diesen legendären Verein unwiederbringlich schöne Eishockeyspielzüge geschenkt worden. Um es gleich vorweg zu sagen: Es wird wohl nichts damit werden mit dem Traum des kulturellen Upgrades. Die deutsche Unesco-Kommission hat den Düsseldorfern sehr flott eine Abfuhr erteilt. Es seien doch wohl eher Denkmäler oder Werke der Architektur, welche die Weltkultur ausmachten und eben keine Spielzüge auf dem Eis.

Die Düsseldorfer Eishockey-Gemeinschaft wird jedoch, geschickt wie nur ein Schlittschuhläufer sein kann, die kleingläubigen heimischen Instanzen umkurven und bis zum Anmeldeschluss am 1. Februar ihre Bewerbung trotzdem bei der Unesco einreichen. Vielleicht wird Düsseldorf am Rhein bald mit seiner „lokal-kulturellen Tradition“ – so nennt es die Düsseldorfer EG – in einem Atemzug mit den nubischen Denkmälern von Abu Simbel und den Felsmalereien des Tassili n'Ajjer genannt. Gewiss, wer einem negativen Menschenbild anhängt und frei von Sportsgeist ist, mag in diesem Vorgehen den Ungeist des schnöden Materialismus erkennen. Die Düsseldorfer Puckianer haben nämlich gerade keinen Sponsor zur Hand und wollen deshalb weltweit ein bisschen Werbung betreiben. Andererseits: Was bedeutet heutzutage schon Geld? Das ist doch auch nur noch eine flüchtige Sache. So schließt sich der Kreis: Der Genius Loci, der Geist des Ortes, der ja zu jedem ordentlichen Weltkulturerbe gehört, ist so flüchtig wie alles hier auf diesem Erdenrund. Er kam nämlich zu uns aus dem nicht fassbaren Geist der christlichen Tradition. Er ist modern und nicht zu packen. Er ist der volatile Puck unserer abendländischen Seele. *14. Januar 2012*

In der großen Aufregung um das sogenannte Skandalspiel von Düsseldorf darf auf keinen Fall ein Detail untergehen. Das Detail ist in diesem Fall der „größte Fan-Trottel", wie die *Bild* ihn genannt hat. Der größte Fan-Trottel ist deshalb ein noch größerer Trottel als die zahlreichen anderen Trottel, die im Stadion versammelt waren, weil er das Chaos auf dem Platz genutzt hat, um den Elfmeterpunkt zu klauen. Vor Abpfiff, wohlgemerkt. Die ARD war live drauf, als der Mann mit bloßen Händen die Kreidemarkierung aus dem Rasen entfernte, er sah aus wie ein buddelndes Kleintier, statt eines Fells trug er verschiedene Fanschals. „Das ist unterirdisch", rief der Kommentator Tom Bartels mit Blick auf den im Erdreich wühlenden Mann, und von allen Fußballfloskeln, mit denen er jede seiner Reportagen veredelt, traf diese ausnahmsweise exakt den – nun ja – Punkt.

Jede Handlung wirft Fragen auf. Warum der Griff zum Elfmeterpunkt, wo doch in dieser wilden Partie der Elfmeterpunkt gar keine herausragende Rolle gespielt hat? Und, in die Zukunft gerichtet: Was macht man zu Hause mit einem Elfmeterpunkt? Gewissermaßen lebt der ja noch. Pflanzt man ihn also irgendwo ein, muss er ins Gewächshaus? Hält man den Rasen mit der Nagelschere kurz, und darf man behutsam nachkalken, wenn sich der Kreidepunkt allmählich eintrübt? Wäre es eine gute Idee, den Elfmeterpunkt jenen jungen Frauen zu präsentieren, die zum ersten Mal die muffige Fanhöhle betreten? Und, vorausgesetzt der größte Fan-Trottel würde sich als Serientäter erweisen: Wäre das eine Frage, die die jungen Frauen endgültig aus den Schuhen haut: „Darf ich Ihnen meine Elfmeterpunktsammlung zeigen?“

Der Elfmeterpunktklauer von Düsseldorf wird Nachahmer finden, das ist immer so, wenn einer was sehr Dämliches getan hat und dabei lang genug im Fernsehen war. Gottlob hatte er keine Vorgänger. Das WM-Finale 74 hätte den Elfmeterpunktklauern aus Holland und Deutschland einiges geboten, einmal schoss Neeskens, einmal Breitner. Wobei Neeskens, die alten Bilder beweisen es, bei seinem Versuch die Kreide mit abräumte, es staubte sehr, und vom Vorhandensein eines Elfmeterpunktes konnte genau genommen nicht mehr die Rede sein. Früher haben die Fußballer die Plätze selbst ruiniert, heute erledigen das die Fans. Der Mann aus Düsseldorf hat sich seinen Teil des Spiels gegriffen und sich damit davongemacht. Und wer jetzt ernsthaft fragt, was er mit seiner Beute anstellt, der versteht nichts von der Reliquiengläubigkeit aller Fans. Vor kurzem wurde ein vollgerotztes Taschentuch von Scarlett Johannson bei *Ebay* versteigert, für 5300 Dollar. Okay, Scarlett Johansson ist was anderes als Fortuna Düsseldorf. Aber um herauszufinden, wer der größte Fan-Trottel von allen ist, sollte besser noch mal nachgemessen werden. *18. Mai 2012*

Das englische Frühstück ist nur etwas für Menschen, denen Cholesterin- und Kalorientabellen wurscht sind. Das macht den Engländer gleich mal sympathisch, jedenfalls solange man nicht gezwungen ist, in aller Früh einen großen Teller mit Speck, gegrillten Tomaten, zu Würstchen geformten Sägespänen und weißen, in einem rötlichen Bindemittel schwimmenden Bohnen selbst zu verzehren. Okay, wenn auch ein paar leckere Blutwurstscheiben beigefügt sind, wird man vielleicht doch schwach. Danach aber ist der Tag gelaufen, und man legt sich am besten wieder ins Bett. So jedenfalls hält es der Brite, weshalb er ja auch sein Empire verloren hat. Die Krönung eines *English Breakfast* aber ist das Toastbrot, das die Eingeborenen schon im Mittelalter über offenem Feuer rösteten, beispielsweise die Ritter der Tafelrunde, welche die nicht verspeisten Toastscheiben zu eindrucksvollen Befestigungsanlagen übereinanderschichteten.

Das alles muss man wissen, um die Tragweite des Vorgangs zu ermessen, der sich im Londoner Auktionshaus Charles Hanson abgespielt hat. Dort ist eine gut 30 Jahre alte Toastscheibe unter den Hammer gekommen, die nach knallhartem Kampf zwischen zwei Telefonbietern für 230 Pfund den Besitzer wechselte. Schon wegen seines respektablen Alters wäre das geröstete Stück Brot jeden Penny wert gewesen, aber dieser Toast ist ja noch viel mehr als eine weitgehend im Originalzustand erhaltene Antiquität. In ihm eingebrannt ist eine große Erzählung von Glück und Unglück, er ist ein Shakespeare'sches Drama aus Weizenmehl, Wasser und Milch. Prinz Charles, der ewige Thronfolger, hatte den Toast am Morgen seiner Hochzeit mit Prinzessin Diana auf dem Frühstückstisch – und er hat ihn verschmäht. Warum nur? Ahnte er, dass auf dieser Ehe kein Segen ruhen würde? Bekam er just deshalb keinen Bissen runter, abgesehen von der Tomate, den Würstchen, den Bohnen und der leckeren Blutwurst? Man weiß es nicht.

Der skeptische Kontinentaleuropäer ist natürlich geneigt, den royalen Hochzeitstoast als Fake zu betrachten. Im Gegensatz zur Fälschung von Banknoten ist die Herstellung gefälschter Toasts nicht sonderlich aufwendig. Es genügen ein Toaster und eine in jedem Supermarkt erhältliche Packung Weißbrotschnitten. Man hätte weniger Zweifel, wären am fraglichen Toast Bissspuren sichtbar, die sich eindeutig Prinz Charles zuordnen ließen. Doch es gibt sie nicht. Da war das Käse-Sandwich mit dem Antlitz der Jungfrau Maria, das 2004 bei Ebay für 28 000 Dollar versteigert wurde, eine weitaus seriösere Sache. Sollte sich herausstellen, dass es sich nicht um Charles' Hochzeitstoast, sondern nur um Reste von König Artus' Tafelrunde handelt, müsste der Käufer auch nicht traurig sein. Er kann das Brot ja noch essen. Britische Backwaren schmecken auch nach Jahrhunderten wie am ersten Tag. *21. Juli 2012*

Die Ente bleibt draußen! Dass die gleichzeitige Benutzung des Badezimmers Gift für jede harmonische Beziehung ist, hat schon Loriot eindrücklich dokumentiert. Beim gemeinsamen Wannenbad ist es trotz formvollendeter Manieren und zumindest einseitiger Selbstverpflichtung zum Tragen einer Badekappe um die gute Kinderstube der Herren Dr. Klöbner und Müller-Lüdenscheidt bald geschehen. Da wird die Zuflussmenge von kaltem oder heißem Wasser zum Gegenstand zäher diplomatischer Unterhandlungen, und an der Frage, ob die Quietschente zu Wasser gelassen werden darf, zerbricht unter Androhung finaler Stöpselziehung der soziale Friede. Zu viel Nähe, sagt der Darmstädter Psychologe Darush Barsfeld, ist ein Beziehungskiller. Und damit rückt das Badezimmer ins Zentrum der paartherapeutischen Aufmerksamkeit: als derjenige Raum, der von den Partnern tunlichst getrennt benutzt werden sollte. Völlige Distanzlosigkeit, so Barush, entzaubert den anderen, sodass die Romantik sich bald verflüchtigt wie die Frühlingsbrise aus dem Duftspender. Anders gesagt: Das Liebesleben läuft einfach besser, wenn nicht er mit der Zeitung auf dem Klo sitzt, während sie sich gerade die Beine epiliert.

Der generellen Bedeutung des Badezimmers für den Bestand einer Beziehung ist bislang kaum ausreichend Beachtung geschenkt worden. Dabei weiß doch jeder, der einmal in einer WG gelebt hat, dass es sich im Bad entscheidet, ob man längerfristig zueinander passt oder nicht. Die unschön ausgedrückte Zahnpastatube könnte man ja noch hinnehmen. Doch was ist mit dem Klodeckel, den der andere zuerst hoch-, dann aber nicht wieder herunterklappte, und wie steht es um das letzte Blatt Toilettenpapier, das der Vorgänger verbraucht hat, ohne eine neue Rolle zu hinterlegen? Diese banalen Beispiele aus dem Alltag zeigen, was für ein hochsensibler Bereich das Badezimmer ist – wie geschaffen als Arena für den Geschlechterkampf.

Aber ist es nicht oftmals gerade die Gewissheit, im Bad ungestört zu sein, die mangelnder Rücksichtnahme Vorschub leistet, bis hin zum Vandalismus? Dabei endet, was als bloße Nachlässigkeit begann, nicht selten als gezieltes Revanche-Foul. So manche Rasierschaumdose wurde planvoll der Austrocknung preisgegeben, um den anderen zu demütigen, so manche Zahnbürste aus purer Rankune vertauscht. In schlimmen Fällen wird mit dem Zeitfenster für die morgendliche Verweildauer Schindluder getrieben. Sobald sich hier keiner mehr an die verabredete Teilzeit hält, kann eine Ehe als zerrüttet gelten. Darum ist es zur Trennung meist nicht mehr weit, wenn die Partnerin sich heulend im Badezimmer einschließt. Das Wort Nasszelle bekommt in der Beziehungskrise eine ganz ungeahnte Bedeutung. *04. Oktober 2011*

III

Heiratet George Clooney denn bald? Vermischte Gerüchte

Mit einiger Wahrscheinlichkeit beschäftigt sich der Bundestag noch im Januar mit dem von der Opposition lancierten Entwurf eines „Gesetzes über die zeitgemäße Abwicklung, Vergütung und Öffentlichmachung von Besuchen bei Bekannten oder Freunden", und mit noch größerer Wahrscheinlichkeit wird dieses Freundebesuchsgesetz (FrBesG) künftig den Namen jener Person tragen, die es durch eine Bemerkung im Rahmen eines Interviews recht eigentlich auf den Weg gebracht hat: *Schausten*. Die Journalistin Bettina Schausten schließt damit zu Peter Hartz und Walter Riester auf. Leute, die den Gesetzentwurf zu Gesicht bekommen haben, sagen heute schon, dass es angesichts seiner Dürftigkeit bald zu Nachbesserungen kommen wird, also zu durchnummerierten Folge-Gesetzen wie bei Hartz: Schausten II, Schausten III, Schausten IV und so fort.

Noch gibt's kaum Details, aber dass die Lex Schausten mit dem kostenlosen Logieren bei Freunden aufräumen soll, gilt schon als sicher. Wolfgang Bosbach will gehört haben, dass die Freunde im Gesetzestext durchgehend mit Gänsefüßchen – „Freunde" – geschrieben werden, und wenn das stimme, dann werde, wie er sagt, „die Axt an den Baum der christlich-abendländischen Freundschaftskultur gelegt". Hier eine geraffte Summe dessen, was bis jetzt durchgesickert ist: Der Brauch, als Besucher mit einem Blumenstrauß oder einer Flasche Wein anzurücken, wird bereits in der Präambel als veraltet und obsolet hingestellt, zumal da sich, wie es angeblich in einem Referentenentwurf hieß, diese Mitbringweine ohnedies „in einer ewigen Umlaufbahn" befänden. Die von Frau Schausten zur Diskussion gestellten 150 Euro werden in ein größeres, etwas unhandliches Gratifikationssystem eingebaut, dessen obere Grenze bei 200 Euro liegt. Dieser Tarif gilt vom Staatssekretär aufwärts. Sind die „Freunde", die besucht werden, verwandt oder verschwägert, kann eine Minderung von 30 Prozent geltend gemacht werden. Besuche welcher Art auch immer sind den Dienstvorgesetzten zu melden. Präsidenten und ranggleiche Personen sind davon befreit, aber der Presse gegenüber auskunftspflichtig. Die Möglichkeit kostenneutralisierender Gegenbesuche ist vorgesehen, das Nähere regelt eine Verordnung. Im Interesse der Transparenz sollen Besuch und Gegenbesuch auf vergleichbarer gesellschaftlicher Ebene und „zeitnah" erfolgen, zu denken ist an ein Budget von maximal zehn Besuchsbewegungen pro Person und Jahr.

Die Rechnungshöfe werden ein scharfes Auge auf die Einhaltung des FrBesG haben. Angeblich ist auch der Verfassungsschutz bereit, sich mit seinem speziellen Know-how in die gute Sache einzubringen. Pro „Freundes"-Zelle stellen die Schlapphüte einen V-Mann zur Verfügung. *Bild* ist bereit, das gesammelte Datenmaterial unentgeltlich auszuwerten. *07./08. Januar 2012*

Wenn die weibliche Wespenspinne einen Partner sucht, macht sie nicht viel Aufhebens, sondern geht recht zielstrebig vor. Sie scheidet Dimethylcitrat aus, damit hat sich's. Sämtliche Wespenspinnenmännchen im Umkreis können nicht anders, als das Dimethylcitrat ausscheidende Weibchen fürchterlich zauberhaft zu finden und sich auf der Stelle mit ihm paaren zu wollen.

Was es bei uns Menschen braucht, damit Männer und Frauen beseelt in irgendwelche Pheromonfallen tappen, ist komplizierter – ein schwammiges Terrain. Warum ein Mann eine Frau schön findet, respektive was Frauen an Männern besonders mögen, das konnte bis dato eigentlich nur mit halbseidenen Axiomen beantwortet werden. Jenseits des zugegebenermaßen redlichen Versuchs, die ganze Chose zu verwissenschaftlichen, indem man das Körpergewicht durch das Quadrat der Körpergröße dividiert, um den sogenannten Body-Mass-Index zu erhalten, gab es, was die äußere Anziehungskraft zwischen den Geschlechtern anbelangt, eigentlich nur noch Bauernregeln – allerspätestens seit Prinz Charles Lady Di für Camilla Parker Bowles, genannt Rottweiler, verließ. Auf diesem holprigen Feld hat sich jetzt eine interessante Neubewertung ereignet, und natürlich ist auch hier wieder ein bisschen Wissenschaft im Spiel. Bislang galt bei Frauen doch ziemlich bauernregelhaft, dass lange Beine als äußerst attraktiv angesehen werden. Das *Journal of Evolutionary Biology* weiß nun, dass die Bein-Doktrin nichts als Humbug war. Probanden auf der ganzen Welt haben übereinstimmend große und schlanke junge Frauen zwar als besonders gut aussehend eingestuft, die Beinlänge soll dabei aber überhaupt keine Rolle gespielt haben. Dagegen steht der neue, eindeutige und hart empirisch belegte Befund: Die Arme sind's! Lange Arme sind, zumindest beim weiblichen Teil der Spezies Mensch, ein wichtiges Schönheitsmerkmal. Ein Paar lange Arme sind sozusagen das Dimethylcitrat der Menschenfrau.

Man könnte sich jetzt wundern, kann es aber auch lassen. So richtig verstanden hat sowieso keiner, warum bei Frauen bislang ausgerechnet die Beine ein Merkmal für hervorgehobene Attraktivität gewesen sein sollen. Erklärungsversuche, wie die wohlgeformte Kniescheibe als Eyecatcher oder gar eine im weiblichen Wadengrübchen verborgene Moschusdrüse, werden jetzt vollends hinfällig. Auf dem Vormarsch befindet sich nun stattdessen – ja was eigentlich? Das leicht Affenartige? Fest steht: Ihr langbeinigen Frauen könnt jetzt mal einen großen Schritt zurücktreten. Euch Langarmige aber finden wir nur so lange aufregend, bis die Wissenschaft uns etwas neues Langes für die Liebe anbietet: die Langhalsigen vielleicht. Oder die Langweiligen, von denen es doch jetzt schon so aufregend viele gibt. *20. Oktober 2010*

Dass George Clooney wirklich heiraten würde, konnten nur die Allernaivsten glauben, die überdies ihren Gogol nicht gelesen haben. Es gab also im Grunde keinen Menschen, der ernsthaft annahm, dass George Clooney die schöne Elisabetta Canalis tatsächlich ehelichen würde. Wasser ist nass, der Himmel ist blau, Frauen haben Geheimnisse, George Clooney heiratet nicht. Und doch schwirrte das Gerücht einige Tage lang durch die Gazetten, die Magazine und das unendliche Internet: George und Elisabetta, 2011 sollte es so weit sein. Bis zum erlösenden Dementi vergingen Tage, an denen Träume zu zerstieben drohten. Denn so wie viele Männer bis zu ihrem 40. Lebensjahr die auf nichts gegründete Hoffnung hegen, sie könnten beim Kicken im Park doch noch von den Spähern des FC Barcelona entdeckt werden und eine späte Karriere als Profifußballer beginnen, so malen sich Frauen jeden Alters auch an entlegenen Orten wie Schnarup-Thumby oder Gammelby beharrlich und freudvoll aus, wie George – herübergeweht von einer Laune des Schicksals – in einer rauen Winternacht im Dorfkrug auftaucht, nach einem kühlen Bier und einem warmen Zimmer fragt, um dann den Blick zu heben, zu sehen und zu erkennen.

Was nun die erste Begegnung von Elisabetta Canalis und George Clooney angeht, so ist verbrieft, dass sie nicht im Dorfkrug von Schnarup-Thumby oder Gammelby stattfand, sondern bei einem Abendessen mit Bekannten in Rom. Bereits am Ende dieses ersten gemeinsamen Abends, so wurde seinerzeit übereinstimmend berichtet, sei es „zu heißen Küssen und Streicheleinheiten“ gekommen. Freilich lässt sich die Größe des gemeinsamen Glücks auch, aber eben nicht nur, in Streicheleinheiten messen. Friedrich Nietzsche bemerkte dazu treffend: „Man soll sich beim Eingehen einer Ehe die Frage vorlegen: Glaubst du, dich mit dieser Frau bis ins Alter hinein gut zu unterhalten? Alles Andere in der Ehe ist transitorisch, aber die meiste Zeit des Verkehrs gehört dem Gespräche an." Es mag dieser Aspekt gewesen sein, der Podkolésjin, den Protagonisten in Nikolai Gogols Komödie „Die Heirat", dazu bewog, der Eheschließung mit der trefflichen Agafja in allerletzter Minute durch einem Sprung aus dem Fenster zu entfliehen. Heiße Küsse und Streicheleinheiten sind das eine, doch das andere ist der unendliche Schrecken, den es bedeutet, im Verkehr des stockenden Gespräches für immer festzustecken.

Der vermeintlich ewige Junggeselle Clooney war übrigens von 1989 bis 1993 mit der Schauspielerin Talia Balsam verheiratet. Diese transitorische Verbindung brachte ihm die grauen Haare ein, deretwegen er heute so verehrt wird und die treffend das Mirakel der Ehe illustrieren: Wer sie eingeht, wird ein aufs schönste Gezeichneter sein.

30. Dezember 2010

Die Welt gewinnt einen Teil ihres sublimen Reizes dadurch, dass es auf ihr so wunderbar ungerecht zugeht. Es gibt reiche Menschen und arme Menschen; es gibt Menschen, die rasend gerne Milch trinken, aber eine Lactoseunverträglichkeit haben. Dann gibt es wieder Menschen, die Lactose theoretisch gut vertragen, sich aber nichts aus Milch machen. Es gibt Menschen, die sich in andere Menschen verlieben, welche sich ihrerseits wiederum nicht in Menschen verlieben können, sondern nur in Gegenstände oder Tiere. Es gibt Menschen, die gerne Auto fahren und Menschen, die von Autofahrern überfahren werden. Es gibt schöne Menschen, und es gibt hässliche Menschen. Dabei existiert grundsätzlich die Möglichkeit, dass ein hässlicher Mensch das Herz eines schönen Menschen rühren kann. Aber sehr oft kommt das nicht vor, weil schöne Menschen unter sich bleiben wollen und hässliche Menschen deshalb unter sich bleiben müssen. Viele hässliche Menschen sehnen sich nach schönen Menschen. Weil hässlich sind sie ja selber. Aber es gibt ein paar hässliche Menschen, die sich andere hässliche Menschen schönreden, damit sie in der Liebe irgendwie zu Potte kommen. Für diese Menschen gibt es die Partnerbörse „theuglybugball.com."

In dieser Börse suchen und finden sich Männer und Frauen, die sich selbst als ästhetische Herausforderungen begreifen und von anderen auch genau so begriffen werden. Der britische Teppichleger Tom Clifford zum Beispiel ist so hässlich, dass Kinder in Tränen ausbrechen, wenn sie ihn sehen. Es geht nicht darum, jetzt noch extra auf Clifford herumzutrampeln; andererseits kann man nicht oft genug darauf hinweisen, dass dieser Mann mit seinem abgrundtief hässlichen Gesicht, seiner phänotypischen Albtraumhaftigkeit eigentlich nicht vermittelbar ist. Aber er ist jetzt eben doch vermittelt worden, und zwar an Janine Walker, ihrerseits hässlich wie die Nacht. Es ist sogar so weit gekommen, dass Clifford und Walker im Dezember heiraten und damit das erste Ehepaar bilden werden, dessen Glück auf dem Fundament der eigenen Hässlichkeit fußt.

In einem Monat werden sich Janine und Tom entscheiden, welcher Name hässlicher klingt, Clifford oder Walker. Eigentlich klingt Clifford hässlicher, das wird dann wohl der Ehename. Janine wird das hässlichste Brautkleid tragen, das je eine Schneiderhand zusammengeflickt hat. Bald werden sie Kinder haben, die scheußlichen Clifford-Kinder, eines hässlicher als das andere. Auch die Kinder werden sich in hässliche Menschen verlieben. Es sei denn, ein gütiger Gott verfügt eines Tages, dass hässliche Menschen nichts mehr empfinden können. Keine Liebe, keine Sehnsucht, kein Verlangen. Nur Lactoseunverträglichkeit und ihre eigene Hässlichkeit. Dann wäre die Welt mit einem Mal wieder schön.

02. November 2010

Früher hatte man vielleicht zwei, drei, wenn es hoch kommt fünf Freunde, von denen einer der beste Freund, zwei sehr gute Freunde waren und die anderen beiden, na ja. Das reichte normalerweise auch aus, denn was macht man schon groß mit Freunden, außer durch Kneipen ziehen, über Nietzsches Genealogie der Moral reden und sich, wenn nötig, gegenseitig Alibis geben? Es gibt ja Leute, die sagen: Mit dem Begriff Freund bin ich sehr zurückhaltend. Warum eigentlich? Die Welt ist randvoll mit Knalltüten, da kann man doch Menschen, mit denen man einigermaßen klarkommt, getrost als Freunde bezeichnen. Das wird heute im Grunde auch so gehandhabt. Wer zum Beispiel bei Facebook angemeldet ist, verfügt im Schnitt über 150 Freunde – ein paar von ihnen kann man auf kleinen Bildchen anschauen, auf denen sie coole Sonnenbrillen tragen oder mit lustigen Grimassen zeigen, was für superliebe Typen sie sind.

Wichtig ist natürlich, und jetzt kommen wir zum wissenschaftlichen Teil unserer kleinen Freundschaftskunde, dass sich all die superlieben Typen untereinander anrufen, was das Zeug hält. Denn nur dann können sich Forscher wie Nathan Eagle aus Cambridge daran machen, sämtliche Anrufe auszuwerten, um anschließend zu folgendem Ergebnis zu kommen: Wer viel telefoniert, ist wohlhabend, wer wenig telefoniert, ist arm. Aber jetzt aufgepasst: Wer viel telefoniert und dabei viel redet, ist auch arm. Das fand Eagle am Beispiel des Dorfes Stoke-on-Trent in der Grafschaft Staffordshire heraus, dort also, wo der Staffordshire-Bullterrier herkommt. In Stoke-on-Trent reden die Leute stundenlang in ihre Telefone, aber immer mit denselben Leuten und über Themen wie Geld, Armut, Alkohol und Staffordshire-Bullterrier, sodass sie einfach keine ökonomisch tragfähigen Netzwerke knüpfen können. Die anderen hingegen, die klug Vernetzten, rufen nur solche Leute an, die ihnen helfen können, einen besseren Job zu bekommen, den besseren Typen kennenzulernen, die bessere Wohnung zu finden und eine bessere Stadt als Stoke-on-Trent. 150 Freunde sollt ihr sein. Und nicht bloß dreißig oder vierzig, die nicht aus dem Quark kommen und auf immer arme Hunde bleiben werden.

Übrigens hat ein anderer Forscher, Robert Dunbar, herausgefunden, dass ein Mensch ohnehin nicht mehr als 150 Freunde in seinem Kopf abspeichern kann, das entspricht gutem Facebook-Durchschnitt. Wenn man es also schafft, mit all diesen Leuten gleich lange zu telefonieren und Themen wie Armut, Alkohol und Staffordshire-Terrier auszusparen, zählt man dann zu den Reichen? Oder ist man dann nur einer von diesen komischen Forschern, von denen vielleicht fünf zu den besten Forschern zählen, drei zu den guten und die anderen – na ja.

22. Mai 2010

Glaubt man den Provinzialarchäologen, dann lassen sie den Boden sprechen oder jedenfalls das Gerümpel, das sie darin finden. Beispiele? Zwei verbeulte eckige Kotflügel und ein Chassis ohne Fahrgestellnummer, aufgefunden im Landschaftschutzgebiet Nordeifel: frühe achtziger Jahre, Automodell Opel Kadett. Die Besitzer müssen, wie damals in Einödregionen üblich, staatlichen Entsorgungsbemühungen ablehnend gegenübergestanden haben. Oder 200 lieblos übereinander geworfene Skelette in Kettenhemden, eingebeulte Rundhelme, Kiesgrube im südlichen Rheinland: etwa 2. Jahrhundert, germanische Bewaffnung. Die Art des Fundes lässt auf eine tragische Unterschätzung der römischen Kavallerie seitens einer Bande hermundurischer Briganten schließen. Weinglasscherben, Messergriff vom Tafelsilber und ein Haufen Schweinerippchen im Wittenbergischen: spätes 15. Jahrhundert, ehemals die Jauchegrube der Familie Luther. Hausmüll, der, einmal ausgebuddelt, die Erzählungen des Reformators über seine dürren Kindheitsjahre in anderem Licht erscheinen lässt.

Oder nun München, Theresienwiese, derzeit Ort des Oktoberfestes: Splitter von Maßkrügen und dazwischen – Hühnerknochen! Ist klar, könnte jetzt jeder sagen, da hat der Festwirt seinen Müll wieder hinters Zelt gekippt und zugescharrt, so wie der Dr. Luther. Aber zum Glück gibt es Wissenschaftler, die ihren Lebensunterhalt mit der Altersbestimmung von Hühnerkadavern bestreiten. Ergebnis: Hier wurde ein 100 Jahre altes Hendl entdeckt. Dessen Knochen stammen aus der späten Prinzregentenzeit und sind jetzt im Stadtmuseum zu bewundern.

Es könnte Wiesnbesucher geben, die nach dem Verzehr eines zähen, schwarzverkrusteten und öltriefenden Hendls im Festzelt wenig überrascht sind, dass da ein Huhn gefunden wurde, das nicht mehr das jüngste war. Höchstens, dass sie sagen: gleich 100 Jahre, das hätte ich dann doch nicht gedacht. Die Wiesnwirte gelten ja örtlich als „rechte Hund“ – der Begriff ist eine Anerkennung für die Fähigkeit, auswärtigen Gästen so viel Geld wie möglich aus der Tasche zu ziehen und dies noch als Ausdruck landestypischer Gastfreundschaft auszugeben. Wie sehr sich das Hendl dazu eignet, hat Wirteveteran Richard Süßmeier vor Jahren demonstriert. Er führte vor, wie er aus einem Brathuhn drei halbe Hühner machte, ohne dass der vom Bier derangierte Australier oder Japaner etwas mitbekommt. Die Besucher haben ja auch nicht gemerkt, dass während des Oktoberfestes vor vier Jahren die Altbestände des sogenannten Gammelfleisches auf zunächst rätselhafte Weise verschwanden. Der Untersuchungsausschuss, welcher der Sache nachging, hörte schließlich vom Chef der ermittelnden Polizeibehörde: „Des ham die Preißn gessn.“ *21. September 2010*

Folgendes begab sich am Montag in Herne. Die Geschichte beginnt ganz alltäglich, stellen wir sie uns vor. Wie die Entrümpler vor der Wohnung stehen, die sie leerräumen sollen. Wie sie zu ihrem Verdruss die Tür zugesperrt vorfinden und kurzerhand aufbrechen. Wie sie sich drinnen umsehen und vielleicht sagen: Das sieht ja wirklich aus, als sei der Besitzer eben erst fortgegangen. Wie sie sich ans Werk machen und denken: Was für schöne Sachen, dass die niemand haben will, da sieht man es wieder. Edle Lampen, der feine Teppich, gute Bücher. Wie sie alles in den Transporter wuchten, was sich im Laufe eines Lebens angesammelt hat. Und wie sie abfahren, jener kirchlichen Einrichtung entgegen, die den Nachlass zu Wohltätigkeitszwecken auf dem Trödelmarkt zu veräußern plant.

Man sagt ja heute, die Leute würfen alles fort. So satt und vom Wohlstand verdorben seien sie. Dieser kulturkritischen Attitüde steht die Erfahrung gegenüber, dass der Mensch sein Eigen ungern hergibt. Frauen spüren freilich gern Gegenstände auf, die dem Gatten teuer, nach Ansicht der Gemahlin aber auf schnellstem Wege der Entsorgung zuzuführen sind. Warum die Frauen das tun, hat sich nie ergründen lassen. Die Männer jedenfalls versuchen, eben diese Dinge zu bewahren und dem Zugriff der Gattin zu entziehen: das betagte Stoffnilpferd, dem das rechte Auge abhanden kam; die gesammelten Abenteuer des schweren Raumkreuzers Delta VII ; die mannshohe Anrichte aus Familienbesitz, sie überstand elf Umzüge und eine Frühjahrsoffensive der Roten Armee; die Nietenjoppe von 1976, sie sitzt jetzt knapp, kein Grund, sich davon zu trennen. Männer, die keine Knechte sind, werfen derlei nicht fort. So kommt es, dass, wenn sie dann einst von uns gehen, die Erbengemeinschaft ratlos durch die Räume streicht und sich fragt: wohin bloß mit all dem Zeug?

Vielleicht vermachen sie es einer kirchlichen Einrichtung. Das führt uns zurück nach Herne, denn die Geschichte ist noch nicht zu Ende. Stellen wir uns also vor, wie der Mieter der Wohnung abends heimkehrt; eben erst ist er fortgegangen, jetzt ist nichts mehr da, was er im Laufe des Lebens angesammelt hat. Wie er von Raum zu Raum eilt. Wie all die schönen Sachen verschwunden sind: Lampen, Teppich, Bücher; Sessel, Sofa, Schrank. Wie der Verstörte die Polizei anruft und zur Antwort erhält, es sei einigermaßen ungewöhnlich, dass Einbrecher alles, wirklich alles mitgehen lassen. Wie einer Beamtin der rettende Gedanke kommt: Ob die Packer im Haus vielleicht die falsche Wohnung genommen haben? Genau das, heißt es jetzt offiziell, sei geschehen. Was der Müllschlucker noch nicht verschlang, erhält der Mieter zurück. Aber sollte er eine Gefährtin haben, wäre die Polizei gut beraten, ihr die Frage zu stellen: Wo waren Sie eigentlich am Montag? *15. März 2012*

Der durchschnittliche Deutsche steht um 6.48 Uhr auf. Werktags jedenfalls. Darüber kann der durchschnittliche Sachsen-Anhaltiner nur ausgeschlafen lächeln. Um 6.48 Uhr hat er, wenn es denn sein muss, schon sein zweites hart gekochtes Frühstücksei fertig. Für gewöhnlich hüpft er bereits um 6.39 Uhr gut gelaunt aus dem Bett. Er hat schließlich einen Ruf zu verlieren. Er wohnt im „Land der Frühaufsteher". Das Leben in Sachsen-Anhalt ist dem restlichen Leben mithin um neun Minuten voraus. Das erklärt auch, weshalb dort seit geraumer Zeit eine Erfolgsmeldung die nächste jagt. Vom Verfassungsschutz und vom 1. FC Magdeburg einmal abgesehen, kann man uneingeschränkt konstatieren: Sachsen-Anhalt hat gerade einen Lauf. Kein Bundesland stellt so regelmäßig das „*Bild* -Girl des Monats". Gleichwohl stehen die Menschen nirgendwo in Deutschland so treu zu ihren Partnern wie zwischen Salzwedel und Weißenfels. Zuletzt ist in Sachsen-Anhalt neben der Wahlbeteiligung sogar die Arbeitslosigkeit gesunken. Muss man da noch erwähnen, welche Region den weltweit größten rein aus Ohrstäbchen gefertigten Sessel hervorgebracht hat?

Wenn der Sachsen-Anhaltiner nicht gerade Rekorde bricht, dann sucht er sich eine Stelle in Sachsen-Anhalt, die noch nicht mit einem Rapsfeld bepflanzt ist. Und dort pflanzt er dann ein Rapsfeld an. Den Ruf von seinen gelb blühenden Landschaften hat er nämlich auch noch zu verteidigen. Das mit dem Raps ist allerdings ein heikles Hobby. Die Pflanze stößt gefährliche Duftstoffe aus. Ein Gerücht besagt, wer eine Nacht in einem Rapsfeld schläft, sei am nächsten Morgen tot. Aber das ist

Unsinn. Die Sachsen-Anhaltiner sind quicklebendig und deshalb nun ganz vorn dabei beim Bildungstest. Nur in der Rubrik „Zuhören" schneiden sie nicht so gut ab. Aber das mag daran liegen, dass vielen von ihnen das Hochdeutsche noch etwas fremd ist.

Wäre mal interessant zu wissen, wie oft der durchschnittliche Deutsche täglich an Sachsen-Anhalt denkt. Leider hat das noch niemand abgefragt. Wissenschaftlich nachgewiesen ist immerhin: Deutsche, die zu Hause sind, denken 1,38 Mal pro Tag an Urlaub. Deutsche, die im Urlaub sind, denken freilich noch viel häufiger an zu Hause. Das belegen jüngste Untersuchungen der Gesellschaft für Konsumforschung. Es beginnt schon am Flughafen mit der Frage, ob der Herd wirklich aus ist. Nach der Landung im Drei-Sterne-Strandparadies kommen dann sehnsüchtige Gedanken an die Hauskatze, den Computer sowie an die engeren Freunde hinzu – in dieser Reihenfolge. Nach 9,3 Tagen wird der durchschnittliche Deutsche von akutem Heimweh übermannt. Aber natürlich erwischt es niemanden so schnell wie den Sachsen-Anhaltiner. Bei ihm dauert es nur 8,4 Tage, bis er seine Rapsfelder und seinen Ohrstäbchensessel vermisst.

06. Oktober 2012

Die gefüllte Erdbeere wurde in Rom erfunden. Das hat der Fernsehkoch Clemens Wilmenrod einmal in seiner Sendung „Bitte in zehn Minuten zu Tisch“ erzählt. Demnach habe er, Wilmenrod, an einem sonnigen Frühlingsnachmittag, kurz vor dem Ausbruch des Zweiten Weltkriegs, in einem römischen Straßencafé gesessen, als eine Bäuerin des Weges kam und ihm, Wilmenrod, eine Erdbeere schenkte. Den Strunk aus der Frucht herausdrehend, machte Wilmenrod dann seine wegweisende Entdeckung: Da war ein kleiner Hohlraum entstanden. Überflüssig zu erwähnen, dass der Erfinder der Fernsehküche im Allgemeinen und des Arabischen Reiterfleischs im Speziellen fortan von seinem Innovationsgeist getrieben wurde; dass er rastlos durch Rom streifte, bis er endlich wusste, wie dieser Hohlraum zu füllen sei: Mit einer Mandel! Es spricht einiges dafür, dass diese Idee unter dem Namen Erdbeere „Rom“ heute zum Kanon der deutschen Kochkunst zählen würde, hätte Wilmenrod nicht kurz nach dem Zweiten Weltkrieg eine noch bessere Idee gehabt. Da erfand er zu Hause in Wiesbaden den Toast „Hawaii“.

Weißbrot mit Kochschinken und Scheiblettenkäse. Dazu eine leuchtende Cocktailkirsche, die in einem Rettungsring aus Dosenananas schwimmt. Es muss kein Zufall sein, dass die Deutschen glücklich und vollbeschäftigt waren, als noch regelmäßig nach Hawaii-Art getoastet wurde. Und nur geschmacklose Besserwisser können behaupten, es hätte eigentlich Toast „Wiesbaden“ heißen müssen. Ähnlich wie bei der Putenbrust „Karibik“ oder beim Schweinebraten „Florida“ kommt es nämlich auch beim Toast „Hawaii“ weniger auf die Komposition als auf die Assoziation an. Hier geht es um Sehnsucht. Büchsenfrüchte mit Käse, das schmeckte in den Fünfzigern auch deshalb so herrlich nach Südsee, weil man glaubte, Honolulu bleibe für immer unerreichbar.

Mit dem Aufstieg der Billigflieger begann der Abstieg des Hawaii-Toasts. Inzwischen sind ja tatsächlich ein paar Deutsche dort gewesen. Und was sie zurückbrachten, ist vor allem Ernüchterung. Im Grunde sieht Hawaii aus wie Wiesbaden mit Palmen. Überhaupt weiß man heute ja gar nicht mehr, wonach man sich noch anständig sehnen soll. Sicher, die Nasa hat vor einiger Zeit einen Roboter namens Curiosity auf den Mars geschickt. Er soll erkunden, ob der Planet mittelfristig als Sehnsuchtsort infrage kommt. Bislang scheint Curiosity aber recht planlos umherzuirren. Gefunden hat er offenbar noch nichts. Abgesehen von der Erkenntnis, dass der rote Sand dort oben mehr oder weniger dem Erdreich von Hawaii ähnelt. Auf dem Mars, so viel lässt sich jetzt immerhin sagen, ist es wie in Honolulu, bloß ohne Palmen. Das bringt uns zu der beruhigenden Erkenntnis: Wer einmal in Wiesbaden war, kann sich die Reise ins Weltall sparen. *07. November 2012*

Als Grund geben sie meist den Preisvorteil an. Die Rede ist von gar nicht mehr so jungen Männern und Frauen, die, obwohl gesund und arbeitsfähig, nicht die geringste Neigung verspüren, Flachbildschirm und Schmusedecke zusammenzuraffen und endlich zu Hause auszuziehen. Vom sogenannten „Nesthocker-Phänomen“ sind mittlerweile so viele Familien betroffen, dass immer mehr verzweifelte Eltern das Fernsehen anrufen, um ihnen dabei zu helfen, das zu tun, was sie allein nicht übers Herz bringen: die unlieb gewordenen Kleinen aus dem Nest zu kicken. Und so kommt es, dass das Format der Eliminations-Show bis in die Keimzelle der Gesellschaft vorgedrungen ist.

Die Dramaturgie der entsprechenden Doku-Sendung „Schluss mit Hotel Mama“ geht so: Zuerst wird vorgeführt, wie die frühverrenteten Riesenbabys ihre weinenden Mütter tyrannisieren und hilflosen Väter knechten. Nicht dass sie besonders rege am Leben der Familie teilnähmen, deren Schoß sie nicht verlassen wollen. Morgens kommen sie nicht aus dem Bett, nachts finden sie dank Internet nicht hinein. Dazwischen blockieren sie stundenlang das Bad. Da hilft alles elterliche Kratzen an der verschlossenen Tür nicht, sie öffnet sich nur, um Nahrung und andere geldwerte Leistungen durchschieben zu dürfen. Oder einen draufmachen zu gehen. Papi fährt schon mal den Wagen vor, Mutti wird Bier holen geschickt und hält das Essen warm. Irgendwann muss man ja eh ins Heim, da lohnt es sich doch gar nicht, vorher noch groß eine eigene Wohnung zu suchen. Doch dann kommt der große

Nikolas aus dem TV-Struwwelpeter in Gestalt eines Bundeswehrausbilders – und plötzlich sitzen die flügellahmen Sprösslinge in der Tinte. Weit weg von zu Hause kommen sie ins Bootcamp und müssen ohne die gewohnte Vollpension überleben.

Vielleicht sollte man den Mann von der Bundeswehr auch mal in Venedig vorbeischicken. Dort wusste sich ein gestresstes Elternpaar nicht anders zu helfen, um ihr 41-jähriges Bambino dazu zu bewegen, das Kinderzimmer zu räumen, als einen Anwalt einzuschalten. Italien ist das Land, das am schlimmsten gebeutelt wird vom „Mammismo". Siebzig Prozent der unverheirateten Männer über dreißig wohnen noch bei ihren Eltern – was nicht verwunderlich ist, wenn man bedenkt, dass junge Italiener *tutti quanti* so lange im Kinderwagen herumgekarrt werden, bis ihre Beine lang genug sind, um an die Pedale einer Ducati zu reichen. Der Aufwand der Eltern aus Venedig, die vorsorglich bereits die Türschlösser ihrer Wohnung ausgetauscht haben, mag manchem übertrieben vorkommen. Dabei sollte man sich jedoch erinnern: Bei uns musste sogar der Regierungssitz von Bonn nach Berlin verlegt werden, bevor Guido Westerwelle bereit war, zu Hause auszuziehen.

23. September 2011

Wer widerwillig und entsprechend missgelaunt auf Shoppingtour geht, wer mit Schmerzensmiene in Modehäusern umherirrt, weil er auf familiären Druck hin die Erneuerung seiner 30 Jahre alten und bestens bewährten Garderobe betreiben muss, der wird am Ende des Tages, der für ihn die Hölle war, als zufriedener Mensch ins Bett sinken. Auf der Habenseite kann er einen wie maßgeschneidert sitzenden mausgrauen Anzug verbuchen, dazu Hemd und Krawatte im klassischen Stil und ein Paar zeitlos schöne Schuhe. Was will man mehr? Modisch ist der Herr für die nächsten drei Jahrzehnte auf dem Laufenden, und er darf sich in der Gewissheit wiegen, auch im Kaufhaus der Stimme der Vernunft gefolgt zu sein. Anders die Gattin, die der Shoppingtour schon seit Tagen entgegenfieberte: Sie hat im Zustand der Verzückung rund 20 Klamotten und mehrere Dutzend Schuhe erstanden, die bei der Sichtung am folgenden Morgen als Fehlkauf klassifiziert und ausnahmslos in die Altkleidersammlung gebracht werden.

Fälle wie dieser sind eher die Ausnahme. In Wirklichkeit ist die Menge der Waren, die euphorisch gestimmte Kunden nach Hause schleppen, meist wesentlich größer. Dennoch wäre es falsch, den Stab über solche Leute zu brechen. Wie Forscher der Universität Basel soeben herausgefunden haben, ist für Fehlentscheidungen nicht der Mensch als solcher verantwortlich, sondern dessen gute Laune. Salopp gesagt lautet das Ergebnis der Untersuchung: Wer gut drauf ist, kauft jeden Schmarrn, wohingegen der miesepetrige Mensch Qualität und Preise genauestens prüft, ehe er sich zum Kauf oder lediglich zum Beschimpfen des Personals entschließt. So einer mag ein Ekel sein, als Vertreter der praktischen Vernunft im Sinne Kants hat er sich bewährt.

Andererseits ist die gute Laune ein schlechter Berater. Sie lässt die Welt, die an sich ja ein düsteres Jammertal ist, im sonnigen Licht erstrahlen. Wehe dem Mann, der in Hochstimmung ist! Er verliebt sich in die falschen Frauen oder kauft Aktien, die am nächsten Tag nichts mehr wert sind. So muss man sich die ehemaligen Chefs der Bayerischen Landesbank als sympathische Gaudiburschen vorstellen, die in ihrer Champagnerlaune gar nicht anders konnten, als Milliarden zu verzocken. Und hat nicht auch das griechische Staatsdefizit seine Ursache im Volkscharakter der Hellenen, die für eine solide Finanzpolitik schlichtweg zu lebenslustig sind? Zu richtigen Entscheidungen kommt man auf Dauer nur mit herabhängenden Mundwinkeln und finsterer Miene. Deshalb achten verantwortungsvolle Manager penibel darauf, dass in ihrem Unternehmen stets schlechte Stimmung herrscht. Wie gut das funktioniert, sieht man an der florierenden deutschen Wirtschaft. Trotzdem ist der gut gelaunte Mensch nicht ganz überflüssig: Man braucht ihn noch als Kunden. *14. April 2012*

IV

Was bin ich eigentlich für ein Uhu?
Eine Arche Noah

Als sich die Sonne zart am Horizont ankündigt, steht Hausmeister N. auf und lädt sein Kleinkalibergewehr. Dann steigt er die Treppen hoch zum Dachboden. Er muss nicht fürchten, um diese Zeit den Mietern zu begegnen, die sind allesamt besserverdienende Längerschläfer; und träfe er doch einen an, man würde sich nur verschworen zunicken. Denn N. tötet im Auftrag. Im Auftrag der Hausgemeinschaft.

Leise öffnet er das Dachfenster. Drüben sitzen seine Opfer, in den letzten Momenten ihres Lebens. Sie lärmen und schmutzen, wie es ihre Art ist. Hausmeister N. feuert dreimal mit sicherer Hand, drei Tauben plumpsen tot in den Hof. Die anderen flattern davon. Aber da sie doch etwas schwerfällig im mentalen Bereich sind, hocken die Überlebenden am nächsten Morgen wieder dort, an ihrem alten Platz auf der Regenrinne, von wo aus sie die Anwohner terrorisiert haben, ungestraft. So muss N. den Vorgang mehrfach wiederholen, bis Ruhe herrscht. Das sind Methoden – geschildert am Beispiel einer Münchner Wohnanlage, die aus Gründen des Quellenschutzes nicht näher genannt wird –, die niemand gutheißen will, der ein Herz für Tiere hat. Aber hey, wir alle wissen doch: Wem um fünf Uhr morgens das grässliche Würgen dauerbalzender Täuberiche ins Trommelfell schneidet, der kann zum Killer werden. Das Gurren und Gurgeln wird, um mit Joachim Ringelnatz zu sprechen, ein böser Ohrwurm: „Der Ohrwurm mochte die Taube nicht leiden. Sie haßte den Ohrwurm ebenso. Da trafen sich eines Tages die beiden / in einer Straßenbahn irgendwo."

Tauben sind überall. Auf Flughäfen, Marktplätzen und gotischen Domen, die sie durch ätzenden Kot zu zersetzen trachten. Sie haben sich sicher gefühlt und wohl gedacht: Keiner kann es sich bei all den Tierfreunden hier im Lande leisten, auf uns feuern zu lassen. Und sie haben recht. Tauben sind sehr dumm, aber doch nicht dumm genug, Schreckschussfallen und Vogelscheuchen nicht als das zu erkennen, was sie sind: hilflose Versuche unserer Gesellschaft, der überbordenden Folgen der eigenen Tierliebe Herr zu werden. Denn, so bedauert ein Fachdienst des Kammerjägerwesens, die verdienstvolle Arbeit der Branche finde nicht mehr die gewohnte Akzeptanz; darum „kommen gegen Tauben Gift und Schusswaffen nicht in Frage“. Bis ein Schädlingsbekämpfer im Kreis Limburg-Weilburg seine Raubvögel mitbrachte. Falken lieben Tauben, zum Frühstück. Sie pflückten sie von Rollbahnen, Plätzen, Kirchtürmen. Sicher, die Tierfreunde, der Taube schon immer näher als dem Falken, sind vor Gericht gezogen. Aber das schmetterte sie ab. So geht es der Taube wie im Gedicht mit dem Ohrwurm: „Doch beide wünschten sie sich im stillen, der andre möge zum Teufel gehn, / und da es geschah nach ihrem Willen, so gab es beim Teufel ein Wiedersehn.“

17. März 2012

So kann es gehen, wenn man nicht richtig abschließt. Geschickt öffnete der nächtliche Eindringling die Vordertür und verschaffte sich Einlass in die Rocky Mountain Chocolate Factory in Estes Park/Colorado. Einmal drinnen, ging er an die Regale und entnahm ihnen ausgewählte Leckereien; dann begab er sich nach draußen auf die Veranda, um das Erbeutete dort in Ruhe zu verzehren. Besonders Pralinen und englisches Buttertoffee fanden sein Wohlgefallen. Gleich sechs Mal holte er im Laden einen Nachschlag. Bei all dem schien er darauf bedacht zu sein, weder Schmutz noch Schäden zu hinterlassen; nur ein paar Krümel blieben als Spuren der nächtlichen Kostprobe zurück – ein ungebetener Gast, gewiss, aber einer mit Stil. Die Bilder der Überwachungskamera lösten schließlich das Rätsel von Estes Park. Bei dem Einbrecher, der auf so feinen Sohlen umhergeschlichen war, handelt es sich um einen etwa hundert Kilo schweren Schwarzbären.

Unser Bild vom Bären ist das beste nicht, wozu dessen gelegentlich unleidiges Wesen das Seine tut. Dort in den Rocky Mountains verteilen die Wildhüter mitunter Broschüren, die darüber unterrichten, was zu tun ist, wenn die Tiere mal wieder übler Stimmung sind, und wie der Schwarzbär sich vom Grizzly unterscheidet („Wenn Sie auf einen Baum klettern: der Grizzly klettert hinterher“). Sie selbst sehen die Sache natürlich anders. „Ich weiß von keiner Schuld, als daß ich Allzukühner / Erhascht hab und verzehrt so manche schöne Hühner“, so erdichtete Paul Fleming im 17. Jahrhundert die „Grabinschrift eines jungen Bären, der gehetzet worden war“. Nicht anders erging es dem traurigen Bären Bruno, nachdem Edmund Stoiber null Toleranz gegenüber Schad- und Problembären in Bayerns Vorgärten gefordert hatte. Wie ging das noch gleich: Da steigt der Schadbär in den Hauptbahnhof ein und fährt mit dem Transrapid in den Garten, um dort eine Blume hinzurichten ...; nein, jetzt sind wir durcheinandergekommen.

Wie stark Bayerns Außenwirkung unter solchen Regenten noch war, zeigt sich darin, dass die Leute in Colorado nun erörtern, ob es sich bei dem Petz aus dem Süßigkeitengeschäft um einen problem bear handele. Und gewiss gab es einige, die sagten, wo immer dieses Bayern auch sei, dort wisse ein Mann jedenfalls noch, was zu tun ist, wenn die Bären ihm die Marzipanherzen aus dem Schrank holen. Aber Joe Adams ist kein Mann, sondern eine Frau mit dem Herzen am rechten Fleck. Die Ladenbesitzerin verbat sich jegliches Eingreifen der Sicherheitskräfte und nimmt das Tier sogar in Schutz. Wer ein so feines Näschen für hochwertiges Naschwerk habe, ließ sie verlauten, „der ist bestimmt kein Problembär." Nein. Er ist ein höflicher Bär, und wer jetzt immer noch daran zweifelt, der soll sich einfach das Video der Überwachungskamera ansehen (www.sz.de/schokobaer).

11. August 2012

Paul Kemp wurde dadurch unsterblich, dass er 1935 in der Filmkomödie „Amphitryon“ als Götterbote Merkur auf Rollschuhen herumlief. Er war der größte Filmstar, den Bad Godesberg bislang hervorgebracht hat. Nicht ganz so bekannt ist, dass Kemp auch ein Couplet-Sänger von einigem Talent war. Er hatte unter anderem eine Version des Schlagers „Ich wollt ich wär' ein Huhn“ im Repertoire, in der folgende Zeilen auftauchen: „Ich wollt ich wär' ein Hühnchen, dann flatterte ich nach München. Und söffe dort im Hofbräuhaus vier Liter Helles aus.“ Abgesehen von der erfreulichen Verwendung des Konjunktivs „söffe“ fällt vor allem der Wille zum Absurden auf: Die Vorstellung, ein Huhn könne in einer Gaststätte einkehren, fand Kemp (oder wer auch immer die Strophe schrieb) offenbar sehr amüsant.

David Roberts serviert kein Helles. Dafür bietet der Mann einen Service, den man selbst im Hofbräuhaus vergebens sucht: Die Gäste seines Hotels im englischen Helston können den ganzen Tag eine vor Füchsen gesicherte Anlage durchstreifen. Abends begeben sie sich in ihren Luxus-Unterkünften zur Ruhe, wenn sich auch je acht mit einem Zimmer begnügen müssen. David Roberts hat Englands erstes Hühnerhotel eröffnet. Damit trägt er dem britischen Trend zur privaten Hühnerhaltung Rechnung. Wenn Hühner-Herrchen oder -Frauchen mal in Urlaub fahren wollen, kommen die Vögel so lange auf Roberts' Farm unter. Es gibt einen Küken-Kindergarten und einen Ei-Inkubator. Die Hühner benehmen sich anscheinend vorbildlich; nur gelegentlich weckt ein übereifriger Hahn die anderen Hotelgäste vor dem Morgengrauen.

Eine solche Hätschelei kann man dekadent finden. Früher – sagen wir, noch zu Paul Kemps Zeiten – fuhren Leute, die Hühner hielten, nicht in Urlaub. Sie blieben daheim und nährten sich redlich. Morgens gab es Eier, mittags, an Festtagen, ein Brathuhn. Aber recht betrachtet hat die Vermenschlichung der Tierwelt schon weitaus Abstruseres hervorgebracht als ein Hühnerhotel. Da muss man nicht mal den natürlich ziemlich dekadenten Kaiser Caligula bemühen, der für sein Lieblingsrennpferd Incitatus einen eigenen Palast baute und es zum Konsul ernennen lassen wollte. Was ist mit den zitternden Schoßhündchen in Designerkleidung, die mit der Limousine vom Friseur zum Psychologen gefahren werden? Was mit den Show-Delphinen, die vor ihrer täglichen Pflicht zu öffentlichen Kaspereien in den Selbstmord flüchten? Und was mit dem Eisbären Knut, der, weil er so knuffig aussah, von der Wiege bis zur Bahre als Projektionsfläche für allerlei Sentimentalitäten herhalten musste? Im Vergleich dazu ist die artgerechte Hühnerpension das Paradies. Dort können die Vögel wenigstens sein, was sie nun mal sind: dämlich, aber froh.

25. März 2011

Bekanntlich kann man mit Brunnenfröschen nicht über den Ozean reden. Das gilt übrigens auch für den Afrikanischen Zwergkrallenfrosch, den Kurzkopffrosch, den Panama-Stummelfußfrosch, den Titicaca-Riesenfrosch, den Gespenstfrosch sowie den Motorradfrosch. Letztgenannter trägt seinen Namen wegen seines Paarungsrufs, der, wie die Fachliteratur behauptet, dem Geräusch des Schaltvorgangs in einem Motorradgetriebe ähnelt. Pedanten könnten nun einwenden, dass ein Harley-Davidson-Getriebe eher klingt wie ein rülpsender Amerikanischer Ochsenfrosch, wohingegen das Schaltgeräusch einer Yamaha RD 500 dem hochfrequenten Ruf des Monte-Iberia-Fröschchens ähnelt, der ausschließlich in der Provinz Holguín im nordöstlichen Kuba zu hören ist. Aber das sind die Pedanten.

Mit Pedanten kann man ebenfalls nicht über den Ozean reden, er ist zu weit für ihren Geist. Und wenn man einem Pedanten die unumstößliche Wahrheit unterbreitet, dass der beste englischsprachige Roman „Moby Dick“ von Herman Melville ist, dann hat man das „-ville“ noch nicht zu Ende gesprochen, schon heißt es: „Erstens ist das ja wohl amerikanisches Englisch, und zweitens gibt es Stimmen, die ‚Middlemarch‘ von George Eliot höher einschätzen.“ Es ist wirklich ein Kreuz mit den Pedanten, sie gehen einem auf den Geist, besonders, wenn sie recht haben. Immerhin sind die meisten Pedanten harmlos, sie bellen, aber sie beißen nicht, sie nerven, aber sie schießen nicht. Außer manchmal. Wie in dem Fall, der an diesem Donnerstag in Krefeld vor Gericht landete. Der eine Mann hatte einen schönen Froschteich, darin zwei Frösche. Der andere Mann hatte das Haus nebenan, darin zwei Gewehre. Der Gewehrmann wies den Froschmann mehrmals darauf hin, dass das Gequake störe; es müsse aufhören. Möglich, dass er als Pedant einige Vorschriften auswendig zitierte. Wie genau es dann kam, dass eines Tages der eine Frosch – er hieß Knötti – an den Folgen eines Kopfschusses verstarb und der andere Frosch durch eine Kugel ein Bein verlor, konnte das Gericht nicht zweifelsfrei rekonstruieren. Es gab da so einen Verdacht, aber wie beweist man den Mord an einem Frosch, den Mord an Knötti? Das Gericht ließ dem Nachbarn die Gewehre abnehmen und verurteilte ihn zu 1500 Euro Strafe. Wegen unerlaubten Waffenbesitzes.

Der überlebende Frosch: Sein Besitzer hat ihn Ahab genannt, nach dem Kapitän aus „Moby Dick“, der erst ein Bein und später sein Leben an den Weißen Wal verlor. Ahab ist ein Grünfrosch, vom Ozean weiß er nichts. Aber wenn er auftaucht aus der Weite des Teichs und seinen Paarungsruf erklingen lässt, wird man ihn hoffentlich auch an fernsten Gestaden hören. Dort wie überall sollen waffenlose Amphibienfreunde lauschen und voll Freude flüstern: Frosch, da quakt er. *13. Mai 2011*

In der ersten Hälfte des 19. Jahrhunderts gab es in Europa und wohl auf der ganzen Welt kein klügeres Tier als den Mischlingshund Munito, der mit seinem Herrn, einem gewissen Castelli, von Salon zu Salon zog und dort beinahe so viel Aufsehen erregte wie Franz Liszt. Der Pianist war sich dessen übrigens durchaus bewusst und schrieb an George Sand, er werde patronisiert und bezahlt „wie der weise Hund Munito", wobei ihrer beider Kunststücke ja sehr verschieden waren. Während Liszt stupend schnelle Oktavenläufe herunterdonnern konnte, glänzte Munito damit, dass er buchstabierte, rechnete und Écarté spielte, und einmal zerriss er sogar einen Truthahn, der einem Kind ein Auge ausgepickt hatte. Wäre Munito noch am Leben, man würde sich nicht wundern, wenn er eines Tages auch zur Oscar-Preisverleihung herangezogen würde.

Diese Ehre soll jetzt Heidi widerfahren, dem schielenden Opossum. NBC ist deswegen an den Leipziger Zoo herangetreten, wobei es dem Sender offenbar weniger darum geht, Heidi die Verleihung selbst moderieren zu lassen, als vielmehr darum, sie zu einer Late Night Show zuzuschalten. Das klingt vernünftig, denn Heidi ist, wie alle Beutelratten, ein nachtaktives Tier; man sollte nur keine anderen Opossums dazu laden, denn das führt schnell zu Aggressivität. Was die übrigen Gäste betrifft, so ist ebenfalls Vorsicht geboten. Wähnt sich ein Opossum unter Kojoten oder Eulen, also unter seinen natürlichen Feinden, stellt es sich tot (*to play possum* heißt das im Englischen), und dann kann man die ganze Show vergessen. Andererseits haben Opossums die Gabe, sich mit ihrem Greifschwanz an Äste zu hängen. Dergleichen hat man bei der Oscar-Verleihung lange nicht mehr gesehen, es spräche also alles dafür, unsere Heidi moderieren zu lassen und auf diese Weise einer Veranstaltung, die in ihren Ritualen erstarrt ist, wieder ein wenig auf die Beine zu helfen.

Unsere Heidi? Die familiäre Bezeichnung ist berechtigt, weil sich in diesem Opossum glorreich fortsetzt, was in Knut und Flocke, den Eisbärkindern, so wundersam begonnen hatte und was vom orakelnden Kraken Paul mit seinen Mitteln weitergeführt worden war: die liebende Vereinigung von Mensch und Tier, soweit das Tier nur putzig ist oder sonstwie zu Herzen geht. Knut und Flocke hatten leichtes Spiel, denn wenn das Bärenhafte die halbe Miete ist, dann das Eisbärenhafte die ganze, und was Paul angeht, so überspielte er das leicht Eklige seiner Existenz mit einer Seherattitüde, die sich immer gut macht. Wenn Heidi schielt, dann womöglich wegen ihrer Korpulenz – Fetteinlagerungen scheinen eine Fehlstellung der Augen zu bewirken. Nun ist sie auf Diät. Sollte sie danach geradeaus schauen, macht das nichts: Wer Diät hält, ist in jedem Fall in der Mitte der Gesellschaft angekommen. *01. Februar 2011*

In der Welt der Insekten gibt es seit einigen Jahren einen Neuzugang, der auch außerhalb der Welt der Insekten für gepflegte Unterhaltung sorgt: die Spaßbremse. Ihre Inauguration war zwingend geworden, nachdem die reguläre Bremse, Fachname Tabanida, für dermaßen viel Ärgernis gesorgt hat, dass die Bremsenwelt einfach nicht mehr drum herum kam, sich neu zu justieren. Zur Erinnerung und zum Vergleich: Menschen erlebten die Bremse bis dahin als aggressives Fliegentier, das aus dem Nichts kam, sich mit dösiger Keckheit auf die Haut setzte und, kaum gelandet, ihren Rüssel tief in diese Haut bohrte. Der Schmerz, der sich dann einstellte, wurde immer wieder als kalt und ungerecht beschrieben. Ferienaufenthalte an stehenden Gewässern machten einfach keinen Spaß mehr, wenn die Bremse ihre Mitwirkung erzwang. Hatte man eine Bremse mit der flachen Hand erschlagen, machte sich eine Zweitbremse über die Haut her, und man darf sagen, dass mit dem Einsatz der Dritt- und Viertbremse ein Teufelskreis beschrieben wurde, dem man nur entkam, wenn man die Klamotten zusammenpackte und nach Hause fuhr.

Die Spaßbremse hingegen ist so etwas wie der mittlere Guido Westerwelle der Insektenwelt. Sie stellt sich phänotypisch als reguläre Bremse vor, landet aber nur zum Spaß auf der Haut. Das zu wissen ist wichtig, weil es Menschen gibt, die glauben, man könne Spaß und Witz nur dann erzeugen, wenn man sich lustige Hüte aufsetzt wie die Fernsehkomiker. Die Spaßbremse braucht dies alles nicht. Sie besticht durch Partizipation. Partizipation ist ein Fremdwort, das Teilnahme bedeutet, und für die Spaßbremse heißt das: Sie fährt auf der Luftmatratze mit über das stehende Gewässer, ohne in die Luftmatratze zu stechen. Sie hockt auf der Kühltasche, ohne die Absicht, ihre Eier auf der Frikadelle abzulegen. Sie ist grau und hässlich wie die anderen Bremsen. Aber sie tritt heiter auf und empfiehlt sich als ideale Ferien- und Wochenendbegleiterin. Es gibt mittlerweile sogar Menschen, die selber gerne eine Spaßbremse sein möchten, weil sie an diesen Tieren sehen, dass man mit Humor und Mobilität das Leben angenehmer machen kann.

In ein paar Monaten wird Anne Will nicht mehr „Anne Will“ moderieren. Sie wird keine Beine-übereinander-kreuzen-Frau mehr sein und sie wird nicht mehr sagen: Zu dem Thema kommen wir gleich auch noch, aber eins nach dem anderen. Anne Will möchte jetzt lange mit ihrer Freundin Mirjam Meckel auf Parties gehen, und sie will, sagt sie der *Bunten*, keine Spaßbremse mehr sein. Aber Anne Will war nie eine Spaßbremse. Sie kam immer erst am Sonntagabend, wenn das Wochenende vorbei war und die richtigen Spaßbremsen sich von den Luftmatratzen erhoben hatten und längst glücklich in den dunklen Bäumen schliefen. *03. Juni 2011*

Als die Riesenschildkröte „Lonesome George“ im Juni auf der Galapagos-Insel Santa Cruz starb, rollte eine Welle der Trauer und des Entsetzens über den Globus. Immerhin galt der einsame Georg als der Letzte seines Stammes, der Elefantenschildkröten-Unterart Chelonoidis nigra abingdoni, weshalb die in Nachrufen übliche Floskel, sein Tod sei ein unersetzlicher Verlust, mehr einleuchtete als in anderen Fällen. Was hatten die Schildkrötenretter auf der Insel nicht alles getan, um Georg zur Weitergabe seiner einzigartigen Gene zu bewegen: Rendezvous mit Weibchen verwandter Unterarten haben sie arrangiert, haben das Separee der Reptilienstation dezent mit Kerzen ausgeleuchtet und Leonard-Cohen-Songs aufgelegt, aber die erhoffte Wirkung blieb aus. Georg zog es vor, den coolen Typen zu mimen, an dem sich die Frauen den Schnabel ausbeißen. Ließ er sich doch einmal zum Minnedienst hinreißen, geschah dieser so sparsam, dass an Nachkommen nicht zu denken war. Unterm Strich blieb Georg unnahbar, und wie man hört, hat er sich zu diesem Zwecke einen Panzer wachsen lassen.

Mittlerweile hat sich die Menschheit daran gewöhnt, ohne Schildkröten seines Schlages auszukommen, wenngleich das Leben, da sind sich alle einig, ärmer geworden ist. Gut, man konnte sich daran aufrichten, dass der vermeintlich ausgestorbene Palästinensische Scheibenzüngler, ein Frosch, sich zurückgemeldet hat, und auch die totgesagte Linsenfliege ist unter allgemeinem Jubel wiederauferstanden. Doch das ist nichts gegen die herzerfrischende Nachricht, die von den Galapagos-Inseln kommt. Forscher haben dort 17 Schildkröten entdeckt, die ähnliche genetische Merkmale wie Georg aufweisen. Also war er gar nicht der Letzte. Er hatte Verwandte, und schon ein Blick verrät: Die sind Georg wie aus dem Gesicht geschnitten.

So erfreulich die Sache ist, wirft sie auch ein bedenkliches Licht auf den verblichenen Patriarchen. Schildkröten sind ja kluge Tiere, und es müsste schon mit dem Teufel zugegangen sein, hätte Georg nicht von seiner Verwandtschaft gewusst. Womöglich hat er sogar heimliche Besuche abgestattet, doch daheim auf seiner Insel gab er den einsamen Wolf, in der fiesen Absicht, Extraportionen Salat zu ergattern und seine Pfleger zu bewegen, ihn gelegentlich mit jungen Gespielinnen zu beglücken. Hätte man seinerzeit herausgefunden, dass er nicht der Einzige ist, wäre es vorbei gewesen mit Rundum-sorglos-Paketen, weltweiter Popularität und Auftritten im Fernsehen. Also spielte er, wie alte Herren das gerne tun, den Letzten seiner Art, der mit der Erfahrung aus hundert Lebensjahren längst über den Dingen steht, und der nur noch eines braucht: Zuwendung und Bewunderung. Kaum aber waren die Kerzen erloschen, ließ er es krachen. So ein Doppelleben strengt an. Das erklärt auch, warum er so plötzlich ins Gras biss. *23. November 2012*

Soso, liebes Bienchen, wir sind dir also nicht mehr gut genug? Du willst lieber eine Stadtbiene als eine Landbiene sein? Du sagst, es zieht dich in die große Stadt mit ihren Autos, die doch viel lauter summen können als du, und ihren Aperol-Spritz-verseuchten Straßencafés. Du sagst, du hast genug vom Außendienst und keinen Bock mehr – Kind, was sind denn das für Töne? –, deinen Rüssel in anderer Leute Blumen zu stecken. Und dass du es satt hast, nie eine Privatsphäre zu haben, immer mit den anderen in den Bienenstockbetten. Du willst auch mal bummeln gehen und abends ins Kino, den Luxus genießen von Fernwärme und öffentlichem Nahverkehr. Und auf dem Land sei es schon lange nicht mehr so lustig. Überall Discounfälle, Komasaufen und häusliche Gewalt. Milben und Pestizide machten dir das Leben schwer, zu beißen gebe es kaum noch etwas – ob ich noch nie vom Bienensterben gehört hätte. In der Stadt dagegen könne man sich an jedem Blumenkasten satt essen. All you can eat! Es stünde ja sogar in der Zeitung, dass es Bienen in der Großstadt besser haben als auf dem Land.

Gut, die Hummeln hattest du ja immer schon im Hintern, wenn man das mal so sagen darf. Flatterhaft von Natur aus. Und gesellig bist du auch. Wer im Bienenstock aufgewachsen ist, kommt auch im Berghain zurecht. Natürlich wirst du auf dem Dancefloor eine gute Figur machen, Schatz – Rund- und Schwänzeltanz hast du perfekt drauf. Da muss man sich keine Sorgen machen. Und stadtfein bist du sowieso. Dein gelb-schwarz Geringeltes war im Grund immer schon zu extravagant für die Dorfdisco. Aber weißt du auch, was in der Stadt alles passieren kann? Überall Glas, an dem sich so eine dumme Liesel wie du den Kopf anhaut. Und auch moralisch erleidet ein junges unschuldiges Ding vom Land ganz schnell mal Bruchlandung.

Und wo willst du überhaupt wohnen? Ach so, du kannst erst mal bei einer Freundin unterkriechen. Dafür hat Madame also auch schon gesorgt! Wo soll das sein? In Kassel? Ihr jobbt da bei so einer Kunstausstellung? Documenta? Ihr seid, wie heißt das, Performerinnen? Doch hoffentlich nichts Unanständiges, Liebes? Du sagst, dass da ganz viele andere Tiere und Pflanzen auch sind. Kind, du sprichst aber nicht von der Bundesgartenschau, wo deine Tante mal so fürchterlich abgestürzt ist? Ihr klebt da Waben um den Kopf einer liegenden Nackten? Und man hat euch gesagt, dass ihr viel tollere Künstlerinnen seid als die Menschen? Weil Bienen immer schon Brückenbauerinnen waren zwischen Natur und Kultur. Weshalb ihr als geborene Kümmerfrauen das schöpferische Potenzial der Tierwelt repräsentiert. Kindchen, das hört sich gefährlich an. Wenn da mal nicht eine Sekte dahintersteckt. Was, die Documenta-Chefin hat gar keinen Stich, die ist eine studierte Frau? Na dann, guten Kunstflug und ruf bald wieder an! *17. August 2012*

Vor ziemlich genau 150 Jahren starb Arthur Schopenhauer in der Schönen Aussicht Nummer 16 in Frankfurt. Normalerweise hätte Schopenhauer in der Schönen Aussicht Nummer 17 sterben müssen, weil er dort seit einigen Jahren eine ziemlich schöne und große Wohnung hatte. Aber die anderen Mieter in Siebzehn konnten sich nicht damit abfinden, dass Schopenhauer die Wohnung, und damit eben auch Haushof und Stiege, mit seinem Pudel Butz teilte. Damals war es noch nicht üblich, dass Hunde den gleichen sozialen Rang einnahmen wie Kinder, gelierte Lammfilets zu essen bekamen und in Fleecebetten schliefen, geschweige denn dass sie im Frankfurter Hof zu Mittag aßen wie Butz, der neben Schopenhauer auf einem Stuhl Platz machte. Es gab also immer ein Riesentheater wegen des Hundes, deshalb entschloss sich Arthur Schopenhauer, 15 Monate vor seinem Tod mit Butz in die Nummer 16 zu ziehen.

Für Arthur Schopenhauer war die Welt eine recht leere Veranstaltung, die nur dann einigermaßen erträglich war, wenn er sie mit dem Mittel des menschlichen Verstandes füllte. Für Butz war die Welt dagegen eine unermesslich große Schüssel voller Nahrungsmittel, die nur dann einigermaßen erträglich war, wenn er sie mit dem Mittel der Zunge systematisch ausschleckte. Ungeachtet dieser so unterschiedlichen Weltentwürfe gingen Schopenhauer und Butz jahrelang konfliktfrei durch Frankfurt. Mit Hegel hatte sich Schopenhauer überworfen. Mit Butz nicht.

Weil die durchschnittliche Lebenserwartung des klassischen Pudels etwa zwölf Jahre beträgt, handelte es sich bei Butz nicht um einen einzigen Hund, sondern gewissermaßen um eine Hundeserie. Immer wenn ein Pudel namens Butz gestorben war, schaffte sich Schopenhauer einen neuen Pudel an, nannte ihn ebenfalls Butz und ging mit ihm spazieren. Während dieser Spaziergänge redete Schopenhauer oft heftig auf Butz ein, zum Beispiel blieb er eines Morgens am Mainufer stehen, zog die Hundeleine straff und sprach zu Butz: „Mein Leitstern ist ganz ernstlich die Wahrheit gewesen." Was Butz daraufhin als seinen Leitstern angegeben hat, weiß kein Mensch. Beim Stichwort Wahrheit muss man allerdings auch darauf zu sprechen kommen, dass Butz in Wirklichkeit nicht Butz hieß, sondern Atman. Das Wort stammt aus dem Sanskrit und bedeutet so viel wie Welthauch oder Atemseele. Weil aber kein Mensch durch Frankfurt gehen und seinen Hund Atemseele rufen kann, ohne zumindest für sonderbar zu gelten, nannte Schopenhauer Atman Butz. Wenn Schopenhauer nicht gut auf Butz zu sprechen war – was Gott sei Dank selten vorkam –, dann nannte er ihn „Mensch". Das Wort stammt aus dem Deutschen und bedeutet im Grunde genommen nichts. *20. September 2010*

Mein Gott, was muss er gelitten haben in den vergangenen Monaten! Kein Auge konnte er zutun, weder bei Tag noch bei Nacht. Und während seine Artgenossen in der Abenddämmerung fröhlich ihre erste Maus verzehrten, brachte er keinen Bissen hinunter. Ewig die bange Frage: Bin ich *Bubo bubo* oder *Bubo bengalensis*? Davon hing sein Schicksal ab, das Schicksal eines farblich auffällig gefiederten Uhus, der vor einem Jahr, ganz untypisch für seine Art, in Duisburg die Nähe von Menschen suchte und daraufhin in eine Auffangstation für gestrandete Vögel gesteckt wurde. Papiere hatte er keine bei sich, nicht mal ein Ring zierte seine Fänge, und, wie so häufig bei Nachtschwärmern, konnte er lediglich unverständliche Angaben zu seinem Namen, seinen Verwandten und dem Wohnort machen. Seit Kaspar Hauser, der 1828 in Nürnberg aus dem Nichts auftauchte, gab es in Deutschland kein Wesen, dessen Identität derart rätselhaft war.

Was tun mit so einer Kreatur? Den Uhu ohne viel Federlesens im Wald auszusetzen, läge zwar nahe, widerspräche aber den Richtlinien für die Zuwanderung eulenartiger Vögel. Ausschließlich *Bubo bubo*, der reinrassige europäische Uhu, ist berechtigt, ein freies Leben in deutschen Wäldern zu führen. Die Duisburger Findeleule aber stand im Verdacht, ein aus Asien illegal eingewanderter Bengalenuhu (*Bubo bengalensis*) zu sein. Für so einen Fremdling käme nur eines in Frage: lebenslange Haft. Schließlich weiß man, welche fatalen Folgen das Herumstreunen der oft zügellosen bengalischen Eulen hätte. Wegen ihres exotischen Flairs üben sie eine unwiderstehliche Wirkung auf deutsche Uhu-Frauen aus, eine nach der anderen würde schwach, und dem Gelege entschlüpften am Ende vogelwilde Bastarde, die der schönen Ordnung in Wald und Flur flugs den Garaus machten. Von der Vereinsamung, die der deutsche Uhu-Mann zu gewärtigen hätte, ist da noch gar nicht die Rede.

Um derartige Verwerfungen zu verhindern, hat man den Duisburger Uhu einer DNA-Analyse unterzogen. Das Ergebnis ist niederschmetternd, jedenfalls für den Vogel. Er ist, Gott sei's geklagt, ein *Bubo bubo*. Dahin alle Hoffnung, als Bengalenuhu ein sorgenfreies Leben im goldenen Käfig zu führen, bei guter Kost und umschwärmt von prächtig gefiederten Gespielinnen. Stattdessen droht ihm die Freiheit. Noch zögert die Untere Landschaftsbehörde der Stadt Duisburg, aber wenn es dumm läuft, muss er raus ins feindliche Leben, muss sich die Nächte um die Ohren schlagen, um Mäuse zu fangen, und den lieben langen Tag in einem Astloch vertrödeln. Und das alles wegen eines winzigen genetischen Unterschieds. Das Leben ist ungerecht: Der eine ist *Bubo bengalensis* und lebt in Saus und Braus; der andere muss sich abstrampeln, nur weil er ein *Bubo bubo* ist. Auswandern, etwa nach Athen, ist auch keine Lösung. Als Uhu klebt man ja an der Heimat.

19. Dezember 2012

V

Hilfe, da kommt Depardieu!
Über die Irren

Ernest Hemingway war ein Mann, der in seinen besten Zeiten auf alles geschossen hat, was nicht bei drei auf den Bäumen war. Bei drei auf den Bäumen waren – wenn sie Geschick besaßen – Affen, Vögel und Schlangen. Und selbst die konnten nicht sicher sein, ob ihnen nicht spätestens bei zweieinhalb der virile Hemingway schon mal den halben Baumstamm weit hinterhergeklettert war. Hemingway war wirklich großartig. Er war stark wie ein Russenpanzer und zielte selten daneben. Was er vor die Kimme bekam, war Sekunden später Kadaver. Büffel, Zebras, Elefanten – alles schoss Hemingway zu Brei. In seinen Jahren als amerikanischer Soldat hat er, wie alle wissen, nicht nur Tiere abgeschossen. Aber Hemingway trug auch selbst zahlreiche Wunden davon. Er stürzte mit dem Flugzeug ab und wurde immer stärker, weil er dem Tod hohnlachte. Am liebsten hätte er auch auf den Tod geschossen. Als Schriftsteller stürzte Hemingway ebenfalls ab, aber als niemand mehr an ihn glaubte, schrieb er sein langweiligstes Buch „Der alte Mann und das Meer“. Dafür bekam er 1954 den Nobelpreis. Wäre dies nicht geschehen, hätte er vermutlich auch auf das Nobelpreis-Komitee geschossen. Hemingway hat ja wirklich auf alles geschossen, am Ende sogar auf sich selbst.

Hätte Hemingway am 2. Juli 1961 nicht auf sich selbst geschossen, wäre er dieser Tage vermutlich verführt gewesen, auf die Mitarbeiter der Kennedy-Bibliothek in Boston zu schießen. Die haben nämlich seine letzten Briefe veröffentlicht, und aus diesen Briefen geht hervor, dass hinter der harten Schale ein weicher Kern gesteckt haben muss. Für Hemingway wäre eine solche

Enthüllung in etwa so peinlich gewesen, wie wenn er in Kenia auf ein Rhinozeros geschossen und dieses verfehlt hätte. Man muss vielleicht noch einmal betonen, dass es für Ernest Hemingway kaum etwas in der Welt gab, auf das er im Zweifelsfall nicht geschossen hätte. Man muss es deshalb tun, weil es in diesen Briefen eine Stelle gibt, die daran Zweifel aufkommen lassen könnte.

Im Februar 1953 wurde Hemingways Katze Uncle Willie in Kuba von einem Auto angefahren. Die Verletzungen waren gravierend und somit ein Fall für den Mann, der auf alles schießt, was – nicht wahr? Aber im Fall Uncle Willies war Hemingway plötzlich blockiert. Er schrieb in seinem Brief: „Ich musste Menschen erschießen, aber niemals jemanden, den ich kannte und elf Jahre lang geliebt habe. Und auch niemanden, der mit zwei gebrochenen Beinen geschnurrt hat." Und jetzt ist es Zeit für die Wahrheit. Die Wahrheit über den Mann, der auf alles geschossen hat, was nicht bei drei auf den Bäumen war: Uncle Willie hat der Dichter nicht erschossen. Er hat ihn einschläfern lassen. Wie seine Leser mit „Der alte Mann und das Meer". *30. März 2012*

Wenn man mehrere langhaarige Männer in zu engen Hosen vor sich hat, die sich bewegen, als litten sie Schmerzen in der Körpermitte, handelt es sich entweder um eine Balletttruppe aus dem New Yorker Greenwich Village oder um eine Heavy-Metal-Band. Musikgruppen, die sich dem Heavy Metal verschrieben haben, gehören zum erfreulichsten Unsinn, den die Schöpfung hervorgebracht hat. Ihre Lieder changieren zwischen Katzengejaule und Wolkenbruch. Die erhebend sinnlosen Texte, mit Eifer ins Mikrofon gebrüllt, erkennen auch Elfjährige als Gestammel. Interessanterweise versuchen sich selbst die härtestgesottenen Heavy-Metal-Combos an gebundener Sprache, was bedeutet, dass sich „rain“ stets auf „pain“ reimt und „sun“ niemals auf „fun“, sondern immer auf „gun“. Gäbe es deutsch singende Heavy-Metal-Bands (und gibt es sie, seien sie hiermit ausdrücklich ignoriert), dürften sie „Sonne“ niemals auf „Wonne“ reimen, sondern müssten stets zum kläglich rumpelnden „in die Tonne“ greifen.

Wie kein Zweiter unter den Heavy-Metal-Musikern versteht es ein gewisser Ozzy Osbourne, zu den Klängen nachlässig gestimmter Lärmmaschinen die Lyrik eines Grundschülers in einer Weise zum Vortrag zu bringen, die Herzen aus Stein erweicht. Nicht einmal der Sänger Alice Cooper, der immerhin in Zwangsjacke über die Bühne rannte, literweise Kunstblut vergoss und seine Enthauptung simulierte, hat Momente von so allumfassender Lächerlichkeit geschaffen wie Ozzy Osbourne, dessen Beinamen „Fürst der Finsternis“ die Fans bis heute mit Ehrfurcht im Munde führen. Es hat dann auch eher zu seinem Ruhme beigetragen, als vor gut einer Woche bekannt wurde, dass er direkt vom Neandertaler abstammt. Dies habe, meldeten die Agenturen, eine „DNS-Analyse des Schockrockers“ in Los Angeles ergeben.

Auch diesseits des Atlantiks haben sich Forscher dem Neandertaler gewidmet. Wissenschaftler aus Oxford und Liverpool erläutern in der aktuellen Ausgabe des Fachjournals *Proceedings of the Royal Society B*, dass der Vergleich von Fingerknochen Rückschlüsse auf das soziale Verhalten von Urmenschen zulasse. Der Neandertaler, so schließen die Forscher, sei ein recht aggressiver Geselle gewesen, der ein reges Sexleben mit häufig wechselnden Partnern führte. Leider aber sei es extrem schwierig, „auf das soziale Verhalten zu schließen, wenn man nur Fossilien hat“, sagte Susanne Shultz von der Universität Oxford. Wer nun denkt, die Wissenschaftler könnten doch einfach an Osbourne herumforschen, mithin am lebenden Objekt, der denkt zu kurz und beweist seine Unkenntnis der Welt des Heavy Metals. Ozzy Osbourne ist 61 Jahre alt. Für normale Menschen kein Alter, für Schockrocker bedeutet es jedoch, dass die Fossilwerdung bereits abgeschlossen ist. *06. November 2010*

Der französische Schauspieler Gérard Depardieu, dessen Abenteuer im Straßen-, Luft- und Schiffsverkehr wir seit geraumer Zeit publizistisch begleiten, besitzt im Anjou einen Weinberg, auf dem er die Rebsorten Chenin Blanc (Weißwein) und Cabernet franc (Rotwein) anbaut. Einen Reporter der *Zeit* überraschte Depardieu unlängst mit der Präsentation eines Vin de soif, eines Durstweins aus der Rebsorte Grolleau, der um neun Uhr morgens am bekömmlichsten sei. Wohl mit einem solchen Durstwein im Blut war Gérard Depardieu am Donnerstag mit dem Motorroller in Paris unterwegs. Es war aber bereits nach neun Uhr, als Depardieu plötzlich mit seinem Motorroller umfiel. Das ist die Zeit, in der die bekömmliche Wirkung der Grolleau-Traube nachlässt und einer Phase der Unkonzentriertheit Platz macht. Ausgerechnet in diesem Moment kam die Pariser Polizei.

Im Polizeirevier musste Depardieu Fragen nach seinem Verhältnis zum Wein beantworten. Zunächst quantitativ. Es sind in der Regel sechs Flaschen, die er am Tag verkoste, erklärte Depardieu den Beamten, so wie er es vor Jahren bereits der Presse mitgeteilt hatte. Die Beamten machten ihm daraufhin strenge qualitative Auflagen, damit er seine Fahrerlaubnis behalten kann. Zum Beispiel muss Depardieu von nun an den Morgen mit einer Flasche De Préville Rosé beginnen. Es handele sich dabei um einen kräftigen Rosé, der von einer zart-süßen Note delikat abgerundet werde. Für den späten Vormittag ordneten die Beamten eine Flasche Anjou Gamay an, der am Gaumen einen schönen Schwanz aus Cassis und Brombeeren aufweise und gerade für den Pariser Berufsverkehr gut geeignet sei. Erst zum Mittag darf Depardieu eine Bouteille 2005er Anjou Village trinken, weil das dunkle Granatrot dieses Weins ein schönes Lakritz-Finale hat, mit dem einer wie Depardieu entspannt und gut gelaunt um den Étoile fahren kann, ohne umzufallen. Mit diesem Rüstzeug, so die Beamten, dürfte Depardieu künftig nicht mehr auffällig werden.

Die restlichen drei Flaschen darf Depardieu aus der eigenen Kelterei seines Château de Tigné trinken. Deshalb wird der frühe Pariser Nachmittagsverkehr künftig einen Gérard Depardieu erleben, der mit einer Flasche 2002 Ma Référance eine knackige Sauerkirsche auf der Zunge nachwirken lässt, um etwa zwei bis drei Stunden später unter Einfluss des 2002 Confiance im Fall einer Polizeikontrolle auf eine ziemlich gute Länge am Gaumen verweisen zu können. Spät aber, wenn auf den Boulevards die Lichter angehen und Depardieu mit 260 Kilometern pro Stunde die Ankunft der Nacht besingt, wird er im Fahren hinter sich greifen, aus dem Flaschenhalter einen 2002 Passito holen und auf Ex trinken. Was völlig in Ordnung ist, denn der Passito wird von Carole Bouquet produziert. Und die ist Gérard Depardieus Ex. *01. Dezember 2012*

Der famose französische Schauspieler Gérard Depardieu ist mal wieder auffällig geworden, diesmal bei einer Fahrt mit dem Motorroller durch Paris. Bitte jetzt nicht vorschnell urteilen, Depardieu trifft an dem Vorfall keine Schuld – sagt jedenfalls Depardieu. Es war so: Während er, friedfertig wie gewohnt, dahinbrauste, habe ein Autofahrer einen Fahrfehler begangen, woraufhin er, Depardieu, große Angst bekommen und „ein bisschen überzogen reagiert habe". Nun ja, der Mann im Auto hat offenbar eins auf die Nuss gekriegt, das ist angesichts eines Fahrfehlers wirklich nur ein bisschen überzogen, und damit hätten es die beiden gut sein lassen können. Aber dann hat der Verprügelte den Prügler angezeigt und schließlich der Prügler den Verprügelten, und somit fällt ein Schatten auf das sommerlich fröhliche Paris.

Die Sache ist natürlich bedauerlich, zumal man Depardieu wirklich gerne sieht, zumindest im Kino. Erschreckend ist allerdings die Vorstellung, man kurvt mit dem Auto durch Paris und plötzlich fährt so ein Riesenkerl auf dem Roller hinter einem her, breit, bauchig, mit einer Nase wie ein Rammbock: Depardieu! Einem Menetekel gleich kommen da die alten Geschichten hoch. Wie er einem italienischen Fotografen per Kopfstoß das Gesicht verbeult hat; wie er mit Faustschlägen gegen parkende Autos kämpfte; wie er in einer englischen Talkshow seine trotz Rauchverbot entzündete Zigarette auf dem Studioteppich ausdrückte; oder wie er im Flugzeug vor allen Leuten in eine Flasche pinkelte. Das alles fällt einem ein, wenn Depardieu im Rückspiegel auftaucht, und man weiß: Jetzt bin ich dran. Ob man auf die Bremse tritt, links oder rechts ausschert oder einfach weiterfährt, ist egal. Falsch ist es allemal, und bei der nächsten roten Ampel lässt er die Fäuste sprechen. Man darf das nicht so verbissen sehen: Männer, die nicht durch falsche Erziehung verzärtelt wurden, sind halt so.

Am meisten aber verwundert es, dass Depardieu Roller fährt. Eigentlich hatte man erwartet, er würde mit einer bis unter die Achseln reichenden, blau-weiß gestreiften Sackhose die Boulevards entlangschlurfen, auf dem Rücken einen Hinkelstein und mit einem Eisenhelm gekrönt, aus dem Hornstummel ragen. Es gibt, beim Teutates, keinen Zweifel, dass Depardieu seine Rolle als Obelix in einer Weise interpretiert, in der Kunst und wirkliches Leben aufs glücklichste vereint sind. Depardieu ist Obelix, und als solcher läge er gewaltig daneben, würde er Fahrfehler mit einem freundlich dahingeworfenen „Macht nix, Partner!“ quittieren. Nein, da muss es schon ordentlich Wham, Bong und Paf machen, alles andere wäre unglaubwürdig. Was hat zum Beispiel Arnold Schwarzenegger an männlichem Zauber verloren, als er in die Politik ging und erneuerbare Energien förderte. Depardieu ist aus anderem Holz geschnitzt. Paris wäre gut beraten, ihm eine eigene Fahrspur zu reservieren.

22. August 2012

Das Leben ist so mühsam und aufwendig, dass man eigentlich viel mehr Rabatte kriegen müsste. Aber es bekommen immer nur diejenigen Ermäßigungen, die etwas extrem Tragisches vorzuweisen haben, ein Handicap, ein nicht mehr wegtherapierbares Trauma oder ein absurd fortgeschrittenes Alter. Es kann aber doch auch mal sein, dass man zum Beispiel kurzfristig aufgrund einer bestimmten psychischen Disposition sofort und unaufschiebbar eine Ausstellung von Neo Rauch besuchen muss. Dass man sich also wieder einigermaßen stabil fühlt, wenn man eine Stunde lang sehr farbige Bilder von dicken Männern in Uniform sehen durfte, die mit einem Laubsauger Cocktailgläser ausschlürfen. Müsste man also nicht umsonst in die Pinakothek dürfen? Aus gesundheitlichen Gründen? Als Notfall? Und wenn man kurz vor seinem Tod Komparatistik studieren möchte, einfach, um noch ein allerletztes Mal einen Vergleich zu haben – sollten einem dann nicht die Studiengebühren erlassen werden?

In Bukarest hat ein siebzig Jahre alter Mann den dringenden Wunsch verspürt, sich für Kommunikationswissenschaften an der Uni einzuschreiben. Normalerweise suchen alte Leute ja nur ein bisschen Ansprache, aber dieser Mann wollte die Ansprache regelrecht studieren. Und er hatte vor, nichts dafür zu bezahlen. Aber das ging natürlich nicht so einfach, denn siebzig Jahre alt zu sein ist für sich genommen noch kein Ermäßigungsgrund. Da fiel dem Mann aber zum Glück noch ein, dass er nicht nur alt ist, sondern auch seit vielen Jahren keine Eltern mehr hat. Der Mann ist Vollwaise. Mit diesem traurigen Wissen ging er vor ein paar Tagen zum Rektor der Bukarester Universität „Stephan der Große“, der Rektor schlug vor Ergriffenheit die Augen nieder und nickte: Ja, der Mann habe recht. Für Vollwaisen gelte auf jeden Fall, dass sie von den Studiengebühren befreit werden müssten, sagte der Rektor, ein Herr Graur. Jetzt kann der Mann in Bukarest seine Aufnahmeprüfung machen ohne die 50 Lei, das sind umgerechnet 12,50 Euro, Gebühr auf den Tisch legen zu müssen.

Natürlich gibt es viele Siebzigjährige, die keine Eltern mehr haben, womöglich sind das sogar die meisten. Sie alle sollten möglichst überall umsonst reinkommen und alles erhalten, was sie zum Leben brauchen. Siebzigjährige, die keine Haustiere mehr haben, sollten umsonst in den Zoo gehen dürfen. Siebzigjährige, die keine Perspektive mehr haben, sollten umsonst ein Fernglas bekommen. Siebzigjährige, die keinen Glauben mehr haben, sollten umsonst in die Kirche aufgenommen werden, und Siebzigjährige, die nicht mehr alle Tassen im Schrank haben, sollten grundsätzlich gratis Kommunikationswissenschaften studieren können. In Bukarest oder wo immer sie mögen. *28. Juli 2010*

Wer weiß, wie die Schlacht auf dem Lechfeld ausgegangen wäre, wenn Guido Knopp damals als Herold dabei gewesen wäre. So müßig derlei Fragen sonst sind, so berechtigt ist diese, weil Knopp selbst der *Bild am Sonntag* verraten hat, dass er bei jener Schlacht nur zu gern als Herold mitgewirkt hätte. Die Antwort könnte folgendermaßen lauten: Wenn Guido Knopp am 10. August 955 als Herold am Lechfeld aufgelaufen wäre, hätte die Schlacht mit einiger Sicherheit nicht stattgefunden. Knopp hätte nämlich, in freier Erweiterung seiner Heroldsaufgaben, die ostfränkischen und ungarischen Truppen zunächst, zum Aufwärmen gewissermaßen, mit einem Dreiteiler über die Machtverhältnisse im mitteleuropäischen Raum unter besonderer Berücksichtigung des in König Otto I. sich manifestierenden göttlichen Willens konfrontiert, mit dem Effekt, dass Bulcsú, der Anführer der Magyaren, irgendwann „szar játék" (Scheißspiel) gerufen und sich mit seinen Horden verzogen hätte.

Damit hätte Guido Knopp sich freilich selbst aus der abendländischen Geschichte gekegelt. Wenn man als gültig annimmt, dass die Schlacht auf dem Lechfeld die Geburt der deutschen Nation einleitete, wäre ohne 955 die deutsche Geschichte anders oder – Gott behüte! – gar nicht gelaufen: kein Gang nach Canossa, keine Goldene Bulle, kein Buchdruck, weder Dreißig- noch Siebenjähriger Krieg, kein Luther, kein Bismarck, kein Wilhelm II. und – kein Hitler. Selbstverständlich auch kein Knopp, denn wer seinen großen Auftritt schon auf dem Lechfeld hatte, kann nicht auch noch der Herold und Historiograf des 20. Jahrhunderts sein. Insofern müssen wir echt froh sein, dass Otto I. die Bedrohung aus dem Osten ohne Knopps Assistenz abgewehrt hat. Wer sonst hätte es auf sich genommen, uns Hitler samt seinen Kriegern, Helfern, Frauen, Kindern, Hunden und Flöhen so glaubhaft vor Augen zu stellen, dass wir heute sagen können: Dieser Adolf, wie war das bloß möglich!

Im Januar geht Knopp in Rente, und wenn man seine Bilanz richtig liest, korrespondiert mit dem Schmerz, am Lechfeld nicht mitgewirkt zu haben, der Schmerz, dass er Hitler nicht interviewen konnte. Er hätte ihn nach dem Grund seines Judenhasses befragt und danach, ob er nicht lieber wieder Maler werden wolle. Was den ersten Komplex betrifft, so kann man das in „Mein Kampf" nachlesen. Aus der zweiten Frage aber ließe sich eine Szene machen: ein Hitlerdarsteller von hinten, schummrig beleuchtet, dazu mit nachgestellter Stimme ein Satz aus den Tischgesprächen in der „Wolfschanze", Neapel betreffend: „Ich könnte mir nur wünschen, wie ein unbekannter Maler dort herumstreichen zu können." Darauf Guido Knopp, an seine Deutschen gewandt, mild und wissend: „Ja, da wäre ihm und uns viel erspart geblieben. Mehr darüber demnächst in dem Dreiteiler ‚Hitlers nie gemalte Bilder'."

04. September 2012

Wie der Alltag eines Cowboys beschaffen ist, weiß wohl nur der Cowboy selbst. Die anderen müssen sich den Cowboy und sein Leben erst erschaffen, und man wird den Verdacht nicht los, dass sie es sich nach altbewährter Schöpferart erschaffen, nämlich nach ihrem „Bild und Gleichnis". Und an wem bleibt es hängen? Am Cowboy. Nachdem Bruce Low 1952 bei Polydor mit wahrhaft präriefüllendem Bass den Titel „Tabak und Rum" herausgebracht hatte, galt es auf Jahrzehnte hin als ausgemacht, dass der Cowboy Tabak und Rum sowohl braucht als auch liebt, und dass er nur eines noch mehr braucht und liebt: „einen Kuss seiner Jenny".

Ob bei diesen Neuschöpfungen nationale Eigenheiten eine Rolle spielen, müsste erst noch erforscht werden. Es ist aber mehr als wahrscheinlich. Im notorisch kalten Russland zum Beispiel verfasste Arkadi Ostrowski einst das Liedlein „Ich bin sehr froh, endlich daheim zu sein", in dem ein Cowboy durch die Prärie reitet, während zu Hause seine Mary für ihn warme Strümpfe strickt. Die Überlieferung will wissen, dass dieser Text seinerzeit bei der Obrigkeit auf Misstrauen stieß, möglicherweise weil die Weltöffentlichkeit daraus den Schluss hätte ziehen können, dass die Sowjetmacht den Fünfjahresplan im Sockenstricken wieder einmal nicht erfüllt habe. Wie auch immer, Ostrowski und sein Interpret, der beliebte Bariton Eduard Anatoljewitsch Khil, entschlossen sich, ihren Schlager vorsichtshalber in eine Vokalise umzuarbeiten und dem Publikum das Tableau inklusive Reiten und Stricken wenigstens auf „Trololo" und „Lalala" und „Hahaha" nahezubringen.

Hier nun beginnt das Wunder – ein Wunder, wie es nur das Internet zustande bringt. Irgendwann landete dort eine Aufnahme des Liedes, und prompt wurde daraus, was nach den irrationalen Gesetzen der Internetgemeinde daraus werden musste: ein Hype. Was den Zauber dieses Clips ausmacht, kann man nicht genau sagen. Wahrscheinlich spielt alles zusammen: die Kulisse aus braunen Metallgittern, deren sanft geschwungene Stäbe wohl das Auf und Ab im Sattel darzustellen trachten; das Arrangement, das die endlose Reiterei durch die Prärie (leider nicht auch das Stricken der Strümpfe) klanglich durchaus adäquat wiedergibt; der Sänger schließlich, der in dem Ambiente mit gespenstischer Fröhlichkeit umhergeht, weiträumige Gesten in den Raum stellt und auf „Trololo" seine Story erzählt. Wäre er blond, könnte er Heino sein, hätte er Knödel in der Stimme, tippte man auf Karel Gott, drückte er aufs Tempo, ginge er als Faktotum der schönen Prärie durch, und wenn man bei seinem Lachen die Augen schließt, fällt einem Fred Bertelmann ein, der „lachende Vagabund". Nun ist Khil gestorben. Mögen die letzten Socken für den Trololo-Mann rechtzeitig fertig geworden sein. *05. Juni 2012*

Der jungsteinzeitliche Jäger Ötzi, den man im Herbst 1991 aus dem Eis der Ötztaler Alpen gehackt hat, diente bis vor wenigen Tagen als – umständehalber stummer – Kronzeuge für die These, dass das Leben früher viel wilder und aufregender gewesen sei. Hatte er nicht alles, was der zivilisationsmüde Bürohocker, der seine Tage vor dem Computer sinnlos verplempert, heute vermisst? Die Streifzüge durch die unverbaute Bergwelt, die frische Steinzeitluft und die majestätischen Steinzeitböcke, denen er mit Pfeil und Bogen nachstellte, und schließlich die unberührten Pisten, auf denen er mit Hirschlederschuhen talwärts rutschte. Auch was sein Ende betrifft, hat er sich nicht lumpen lassen und einen Abgang gewählt, der beneidenswert spektakulär ist. Irgendwie muss der Mann Ärger gekriegt haben, vielleicht gab es Streit um ein Stück Südtiroler Speck, um den sich schon damals die Leute rauften. Jedenfalls haben die Ötzi-Forscher üble Prellungen und Hautabschürfungen auf seinem Körper entdeckt, ein Pfeil, der sein Schulterblatt traf, gab ihm den Rest. Ob, wie manche vermuten, Luis Trenker der Schütze war, ist nicht erwiesen. Wie auch immer: Ötzis Leben und Sterben schien den Weg zu weisen in eine bessere Welt fernab von Zivilisation und Wellness-Oasen für kränkelnde Weicheier.

Nun aber muss man lesen, dass „Ötzi – the iceman“ bedenkliche Cholesterinwerte, diverse Herz-Kreislauf-Geschichten sowie eine beginnende Arteriosklerose hatte, daneben noch Borreliose und eine Laktose-Intoleranz. Er war, wie ein Forscherteam soeben festgestellt hat, in einem so lausigen Gesundheitszustand, dass er sich besser nicht um einen Fetzen Geräuchertes geprügelt hätte. Wäre er nicht vom Pfeil getroffen worden, hätte ihn der Herzinfarkt niedergestreckt. Kurzum, Ötzi litt unter denselben blöden Zivilisationskrankheiten, die den heutigen Menschen zu einem Leben in Wartezimmern und Fitness-Studios zwingen.

Es sieht so aus, als müsse man das Ötzi-Bild gründlich revidieren. Vor allem sollte man sich nicht täuschen lassen von seinem verwegenen Äußeren, das der gängigen Vorstellung eines Waldschrats entspricht. In seinem Inneren war Ötzi ein Mensch wie du und ich. Würde man ihn rasieren, sein Haar millimeterkurz scheren und seinen Lendenschurz samt den ledernen Beinröhren durch einen Businessanzug ersetzen, stünde einer steilen Bürokarriere nichts im Wege. Und es fiele auch nicht auf, wenn er alte Gewohnheiten pflegte. Damals, vor 5300 Jahren, trank er ja ausschließlich Soja-Milch, wegen seiner Laktose-Intoleranz. Vom Biobäcker in Bozen, jener Stadt, wo er heute im Museum liegt, bezog er glutenfreies Brot, das Rauchen hatte er aufgegeben. Doch ging sein ständiges Gejammer über Rücken- und Muskelschmerzen den Kollegen allmählich auf den Keks. Wahrscheinlich haben sie ihn deshalb erledigt.

01. März 2012

Einmal hatte sogar der SV Alsenborn eine Wundermannschaft. Ende der Sechziger, Alsenborn war ein kleiner Klub aus einer kleinen Stadt, das Stadion hieß Kinderlehre. Alsenborn war so klein, dass es eigentlich keine Chance hatte. Die Alsenborner waren wie Zwerge, die mit Riesen kämpften. Im Fußball gewinnen die Zwerge manchmal. Tatsächlich wäre das Team beinahe in die Bundesliga aufgestiegen, nur großes Pech verhinderte das. Im Tor spielte Franz Schwarzwälder, ein Verteidiger hieß Roland Kirsch. Vor jedem Spiel verkündete der Ansager über blechern klingende Lautsprecher die Mannschaftsaufstellung, „Alsenborn spielt mit Schwarzwälder, Kirsch ...". Sie hatten eine Wundermannschaft damals, eine Wundermannschaft mit einer Tortenabwehr.

Zu den Geheimnissen des Fußballs gehört, dass eine echte Mannschaft nicht nur zusammenspielt, sondern auch zusammenklingt. Ein Fußballername findet den anderen, die Begriffe verbinden sich oder werden verbunden. Ribéry & Robben, zwei Balldiebe, ein Gaunerpaar mit Namen Robbery. Im Kader von Eintracht Frankfurt sammelte sich eine Zeitlang alles, was mit dem Advent in Verbindung gebracht werden konnte, dort spielten Kreuz und Chris und Ochs, im Tor stand Nikolov, irgendwann holten sie einen Stürmer dazu, der tatsächlich Stroh-Engel hieß, Dominik Stroh-Engel. Unvergessen der Mann, wie die Tortenabwehr aus Alsenborn und die Philosophenmannschaft des Karlsruher SC, mit Kafka hinten und Marx ganz vorn. Wie schließlich, dieser Brasilianer mit dem Künstlernamen Mozart, leider war er nie in der Bundesliga. „Aus dem Hintergrund müsste Mozart schießen“, den Satz hätte jeder gern gehört in der Konferenzschaltung am Samstagnachmittag, am besten vorgetragen von Manni Breuckmann, aber der ist ja auch schon in Rente.

Werder Bremen hat vor dieser Saison einen Griechen verpflichtet, er heißt Papastathopoulos. Das ist der längste Name der Bundesliga-Geschichte, länger noch als der des Spielers Papadopoulos, der für Schalke antritt. Natürlich wäre es interessant, Papadopoulos & Papastathopoulos gemeinsam in der Verteidigung spielen zu sehen, aber bis es so weit ist, lässt Papastathopoulos seinen Namen ruhen. Sokratis steht jetzt auf seinem Trikot, das ist sein Vorname. Der Bremer an und für sich neigt dazu, den einen oder anderen Selbstlaut wegzunuscheln, er sagt zum Beispiel Bremn zu seiner schönen Heimatstadt. Da passt es, dass Papastathopoulos jetzt auf zahlreiche Vokale verzichtet. Andererseits: Wer den Griechen Sokratis im Team hat, kann mit gewissem Recht von einer Spielphilosophie sprechen, die sich entwickelt hat und sogar bis zur Reservebank abstrahlt. Mythos Fußballernamen: Wenn Sokratis verletzt ist, steht Ersatz bereit, der Mann heißt Clemens Schoppenhauer.

12. September 2011

Liebes Tagebuch! Ich weiß nicht, wie es passieren konnte, dass ich dich einfach auf dem Sitz habe liegen lassen. An jenem unglückseligen 17. September dieses Jahres sind wir gemeinsam mit dem Zug von Innsbruck aus Richtung Heimat aufgebrochen. Ich hatte dich extra in schönes rotes Leinen binden lassen, so wie du es gern hast, und, na ja, du sollst mir ja auch gefallen. Du weißt, dass du nicht mein erstes Tagebuch bist – ich will von dir nicht in der Vergangenheit schreiben, denn ich bin sicher, dass du irgendwo auf mich wartest. Weißt du, ich habe schon sehr früh Verhältnisse zu Journalen unterhalten und nie einen Hehl daraus gemacht. Einige davon habe ich sogar bei Rowohlt verlegen lassen.

Ich habe die Deutsche Bahn angerufen und denen gesagt, dass sie sofort die Notbremse ziehen sollen, wenn sie dich irgendwo liegen sehen. Es kann ja sein, dass du in deiner Verzweiflung umgestiegen bist, weil du mich suchst, und jetzt liegst du in irgendeinem Bummelzug – gibt es überhaupt noch Bummelzüge? Die Frage hätte ich gerne in dich reingeschrieben – und du weißt nicht ein noch aus. Wo sind wir nicht überall gewesen: Chicago, Paris, Helsinki – mein Gott, allein die finnischen Begegnungen! Und dann haben wir noch zwei Romanpläne zusammen ausgeheckt und diesen Essay entworfen: „Liebe ohne Sex und Sex ohne Liebe?" Tagebuch, hörst du: Du darfst niemandem erlauben, in dir rumzublättern. Das mit dem Sex und diese Sachen, das geht nur uns beide etwas an. Deine Vorgänger waren sehr diskret, zum Beispiel das Tagebuch, in das ich die Notizen für „Tod eines Kritikers" reingeschrieben habe – kein Sterbenswörtchen kam von dem. Wir wollten beide, dass das Buch ein Knaller wird. Und das wurde es dann ja auch.

Die Deutsche Bahn hat dich in der „Verlust-Gruppe Bücher, Bilder, Kunstgegenstände" registriert. Ich habe erkannt, und das habe ich dpa auch gesagt, „dass nur das Verlustgefühl zunimmt, das Verlorene selbst bleibt verloren." Du musst um solche Sätze nicht allzu viel geben, die Agenturen zitieren das gerne, und die Leute werden neugierig, und vielleicht ist einer dabei, der dich gefunden hat und jetzt begreift, was für einen Schatz er da in Händen hält. Aber niemand wird ermessen, was du mir wert bist. In Zahlen sind es 3000 Euro, so viel hat der Rowohlt-Verlag als Finderlohn ausgesetzt. Die wollen dich nämlich verlegen, und ich habe dich einfach liegen lassen. Liebes Tagebuch, komm bitte zurück. Du hast noch viele freie Seiten, und mir fällt doch immer so viel ein. Dein Martin Walser. *01. Dezember 2012*

Donnerwetter, der Günther Oettinger! Als er noch baden-württembergischer Ministerpräsident war, wirkte der Mann immer etwas steif, ja hölzern, aber offenbar täuschte der Eindruck. Jüngsten Erkenntnissen zufolge muss es sich bei Oettinger um den Typ des feurigen Liebhabers handeln, für den Frauen alles über den Haufen werfen, was ihnen lieb und teuer ist. Jedenfalls ist es bei Oettingers Lebensgefährtin Friederike Beyer inzwischen so weit gekommen, dass sie, wie der CDU-Politiker in einem Interview verriet, ihn „noch ein bisschen mehr liebt als ihr Pferd". Wer weiß, wie innig die Beziehung Frau – Pferd generell ist, kann abschätzen, welches Ausmaß, vielleicht sogar Übermaß an zügelloser Leidenschaft dieser Mann zu wecken vermag. Gerne würde man den Schwaben Oettinger, wenn auch nur für einige Momente, mit den Augen der Frau Beyer sehen. Was würde man erblicken? Don Juan? Robbie Williams? Oder gar den spanischen Herzensbrecher Javier Bardem, der im Film immer die tollsten Frauen abkriegt und der im richtigen Leben mit der tollen Penélope Cruz verheiratet ist?

Sollte es wirklich Bardem sein, wäre die Sache ein wenig haarig. Landläufig mag der Schauspieler ja als schöner Mann gelten, er selbst aber sagt, er sehe „doch aus wie ein Affe". Ob das stimmt, müssen Affenforscher entscheiden. Für unsere Zwecke genügt es, Bardems Wort stehen zu lassen, zumal ein Mann, der sich in Penélope Cruz verguckt, nicht gänzlich blind sein kann. Warum aber nehmen Filmregisseure, wenn es gilt, Scarlett Johansson oder Rebecca Hall zu verführen, mit Vorliebe einen Monkey-Lookalike wie Bardem? Wer jetzt meint, dessen Gage sei nun mal erschwinglicher als die von Oettinger, ist auf dem Holzweg. Tatsächlich blickt man hier in die tiefsten Abgründe der Liebe. Wie es dort zugeht, zeigen Filme wie „King Kong“ oder „Max mon amour“. Frauen verlieben sich da erst gar nicht in einen Mann, auch in keinen von äffischer Gestalt, sondern gleich in einen richtigen Affen.

Man soll sich nichts vormachen: Als Affe hat der Mann in amourösen Dingen einen gewaltigen Wettbewerbsvorteil. Schmalschultrige Geistesmenschen mit kahlem Haupt können da gleich einpacken. Und es sind nicht die dümmsten Herren, die zur Brustperücke greifen, anstatt sich einer schmerzhaften Ganzkörperenthaarung zu unterziehen. Sie wissen, worauf es ankommt: Man muss das Animalische sichtbar machen. In Gestalt eines Gorillas aufzutreten, ist schon mal die halbe Miete, und wer ein Übriges tun will, trommelt in Gegenwart von Damen hin und wieder mit den Fäusten gegen seine Brust. Friedrich Torbergs lebenskluge „Tante Jolesch“ hat einmal gesagt: „Was ein Mann schöner is wie ein Aff, is ein Luxus.“ Mit Verlaub, das stimmt nicht ganz: Der Aff im Manne ist der Luxus. Erst als Aff erlebt der Mann Affären. *25. Februar 2011*

Jeder, der ein wie auch immer geartetes Leben führt, muss damit rechnen, dass dieses Leben von Nico Hofmann verfilmt wird. Es ist vollkommen egal, ob man ein durchschnittliches Leben hat, eine Familie unterhält oder mit Reißzwecken gurgelt: Jedes Leben, und sei es noch so belanglos, langweilig, dünn und ohne Charme, kann jederzeit von Nico Hofmann verfilmt werden – auch unser Leben, auch das unseres Steuerberaters, selbst das von Bettina Wulff. Jetzt am Wochenende, wenn viele Leute zu Hause sind, klingelt es möglicherweise an der Wohnungstür, und dann steht da Nico Hofmann mit einem fertigen Drehbuch und sagt: „Ich grüße Sie, ich möchte Ihr Leben verfilmen, es ist ein so ehrliches Leben, das Sie führen; ich musste nur ein paar Sachen dazuerfinden, aber das war kein großes Ding, haben Sie ein paar Minuten Zeit?" Natürlich würde jeder Nico Hofmann hereinbitten, denn Hofmann hat bereits das Leben von Helmut Kohl verfilmt und wird bald das von Karl Theodor zu Guttenberg verfilmen, also warum nicht auch mein Leben oder das von Bettina Wulff?

Das Leben von Bettina Wulff ist in den letzten Tagen von vielen Menschen kritisiert worden, jedenfalls die Buchausgabe dieses Lebens. Aber in Büchern kann man bestimmte Sachen vielleicht auch nicht so gut ausdrücken, zum Beispiel die Sache mit den Hautrötungen, die ihr als Folge des öffentlichen Drucks widerfahren seien. Das ist ja metaphorisch gemeint, und hinter jeder Metapher steckt auch schon wieder eine andere Geschichte, ein anderes Schicksal, ein anderer Schmerz. Nico Hofmann hat sicher bereits vor einigen Wochen gesagt: Egal, wie das Buch ausgeht, ich will es verfilmen und ich will jetzt schon überlegen, wie ich es gliedern werde. Möglicherweise könnte ich das Motiv mit den Hautrötungen als roten Faden durch den ganzen Film laufen lassen; vielleicht werde ich sogar den gesamten Film um die Metapher Hautrötungen gruppieren, das wird in der Filmkritik Irritationen auslösen. Eventuell ließe sich die Hauptfigur auch durch eine Haut ... nein, das wird zu bizarr, es muss schon eine richtige Schauspielerin her, Hofmann schwebt hier die famose Silke Bodenbender vor. Das ist eine schöne Idee, denn Silke Bodenbender ist blond wie Bettina Wulff, schlank wie diese, und sie hat in einem Film mitgespielt, der „Bis nichts mehr bleibt" heißt.

Inzwischen hat sich Dieter Wedel in die Debatte eingeschaltet, um es einmal mit einer Fernsehmetapher auszudrücken. Wedel sagt, er halte den Zeitpunkt für eine Verfilmung des Lebens von Bettina Wulff für verfrüht. Vielleicht sagt er das ja nur, weil er selber gerne einen Film über Bettina Wulff machen möchte, und hier könnte jetzt ein schönes Wortspiel mit Dieter Wedel und dem Wohnort der Wulffs stehen, aber es gibt nun einmal Dinge, die einfach zu peinlich sind, als dass man sie aufschreiben sollte.

15. September 2012

Das Auto kann sehr viel. Es kann selbst einparken und seine Ziele finden. Es merkt, wann der Vordermann ihm zu nahe kommt und macht dem Garagentor unmissverständlich klar, dass es jetzt gefälligst in die Gänge kommen soll, wenn der Pkw dem Eigenheim entgegenrollt. Und wenn es dunkel wird, schaltet es das Licht allein an. Kurz gesagt, das Auto macht mittlerweile alles bis aufs Geradeausfahren selbst. Die leichteste Sache überlässt es uns, darauf kann man nicht sonderlich stolz sein. Interessant ist, dass die Autoindustrie bei ihren Anstrengungen, das automatische Auto zu erzeugen, einem bereits erschaffenen Vorbild nacheifert, einem VW-Käfer namens Herbie.

Dieser Herbie konnte schon in den 1970er Jahren selbst fahren. Wenn ihm der Sinn danach stand, fuhr Herbie sogar Wände hoch, natürlich weil er ein Auto mit Charakter war. Was auch bei Autos im Grunde nichts anderes heißt, als dass er manchmal die Beherrschung verlor. Herbie konnte richtig sauer werden, dann blinkten die Scheinwerfer ungehalten, und die Kofferraumhaube vorn klappte wie beim weißen Hai auf. Der Wunderkäfer Herbie schwirrte in fünf Walt-Disney-Filmen durch die Welt. Herbies übernatürliche Kräfte machten ihn auch zu einem passablen Flieger, dessen Stil an eine betrunkene Motte erinnerte. Bei allem, was Herbie tat, stand aber das Gute im Vordergrund, er kümmerte sich um die Schwachen und jagte die Starken. Unter Herbies Motorhaube schlug ein großes Herz. Herbie war ein Auto mit Verstand und, jawohl, auch mit Gefühl.

Nun ist der Autobauer Ford dem Gefühlsauto wieder nahegekommen. Er bringt nämlich eine Art Herbie-Lazarett auf die Straße. Mit adaptiven Elektroden überprüft das Auto unablässig den Kreislauf seines Fahrers. Bei steigendem Puls oder zu hohem Blutdruck rät es zur Gelassenheit, gegebenenfalls zu einer außerplanmäßigen Pause. Steigt der Blutdruck aber in infarktgefährliche Bereiche, geht das Auto sofort aus. Das hört sich zunächst plausibel und segensreich an. Allerdings verliert diese Pioniertat viel von ihrem Schwung, wenn man bedenkt, dass sich die meisten Fahrer ohnehin in einem fortwährenden Erregungszustand befinden, der seine Spannung aus der Anwesenheit der jeweils anderen Fahrer bezieht. Die Wahrscheinlichkeit ist also ziemlich hoch, dass jeder Fahrer in Deutschland mit zu hohem Blutdruck hinterm Steuer sitzt. Wir haben doch schon längst einen großflächigen Bluthochdruckverkehr, und wenn der sich selbst abschaltet, werden sich Autoschlangen in unseren Städten bilden, der Fernverkehr wird kollabieren und überhaupt dürfte die Zivilisation an einen Scheidepunkt geraten. Die schöne Kunst des Automobilismus wird komplett untergehen, ehe wir gelernt haben, ohne fremde Hilfe geradeaus zu fahren.

30. Dezember 2011

Okay, das Christuskind, Kind in der Krippe, Bethlehem und so, ja? Aber denkt mal nach, Leute. Das ist *ein* Kind. Nur eins. Okay, ja, aber es gibt so viele andere Kinder. Und wir ballern hier an Weihnachten die ganze Kohle voll ins Lametta rein. Da guckst du auf den kleinen, zerbrechlichen Planeten, und hinterm Horizont geht's weiter. Aber dahinter kommt dann Somalia, versteht ihr? Lametta ist nicht angesagt bei den Brüdern da unten – Islamisten und so, da machen die wieder Riesenstress, das ist voll daneben.

Deshalb hab ich mich als Tannenbaum gemalt. Weihnachtskarte, ja, könnt ihr kaufen. Und ein Teil von der Kohle geht volles Rohr ans Kinderhilfswerk. U.DO Fröhliche heißt das, von Udo Lindenberg zum Fest und für die Kinder. Yeah. Weihnachten sagt mir eigentlich nix. Klingeling ist nicht mein Ding. Die beste Therapie dagegen is 'ne ordentliche Party. Weil sonst: Da kommen die traurigen, scheinheiligen Christen als lamettabehangene Alibi-Abholer einmal im Jahr. Dazu hab ich jetzt auch 'ne CD gemacht, Freunde: Die Weihnachtsgeschichte nach Udo. Weil, wie die Maria schwanger wurde, war der Josef nicht so gut drauf. Kommt der Engel an sein Bett und sagt: „Also Josef, alter Junge, ich bin der Engel des Herrn, und die Sache mit deiner Braut geht in Ordnung." Die Hirten sind da auch voll von den Socken, aber wegen dem Stern. Taucht wieder der Engel auf, der macht alles klar: „Jungs, keine Panik. Ich hab 'ne göttliche Botschaft für euch."

Weil, wir können nicht mehr schweigen. Es gab 'ne Zeit, da hab ich gesagt: Alles klar auf der Andrea Doria, es ist alles im Lot auf dem Riverboat. Nur den Ozeandampfer an Kai Nummer zehn, den hat der Kapitän leider nicht mehr gesehen. Alles viel zu spät und der Nervenarzt weiß auch nicht mehr, wie's weitergeht. Aber ich hab mir jetzt vorgenommen, den Kurs des gesamtgesellschaftlichen Dampfers ein bisschen herumzusteuern. Ich hab auch was Besseres zu tun, als mich um die Nazi-Scheiße zu kümmern. Muss aber sein, für die Bunte Republik Deutschland. Es gibt schon zu viele, die da in unheimlich elitären Ecken rumfliegen. War mal Studentenrevolte und so, die sind heute total abgeschlafft. Die laufen jetzt als Hängematten überall durch die Gegend. Ich find schon gut, dass Leute Flugblätter verteilen. Auch wenn die mir dann vorwerfen: Der Udo verbindet Politinhalte mit Spaß. Ich mach easy Songs, ja? Ich knips doch nicht den Rock 'n' Roller in mir aus. Der Crazyman geht mit lockerem Gang unter grünen Linden lang. Ich hab den Kaffee wieder weggestellt. Und erst mal einen Korn bestellt. Manche Zeilen schreib ich halt leicht angebreitet, ne? Ihr wisst schon, was ich sagen will. Denn da drin, ja, seid ihr doch auch so alte Rocker. Ihr und ich, das geht ganz tief rein. Das darf nie zu Ende sein.

02. Dezember 2011

VI

Natürlich ist Kermit Kommunist! Politische Niederungen

Es war wirklich höchste Zeit, dieses linke Gesocks einmal genauer unter die Lupe zu nehmen, besonders den Rädelsführer, diesen schleimigen Möchtegern-Saubermann mit der ungesunden Gesichtsfarbe und den fanatischen Glubschaugen. Kermit, das klingt lieb und lustig, heißt aber übersetzt: „freier Mann". Ein Kampfname also, schottischer Herkunft – auch so ein aufsässiges Völkchen da drüben. Man muss aber den Mut haben, diesem gemeinen Verführer und Nestbeschmutzer – wir behalten dich ganz genau im Auge, Freundchen! – die Maske abzureißen, und es wird ja wohl noch die bescheidene Frage erlaubt sein, ob dieser Frosch überhaupt ein Mensch ist. Fest steht jedenfalls: Das ist gar kein Grüner, sondern ein Roter.

Seit Jahrzehnten lässt eine viel zu laxe Gesellschaft aus falsch verstandener Toleranz diesen Kermit und seine Spießgesellen gewähren, die uns nur einlullen wollen mit ihrem albernen Klamauk. Muppet Show? Alles Tarnung! Und der Frosch, der ist der schlimmste von allen, weil er immer so tut, als hätte er mit dem Rest der Chaotentruppe nichts am Hut. Aber die stecken alle unter einer Decke. Man braucht sich doch bloß einmal anzuschauen, aus welchen Verhältnissen der kommt. Groß geworden in der „Sesamstraße", Hinterhof-Ghetto, arbeitsscheues Gesindel, Gammler und Nichtstuer: ein essgestörtes Krümelmonster, ein gewisser Oscar, der in einer Mülltonne haust, und dann dieses Schwulen-Paar Ernie und Bert. War das etwa der richtige Umgang für unsere Kinder? Auf die hatten sie es natürlich abgesehen. „Wer nicht fragt, bleibt dumm" – einer ganzen Generation wurde der Widerspruchsgeist eingeimpft. War eine schlimme Zeit damals, die Siebziger, antiautoritäre Erziehung, alles wurde in den Dreck gezogen und niedergemacht. Einzig der Bayerische Rundfunk hat sich der gefährlichen Mode verweigert. Er behielt die Nerven und strahlte die subversive Sendung nicht aus. Unaufhaltsam war der Aufstieg des frechen Frosches trotzdem. Geh doch rüber, wenn es dir hier nicht passt, hätten wir früher gesagt, und – ja, liebe Ökos, diesen Kermit höchstpersönlich auf die andere Seite getragen.

Im neuen Kino-Machwerk der Muppets macht die Multikulti-Truppe einem ehrenwerten Ölbaron das Leben zur Hölle. „Linke Gehirnwäsche" nennt das der amerikanische Fernsehmoderator Eric Bolling. Die Muppets wiegelten das Volk zum Klassenkampf auf und missbrauchten die jungen Zuschauer für ihre kommunistische Propaganda, sagt er. Und der konservative Publizist Dan Gainor pflichtet ihm bei: Die Occupy-Bewegung gebe es nur, weil diese Generation von klein auf von Kermit und Konsorten indoktriniert wurde. Das musste einfach mal gesagt werden. Und deshalb sei ausnahmsweise der grüne Schreihals zitiert: „Applaus, Applaus, Applaaaaaaaaus!" *16. Dezember 2011*

Die nachfolgende Sendung ist für Zuschauer egal welchen Alters nicht geeignet. Sie verherrlicht Gewalt, Fettleibigkeit und den Schusswaffengebrauch gegen ethnische Minderheiten. Nur durch Intervention der Zivilgesellschaft und sozialer Gruppen konnte ihre Ausstrahlung verhindert werden, jedenfalls im hier geschilderten imaginären Planspiel aus dem Jahr 2012. Die Ärztekammer rief als Erste zum Boykott der Serie auf, in deren Mittelpunkt ein Landwirt, seine drei Söhne sowie ihr chinesischer Koch stehen. Der hemmungslose Missbrauch alkoholischer Getränke sei geeignet, jungen Menschen falsche Rollenmodelle zu vermitteln. Auch werde das Suchtpotenzial des Glücksspiels in empörender Weise verniedlicht, man denke an die Episode „Pokerspiel mit Folgen“. Der Bund der Jugendpädagogen kündigte eine Beschwerde beim Rundfunkrat an. Die Serie suggeriere durch Titel wie „Eine Faust voll Donner“, dass Gewalt der richtige Weg zur Konfliktregelung sei. Auch die Kinderschutzorganisationen haben eine Stellungnahme angekündigt; sie sind derzeit aber noch zu beschäftigt damit, die Widerrechtlichkeit der Beschneidung bis in die Zeit König Davids nachzuweisen. Die Betriebskrankenkassen verlangten die sofortige Absetzung aller Staffeln. Es sei inakzeptabel, dass ein 136 Kilo schwerer Mann als Frohnatur gezeigt werde, obwohl er nachweislich die qualitätsgeprüften BKK-Bewegungsprogramme ignoriere. Die Folge „Leichtes Spiel mit Hoss“ mute wie blanker Zynismus gegenüber Adipositas-Betroffenen an.

Damit nicht genug. Aus dem Umfeld der Bundesarbeitsministerin hieß es, ein solch gravierender Verstoß gegen die Frauenquote sei ohne Beispiel: Es kommen nämlich gleich gar keine Frauen in der Serie vor (sehe man von klischeehaften Nebenrollen ab wie in „Little Joe verliebt sich“). Nur der Deutsche Schützenbund begrüßte in einer Erklärung, im Serienteil „Zieh schneller, Johnny“ werde ein realitätsnahes Gesellschaftsbild gezeichnet, das es vor ideologisch motivierten Denkverboten zu bewahren gelte. Die Ausländerbeiräte dagegen rügten in scharfer Form die Gewohnheit der Hauptpersonen, im Umgang mit leichter bewaffneten Ureinwohnern die Colts sprechen zu lassen. Dies sei unfair, Serientitel wie „Häuptling Pferdedieb“ zeugten zudem von kultureller Überheblichkeit gegenüber anderen, ganzheitlichen Lebensformen. Erwähnung verdient noch der Protest der Tierschützer, denen zufolge bei einem Feuergefecht ein nicht artgerecht stürzender Mustang zu sehen sei.

Aber das alles ist nie geschehen. Es ist nämlich schon fast 50 Jahre her, dass „Bonanza“ ins deutsche Fernsehen kam; mit Ben Cartwright von der Ponderosa-Ranch, seinen Söhnen Hoss, Little Joe und dem beneidenswert coolen Adam. Und Hop Sing, dem Koch. Herzlichen Glückwunsch. Ihr habt allen viel Spaß gemacht, damals. *02. Oktober 2012*

An Christian Wulff ist die Linkspartei schuld. Hätte sie damals im dritten Wahlgang für den SPDgrünen Kandidaten Gauck gestimmt, könnte der getreue Glaeseker heute noch auf seinem Nord-Süd-Bobbycar durch die Flure der niedersächsischen Staatskanzlei fahren. Die Linke wollte damals allerdings den zwar ostdeutschen, aber aus guten Gründen sehr unlinken Gauck so wenig, dass sie nicht nur Wulff mit ins Amt beförderte, sondern vorher auch noch, nicht ganz untypisch für diese Partei, ihre Weltanschauung für die Realität hielt. In einem Interview kurz vor der Wahl wurde die Vizeparteichefin Katja Kipping gefragt, ob ihre Partei denn nicht im dritten Wahlgang Gauck mitwählen müsse, um Wulff zu verhindern. Die mäßig lebenserfahrene Funktionärin Kipping meinte, ein zweiter oder dritter Wahlgang sei „absolut unrealistisch“: „Die Frage stellt sich für uns nicht.“

Ah, diese wunderbare, oft benutzte Floskel von nahezu Dobrindt’scher Tumbheit: Die Frage stellt sich nicht! Politiker und durchaus auch normale Menschen benutzen sie immer wieder, um Auskunftsersuchen abzuschmettern, ja totzutreten. Angela Merkel liebt sie, wie sie zum Beispiel im März 2010 bewies, als sie versicherte, Griechenland unter der Regierung eines gewissen Papandreou brauche keine Finanzhilfen: „Die Frage stellt sich nicht.“ Oder der FDP-Weinkönig Brüderle, der im Januar 2011 befand, Westerwelle genieße als Parteichef das Vertrauen des ganzen FDP-Präsidiums, weswegen sich die Frage nach seiner Ablösung nicht stelle. Und seit Monaten verkünden Gabriel sowie seine Nebensteine, dass sich die Frage nach der SPD-Kanzlerkandidatur ... Na ja, man weiß schon. Die Lebenserfahrung lehrt, dass viele Fragen, die mit dieser Floskel beantwortet werden, ins Schwarze treffen.

Grundsätzlich aber stellt sich die Frage, ob sich eine Frage überhaupt stellen kann. Eine sich selbst stellende Frage würde nämlich eine, wenn auch körperlose, Existenz der Frage an sich voraussetzen. Sie könnte, existierte sie in einer von Fragen bevölkerten Parallelwelt, von dort aus in das Hirn eines potentiellen Fragestellers diffundieren, der sie ausspräche und ihr damit kurzzeitig zu einer materiellen Existenz verhülfe, und sei es nur in Form von Schallwellen. Wenn sich also tatsächlich viele Fragen selbst stellten, müsste das gerade die Naturwissenschaftler unter den Politikern (A. Merkel, O. Lafontaine) beeindrucken. Zum Beispiel könnte sich bei der nächsten Pressekonferenz mit der Kanzlerin einem die Frage auf die Zunge drängen: „Wie lange wollen Sie sich denn noch mit dieser FDP belasten?" Bedächte Merkel dann den Titel ihrer Doktorarbeit („Untersuchung des Mechanismus von Zerfallsreaktionen ...") und zöge außerdem den Korpuskel-Charakter von sich selbst stellenden Fragen in Erwägung, müsste sie eigentlich antworten: „Neuwahlen im April." Wird sie aber nicht. Sie wird sagen: „Die Frage stellt sich nicht."

01. Februar 2012

Manchmal sitzt man nachts um halb drei wach im Bett und denkt darüber nach, ob man wirklich weiter der sein will, der man zu sein vorgibt. Dann fällt einem manches ein, was man auch nicht sein möchte. Die *Financial Times Deutschland* zum Beispiel, weil man dann am Freitag zum letzten Mal erscheinen würde und Uli Wickerts Frau auf dem Grab tanzte. Oder Peer Steinbrück. Wäre man Steinbrück, müsste man auf die Kohle aus den Vorträgen verzichten, weil einen am Sonntag ausgerechnet die SPD zum Kanzlerkandidaten wählen würde. Man müsste neun Monate lang wahnsinnig freundlich zu Stegner, Nahles, Pronold und all diesen Figuren sein, weil die alle hinter einem stehen, um einem Ende September irgendwelche spitzen Gegenstände in den Rücken stoßen zu können. Nein, Steinbrück möchte man nicht sein, so wenig wie Felix Magath, die Mumie von Tutanchamun oder Horst Seehofer.

Aber Angela Merkel möchte man sein. Vielleicht nur für sieben Minuten, denn schon dann wüsste man, wie es aussieht in der Seele und im Herzen eines Menschen, der einen absoluten Wahnsinnsgroßmaximalerfolg einfährt und dazu nur sagt: „Ich bin echt platt und bewegt." Platt und bewegt. Öhm, bewegt, öhm, sehr schön, jetzt machen wir weiter, ran an den Speck. Hat sie wirklich gesagt: „Ran an den Speck." Hört sich an, als habe es ihr die gebenedeite Micky-Maus-Übersetzerin Erika Fuchs vor 40 Jahren aufgeschrieben. Der Tonfall, in dem Merkel ihre 98-Prozent-Zustimmung vor dem Parteitag kommentierte, war so, als würde sie sagen: „Vier Winterreifen, bitte" oder auch „In Templin von der Waldstraße links in den Flötweg abbiegen. Dann kommste zur Eisenbahn.“

Merkel ist eine hamburgische Uckermärkerin, was bedeutet, dass es Seeigel gibt, die stärkere Gefühlsregungen zeigen. Nein, das heißt nicht, dass sie keine Mimik zur Verfügung hätte. Wenn sie etwas doof findet, kann sie einen anschauen, dass man das Gefühl hat, man sei die Inkarnation der Großen Blödheit. Sie kann mit kurzen Lautfolgen – „na ja, so, so“ – klarmachen, dass man dahin gehen sollte, wo Wulff, Merz und Röttgen jetzt wohnen. Und zwar schnell. Interessant wird es, wenn sie nett, gar lieb sein möchte. Manchmal lächelt sie dann, wobei ihre beiden Mundwinkelfalten, die längst selbständige Lebewesen geworden sind, sehr auf den Rest ihres Gesichts aufpassen. Sollte sich das Gesicht zu weit in Richtung sonniges Südtirol bewegen, wird es von den Mundwinkeln rasch wieder eingefangen. Die Mundwinkel denken: Gefühle sind unvermeidbar, aber ineffizient und physikalisch kaum quantifizierbar. Braucht der Körper nicht. Ach, wie gern wäre man manchmal Angela Merkel. Schon allein deswegen, weil man dann nicht so oft voller Sorge und schlechten Gefühlen nachts um halb drei wach im Bett sitzen würde. *06. Dezember 2012*

Der römische Geschichtsschreiber Gaius Sallustius Crispus, von seinen Freunden kurz Sallust genannt, hat im Lauf seines Lebens immer stärker das Gefühl entwickelt, dass von allen Tätigkeiten, die mit dem Geist ausgeübt werden, vor allem die Beschäftigung mit der Geschichte von großem Nutzen sei. Der Bad Honnefer Außenminister Guido Westerwelle hat im Laufe des vergangenen Wochenendes den Eindruck gewonnen, dass von allen Tätigkeiten, die mit dem Mund ausgeübt werden, vor allem das Aussprechen von geschichtlichen Vergleichen von, ja, wenn nicht großem Nutzen, so doch von beträchtlicher Wirkung sei. Und weil sonst immer nur dümmlich und geschichtsvergessen wirkende Vergleiche mit dem Dritten Reich durch die Landschaft hinken, hat Westerwelle sich mal diese interessante Sache mit der „spätrömischen Dekadenz" kommen lassen: Ja, das müsste passen. Ein Land, das denen, die nur herumliegen und nichts leisten, auch noch Geld gibt, ist von einer dermaßen spätrömischen Dekadenz befallen, dass es kaum noch eine andere Aussicht hat als unterzugehen.

Nun hat Sallust das mit der Dekadenz tatsächlich gesagt – dass sie „spätrömisch" war, konnte er noch nicht behaupten, vielleicht weil er nicht diese postmoderne Begriffscoolness hatte. Aber gemeint hat Sallust doch vielmehr, dass ein Staat, der vor lauter Sorglosigkeit kaum noch eigene Werte kennt und stattdessen nur immer gierig in den Römertopf greift, unrettbar verludert. Schwer zu sagen, ob sich jene Bürger, die sich mit Hartz IV durchs Leben beißen, als dekadent und sorglos betrachtet würden – sicher ist nur, dass sie zum Gemeinwesen gehören; und das stabile Gemeinwesen, schreibt Sallust, sei einer der dicksten Pfeiler des mächtigen Römischen Reiches gewesen. Also, so richtig geht auch dieser Vergleich leider nicht auf.

Aber das ist im Grunde egal, denn Westerwelles Dekadenztheorie hat einen schönen Nebeneffekt: Er weckt den Altphilologen im deutschen Parteipolitiker. Zum Beispiel in dem Goslarer Cicero Sigmar Gabriel, der Westerwelle einen Nero nannte – obwohl Nero zur Stunde, da das Römische Reich versank, selbst längst tot war. Oder in dem Oberndorfer Tacitus Heiner Geißler, der tönte, Kaiser Caligula habe sich einen Esel zum Konsul erkoren, weshalb auch Westerwelle – erstaunliche Logik – ein Esel sei. Nun lehrt aber die Geschichte des Altertums, dass Caligula vielmehr sein Lieblingspferd Incitatus zum Konsul ausgerufen habe, sodass der Esel wiederum auf neuerliche Zuordnung wartet. Der unsterbliche Sallust hatte im Lauf seines Lebens viele Erkenntnisse gewonnen, darunter auch die, dass der Ruhm der Vorfahren für die Nachkommen „gleichsam ein Licht“ sei. Unabhängig davon, ob es sich bei den Nachkommen um große Lateiner oder eher kleine Lichter handelt. *15. Februar 2010*

Die Jüngeren mögen das für Haarspalterei halten, aber es gab tatsächlich eine Zeit, da schieden sich die Geister an der Scheitelfrage, da lagen Welten zwischen Strähnen, die auf dem Kopf nur wenige Zentimeter trennten. Die Filmkarriere von Cary Grant zum Beispiel nahm erst richtig Fahrt auf, nachdem er auf Anraten des Regisseurs Josef von Sternberg seinen Scheitel von links nach rechts verlagert hatte. Der Relaunch soll seinerzeit nicht nur den Star-Appeal des Schauspielers gefestigt haben, sondern auch seine labile Persönlichkeit. Allerdings geriet Grant dadurch in einen jahrzehntelangen Zickenkrieg mit Gregory Peck um den Titel des allein rechtmäßigen Rechtsscheitelbesitzers in Hollywood. Eine ganze Generation von Kinogehern stürzten die beiden damals ins Unglück, weil es nur wenigen Auserwählten vergönnt ist, den Scheitel rechts tragen zu können, was angeblich mit der Erdumdrehung zusammenhängt.

Wirbeltechnisch stellt einzig der Mittelscheitel eine noch größere Herausforderung für den nassen Kamm dar – was aber halb so schlimm ist, wenn man an Rolf Eden oder Christoph Daum denkt. Die beiden charismatischsten Überlebenden des Mittelscheitels legen nämlich die Vermutung nahe, dass man diesen besser ungezogen lassen sollte, wenn man nicht gerade als Nachtclubbetreiber oder Fußballtrainer reüssieren will. Dass der Mittelscheitelfrisur etwas Unseriöses anhaftet, haben indirekt Politiker wie Joschka Fischer oder Frank-Walter Steinmeier bewiesen, die sie irgendwann auf ihrem Weg zum Staatsmann links liegen ließen – ob deswegen links, weil auch ihr Haar sich dem rechts gezogenen Scheitel widersetzte, konnte vor Redaktionsschluss nicht abschließend geklärt werden. Ein bisschen länger hat es bei dem hessischen Ministerpräsidenten Volker Bouffier gedauert, der nun enthüllte, seinen Mittelscheitel „nach vielen Jahren" aufgegeben zu haben. Aber nicht, weil ihm eine mitfühlende Seele gesteckt hat, dass Rolf Eden kein Vorbild für einen CDU-Politiker sein sollte, sondern auf Druck der Familie. Sein Sohn habe gesagt: „Papa, so sieht heute keiner mehr aus."

Der grundsympathische Landesvater ist zu seiner mutigen und unpopulären Entscheidung allemal zu beglückwünschen. In einem Alter, da andere die Scheitelfrage durch Haarausfall umschiffen, hat sich der 59-Jährige noch einmal neu erfunden, zeigt er klare Kante. Gemessen an Rudi Völler, der nie erfolgreich vom Mittelscheitel getrennt werden konnte und das mit den Worten kommentierte: „Was meine Frisur betrifft, da bin ich Realist", muss man Bouffier geradezu als Visionär ansehen. Jede Veränderung fängt am Kopf an, sagen die Friseure. Allerdings ist die Veränderung im Falle von Bouffier so haarfein, dass er persönlich auf seiner Homepage darauf aufmerksam machen muss. *12. August 2011*

Jetzt muss doch noch einmal die Sprache auf die elende Raucherei kommen. Nicht weil Rauchen so schädlich ist, das sind viele andere Dinge im Leben auch. Verdruckstheit und Heimlichtuerei sind zum Beispiel extrem schädlich, weil sie den Menschen unauthentisch werden lassen. Und wenn ein Mensch in fortgeschrittenem Stadium unauthentisch geworden ist, leidet der ganze Körper darunter, und das Immunsystem leidet auch. Das ist zwar nicht direkt medizinisch bewiesen, aber es wird schon irgendwie stimmen. Genauso wie die Nachricht irgendwie stimmt, dass Barack Obama vor neun Monaten aufgehört hat zu rauchen. Bekannt ist eigentlich nur, dass sein Sprecher Robert Gibbs den Präsidenten seit neun Monaten nicht mehr rauchen gesehen und keine Beweise sichergestellt hat, dass er, der Präsident, Tabak atme. Andererseits: Wie viele Menschen gibt es auf der Welt, bei denen man seit neun Monaten das eine oder andere nicht gesehen hat? Es gibt sogar Menschen, die man seit neun Monaten überhaupt nicht mehr gesehen hat. Aber das führt hier natürlich nicht weiter.

Erstaunlich ist, dass mit dem Wunsch, das Rauchen aufzugeben, inzwischen sogar Politik gemacht wird. Früher hat man sich darüber gefreut, wenn ein Staatsmann mal etwas Richtiges angefangen hat. Heute freut man sich schon, wenn er mit etwas Falschem aufhört. Früher war es einem egal, ob ein Kanzler oder Präsident gequalmt hat. Heute entscheidet so etwas Wahlen. Noch einen Früher-Heute-Vergleich? Früher hat Johannes Heesters immer sehr gerne ein Zigarettchen zum Champagner gepafft. Heute hat er mit dem Rauchen aufgehört, damit er alt wird. Und er hat dies öffentlich gemacht, weil alle Welt wissen soll, dass der Sänger zwar Gefahr laufen könnte zu sterben. Aber nur, wenn er weiter Zigaretten rauchen würde. Das ist ja nun Geschichte, und das Leben des Johannes Heesters tritt nun in eine neue, beinahe aprilfrische Phase ein.

Um es ganz klar zu kriegen: Die Raucher sind schon in Ordnung, sie stören uns nicht – solange sie zum Rauchen stehen. Unsympathisch sind sie dagegen, wenn sie uns mit ihren verquälten Quittierungswünschen auf den Zeiger gehen oder wenn sie semitriumphal von ihrem nun endlich errungenen Sieg über die böse Zigarette tröten. Der am Rauchen zweifelnde Raucher ist das blödeste Geschöpf unter den Lasterhaften. Wann tritt einmal ein Pressesprecher, wann tritt endlich Robert Gibbs vor die Journalisten und verkündet, dass Obama zwar in einer Stunde der Verirrung kurz mit dem Gedanken gespielt habe, das Rauchen aufzugeben? Aber nun, so Gibbs mit glänzenden Augen, habe der Präsident entschieden, seinen Zigarettenkonsum zu verfünffachen. Und das zeige doch, welch ein gesunder, kraftstrotzender Mann an der Spitze des Landes steht. *13. Dezember 2010*

Was die Gleichheit betrifft, so hat man sich darauf verständigt, dass sie absolut zu sein hat, dass sie die Pest des Relativismus so wenig brauchen kann wie die Katholische Kirche. Wenn also jemand beispielsweise sagt: „Gleich und gleich gesellt sich gern", meint er damit nichts Ungefähres, sondern den Zusammenschluss zweier oder mehrerer Menschen, die sich in bestimmten Charakterzügen – meistens in schlechten – so ähnlich sind, dass man sie nicht mehr auseinanderhalten kann. Insofern gibt es keine Grade der Gleichheit, kein „fast gleich", kein „ziemlich gleich" und kein „annähernd gleich", und streng genommen ist auch die Steigerung des Adjektivs in „gleicher" und „gleichst" grober Unfug. Dergleichen ist nur im Reich der Poesie oder der Ironie möglich, etwa bei George Orwell, in dessen „Farm der Tiere" der schöne, unsere soziale Wirklichkeit aufs trefflichste schildernde Satz steht: „Alle Tiere sind gleich, aber einige Tiere sind gleicher als andere."

Auf diesem vermeintlich ausdifferenzierten Terrain hat nun Angela Merkel einen mutigen Schritt getan. Sie hat die theoretisch zwar unmögliche, von Skeptikern aber immer schon für möglich gehaltene Ungleichheit in der Gleichheit um eine bis dahin unerhörte Nuance bereichert. Es war beim Familienfest des CDU-Kreisverbandes Hochsauerland auf dem Kaiser-Otto-Platz in Meschede (wir sagen das so überdeutlich, weil da Sprachgeschichte geschrieben wurde), und die Bundeskanzlerin äußerte sich zur Krise in den Euro-Staaten. Dass da Milliarden aufgewendet werden müssten, sagte sie, fügte dann jedoch hinzu, dass auch von der anderen Seite etwas kommen müsse, „dass alle sich auch ein wenig gleich anstrengen". In dieser Sekunde war Merkel nicht nur Kanzlerin, sondern auch Deuterin – die Pythia von Meschede, wenn man so will. Was genau bedeutet „ein wenig gleich"? Gehört es in die Kategorie „ein bisschen schwanger", ist es ein Oxymoron wie „Dunkel war's, der Mond schien helle", oder schlägt es in die Sphäre des Plastikdeutschen, in dem die „Strukturen", „Ressourcen" und „Faktoren" ihre undurchschaubaren Kreise ziehen?

Wenn eine erste und, wie man das einmal nannte, unvorgreifliche Einordnung gestattet ist, so ist die graduell eher verwirrende als klärende Floskel „ein wenig gleich" eine nahe Verwandte des besonders im Politikbetrieb überaus beliebten „ein Stück weit". Diese Wendung kommt aus der sogenannten Betroffenheitsecke, in der Claudia Roth einst derart unumschränkt herrschte, dass man ihr bis heute Schöpfungen wie „Das macht mich betroffen und ein Stück weit unendlich traurig" zuweist. Nun führt Angela Merkel die Riege an, und es liegt jetzt an den unter dem Rettungsschirm versammelten Staaten, die von ihnen erwartete ein wenig gleiche Anstrengung wenigstens ein Stück weit mit Leben zu füllen.

20. Mai 2011

Politiker und Prominente beklagen sich ja oft darüber, falsch zitiert worden zu sein. Den Satz „Ich habe heute leider kein Foto für dich" zum Beispiel hat Heidi Klum nie gesagt, jedenfalls nicht zu ihrem Ehemann Seal, um ihm zu bedeuten, dass er es nicht in die nächste Runde geschafft hat. Und ob Goethes letzte Worte tatsächlich „Mehr Licht" lauteten oder „Mer licht hier so schlecht", ist bis heute umstritten. Womit wir bei den Klassiker-Zitaten wären. Der berühmte Ausspruch „Beam me up, Scotty" etwa, bei dem jeder an „Raumschiff Enterprise" denkt, ist in der Serie kein einziges Mal gefallen. Im amerikanischen Original heißt der Befehl zur Teleportation schlicht: „Energize me!"

Vielleicht spricht man deshalb von „geflügelten Worten", weil diese ohnehin meist aus fremder Feder stammen und Pegasus ein Gaul ist, der vorzugsweise durchgeht. Bei gründlicher Recherche stellt man nämlich fest, dass die meisten großen Worte falsch überliefert worden sind. Aber im Grunde ist das völlig egal, weil heute sowieso jedes Zitat von Google stammt. Daher kann auch keiner mehr über eine Figur wie den Theaterdirektor Harro Hassenreuter aus Gerhart Hauptmanns im fernen Jahre 1911 erschienenem Stück „Die Ratten" lachen. Dieser Hassenreuter, eine Karikatur des Bildungshubers alter Schule, ist eine wandelnde Zitatenschleuder. Keinen einzigen Satz bringt er heraus, der nicht ungefähr so beginnt: „Sieh da, sieh da, Timotheus, die Kraniche des Ibykus!" Übrigens, von wem war das noch gleich? Goethe oder Schiller?

Anders als bei uns wird in Frankreich die literarische Tradition noch gelegentlich hochgehalten. Und so findet es die Zeitung *Libération* einigermaßen degoutant, dass sich der sozialistische Präsidentschaftskandidat François Hollande nicht auf seine klassische Bildung verlassen kann. „Sie sind gescheitert, denn sie haben nicht begonnen zu träumen", sagte Hollande bei der Auftaktveranstaltung seiner Wahlkampagne in Paris, im festen Glauben, damit William Shakespeare zitiert zu haben. Doch der Satz lässt sich im gesamten Werk des englischen Dichters nicht nachweisen, schreibt *Libération* und beruft sich auf den Herausgeber der französischen Shakespeare-Ausgabe. Gut, Hollandes Plattitüde klingt ohnehin eher nach Paulo Coelho als nach Shakespeare, aber sie kursiert nun mal im Internet, und dort gibt es bekanntlich mehr Dinge, als eure Schulweisheit sich träumen lässt. Ersatzweise stellen wir als gute Nachbarn folgende ebenso nichtssagende Phrase zur Verfügung: „Wer Schmetterlinge lachen hört, der weiß, wie Wolken schmecken." Das Zitat stammt immerhin von *Novalis* – und wen interessiert schon, dass damit nicht der Dichter der Romantik gemeint ist, sondern eine gleichnamige Krautrockband aus Hamburg? *27. Januar 2012*

Was ein Tumbelvorgang ist, weiß kaum ein Mensch, und die wenigen, die es wissen, können es nur selten so erklären, dass auch der Laie damit etwas anfangen kann. Das englische Wort tumble (stürzen) kennen wir aus dem schneidigen Lied vom Kriegshelden Joshua, der die Mauern von Jericho durch den Einsatz eines Posaunenchores zum Einsturz brachte: „ ... and the walls came tumblin' down." Das war aber ein Wunder und kein Tumbelvorgang in dem Sinn, wie er beispielsweise in Waschmaschinen geschieht, wenn die Wäsche in der sich drehenden Trommel durch Hemmwände in die Höhe gehoben wird und dann wieder hinunterfällt. Wozu das gut ist, mag sich, wer will, selbst ausmalen; jedenfalls gibt es unter den in der Wäschepflege üblichen Symbolen auch welche für „nicht tumbeln", „schonend tumbeln" und „normal tumbeln".

Würde das Verwaltungsgericht Berlin mit diesen Symbolen arbeiten, dann hätte es jetzt das Zeichen für „nicht tumbeln" gezeigt. Das tat es selbstverständlich nicht, aber ein Wink mit dem Zaunpfahl war sein Urteil VG 14 K 43.09 allemal. Es wurde darin einer Fleischerzeugnisse produzierenden Firma zwar nicht das Tumbeln an sich verboten, wohl aber wurde ihr untersagt, das mit Tumbelhilfe gewonnene Fleisch „Schweinebraten" zu nennen. Das Tumbeln scheint in der Lebensmittelindustrie gang und gäbe zu sein, und man muss es sich so vorstellen: Fleischstücke werden durch Wälzen in großen Trommeln in ihrer Muskelstruktur aufgelockert. Das dadurch freigesetzte Eiweiß sorgt mittels Koagulation, vulgo Gerinnung, dafür, dass sich die

Stücke beim Garen besser verbinden, und das Ergebnis nennt man dann Kochschinken oder Formfleisch. Wer es als Schweinebraten in Umlauf bringt, führt laut Urteil den „durchschnittlich informierten, aufmerksamen und verständigen Verbraucher" in die Irre und kriegt künftig Wind von vorn.

Ein Verfahren wie dieses weckt in naturferneren Bevölkerungsschichten natürlich die Frage, wie denn eigentlich das Schwein sein Fleisch herstellt – erstens überhaupt und zweitens auch noch so differenziert, dass es sich in Schulter, Nacken, Filet, Ober- und Unterschale, Haxen, Nuss und Bauch zerlegen lässt. Wer der Industrie zugutehält, dass sie sich an der Natur und ihren in Jahrtausenden entwickelten Verfahren orientiert, könnte umgekehrt dem Schwein unterstellen, dass es so lange tumbelt, bis die Muskulatur schön locker ist und das Eiweiß die Fasern in freier Koagulation zu Koteletts oder Schnitzeln zusammenklebt. Vielleicht produzierte das Schwein sein Fleisch in einem frühen Evolutionsstadium wirklich, indem es sich wie eine Trommel drehte und tumbelte, was das Zeug hielt. Dann wäre, wenn es sich heute im Schlamm wälzt, das nichts als die unbewusst selige Erinnerung daran. *22./23. Oktober 2011*

Im Jahr 2010 wurde das Parteiensystem jählings tief erschüttert. An allen Ecken und Enden tauchten plötzlich Untergangspropheten auf und beschädigten die Autorität der Parteivorstände auf denkbar unerfreuliche Weise. In dieser Notlage beschloss der Deutsche Bundestag die Einrichtung einer *Bad Party* – nach dem Vorbild der *Bad Banks*, die giftige Kredite aus der Finanzwelt einlagern sollten.

Die Partei erwies sich bald als Erfolgsmodell. Vorsitzender wurde Thilo Sarrazin, ohne Gegenkandidaten. Kritiker monierten später, er habe nicht so gut mit der außenpolitischen Sprecherin Erika Steinbach harmoniert. Aber diese Leute hatten einfach das Prinzip der *Bad Party* nicht verstanden. Deren Sinn war es ja gerade, Menschen aufzufangen, mit denen man gar nicht harmonieren kann. In einem zweiten Schritt sollten sie der einzigen Beschäftigung zugeführt werden, die für diese Personengruppe sinnvoll erscheint: der Beschäftigung mit sich selbst. Bei Frau Steinbach ging dieses Konzept in schöner Weise auf. Sie erschütterte den ersten Parteitag mit der Feststellung, Polen habe nicht erst 1939 seine Streitkräfte mobilisiert, sondern bereits zur Zeit des Deutschen Ordens – womit sie aber bitteschön nicht sagen wolle, dass sie damit irgendetwas gesagt haben wolle. Steinbach war ferner die Besetzung der Programmkommission zu verdanken. Ihre Experten vom Bund der Vertriebenen entwarfen darin – am Beispiel des Zweiten Weltkrieges – eine neue Schule politischen Denkens. Demnach folge nicht die Wirkung der Ursache, wie man bisher angenommen hatte, sondern es sei genau umgekehrt. Parteichef Sarrazin kümmerte sich wenig um diese Details. Denn

Details, vor allem solche, die seinen Thesen zuwiderliefen, waren ja nie sein Ding gewesen. Auf der Suche nach den letzten inländischen Kindern soll er dann in eine deutsche Großfamilie in Berlin-Marzahn geraten sein. Von den seelischen Folgeschäden, heißt es, habe sich der sensible Mann nie wieder erholt.

Kanzlerin Merkel reagierte rasch und ließ 2012 den früheren CSU-Vorsitzenden Horst Seehofer in die *Bad Party* stecken, wo er bald nach Sarazzins Posten griff. Dabei kam ihm sein Talent zugute, gegen alle Entscheidungen zu wettern, die er soeben noch mitgefällt hatte. Vor der Wahl 2013 war das politische Klima im Lande fast bereinigt, doch leider scheiterte die neue Partei gerade auf dem Höhepunkt ihrer schönen Erfolge. Und das kam so: Die FDP rutschte in Umfragen unter die 1-Prozent-Grenze, weil Guido Westerwelle immer noch nicht begriffen hatte, dass er nicht mehr in der Opposition war und Steuersenkungen versprechen durfte, die nie kommen würden. Die Freidemokraten ließen nun auch ihn endlich in die *Bad Party* transferieren. Nur wenige Wochen später zerbrach sie. Was zu viel ist, ist zu viel. *17. September 2010*

Ja gut, bei den jüngsten Wahlen hat die FDP wieder ein paar Stimmen bekommen, aber so richtig rund läuft es trotzdem nicht. Man muss ja nur mal schauen, wie hart das Los des Parteichefs Philipp Rösler ist: Als Wirtschaftsminister muss er seine Klientel bedienen, was nicht immer ganz leicht ist, zudem motzt der Seehofer an ihm herum, und dann hat er auch noch seltsame Parteifreunde wie Lindner und Kubicki im Nacken. Aber wenn's nur das wäre. Soeben, bei seiner Dienstreise in die USA, ist Rösler noch viel Schlimmeres widerfahren. Er musste zu Fuß gehen. Musste durch Washington spazieren wie ein leichtlebiger Flaneur, und zwar vom Weißen Haus bis zu einem gottlob nahe gelegenen Hotel. Die Dienstwagen des Ministers blieben zurück, ebenso die Chauffeure, die in dieser schweren Stunde praktisch Berufsverbot hatten. Die Polizei hatte ihre Führerscheine kassiert.

Man sagt es ja nicht gerne, aber nach allem, was man weiß, ist es wieder einmal blöd gelaufen für Rösler. Gewiss, der Minister hatte es eilig: Wichtige Wirtschaftsgespräche mit den Amerikanern standen an. Wenn man da nicht pünktlich kommt, schnappen einem die Chinesen die fettesten Brocken weg. Jede Minute, die man mit der Parkplatzsuche verplempert, kann die deutsche Außenhandelsbilanz verschlechtern. So gesehen, war es wirtschaftspolitisch richtig, die Dienstwagen im Halteverbot abzustellen. Außenpolitisch hingegen war es eine Dummheit, welche die transatlantischen Beziehungen zusätzlich belastet. Rösler hätte wissen müssen, dass die amerikanische Polizei bei Falschparkern keinen Spaß versteht. Selbst bei wichtigeren Leuten als dem deutschen Wirtschaftsminister sind die Cops gnadenlos. Erst kürzlich haben sie den Teenie-Popstar Justin Bieber streng verwarnt, weil er seine Luxuskarosse im Parkverbot abgestellt hat. Und im Wilden Westen wurden Cowboys, die ihr Pferd falsch parkten, ohnehin gleich aufgeknüpft. Seinerzeit war das eine genauso drakonische Strafe wie heute der vorübergehende Entzug des Führerscheins.

Man wüsste gerne, wie Rösler reagiert hat, als er vor den polizeilich stillgelegten Dienstautos und den führerscheinlosen Fahrern stand. Hat er vielleicht gesagt: „Okay, Boys, ich bezahl' das Bußgeld, hier sind 100 Euro." Und gerne hätte man gesehen, wie der Polizist beim Wort „Euro" in homerisches Gelächter verfiel und prustend ausrief, er würde noch eher Hosenknöpfe in Zahlung nehmen als diese europäischen Krisenlappen. Immerhin war Rösler klug genug, derartige Provokationen nicht mit der Drohung zu kontern, den Amerikanern werde es noch leid tun, wenn erst einmal die FDP von der Sache erfahre. Stattdessen machte er sich auf die Socken – und aus dem Weißen Haus war ein tiefer Seufzer der Erleichterung zu hören. *21. Juni 2012*

Ihr Leben wird durch Lustreisen und üppige Diäten bestimmt, gute Freunde oder jedenfalls deren Ehefrauen spendieren ihnen bei Bedarf einen zinsgünstigen Kredit, und wenn gar nichts mehr geht, verklappt sie ein Energiekonzern umweltschonend in Südamerika. Dem Klischee zufolge sind die Politiker wie niemand sonst auf Rosen und schöne Ruhegelder gebettet, für die am Ende doch wieder nur der grundehrliche Steuerzahler aufkommt. Aber bei aller Liebe zur Skandalisierung: Manchmal haben sogar die Politiker ein bisschen Mitleid verdient. Ständig mäkeln die Feuilletonisten an ihrem bescheidenen Ausdrucksvermögen herum. Da wird die neue Brille strenger rezensiert als jedes Buch und erst recht die fünfte und noch jüngere Ehefrau und ihr auf- und abschwellender Leib.

Dafür ist bedauerlich wenig von der gewaltigen Leistungsfähigkeit der Mächtigen die Rede. Eben hat der britische Premierminister David Cameron verraten, wie es ihm gelang, dem kontinentaleuropäischen Drängen nach einer Änderung der Lissabonner Verträge zu widerstehen: Er vertraute auf seine volle Blase. Was jeden anderen gequält und schließlich doch zur Toilette getrieben hätte, machte Cameron nur noch härter. Mit dem gewaltigen Druck im Leib stand er ein diplomatisches Abendessen und die Verhandlungen bis zum frühen Morgen durch. Er ließ sich Kaffee reichen und Wasser und blieb doch eisern: Nein, keine Börsentransaktionssteuer, kein gemeinsames Handeln mit den Euro-Ländern, kein Gang zum Klo. Gut, ja, die Engländer können das, sie werden, wie jedermann weiß, mit dem Stock erzogen, den sie dann ihr Leben lang im Kreuz tragen.

Winston Churchill konnte ihnen deshalb einst für den Sieg über Deutschland Blut, Schweiß und Tränen abverlangen. Sein jüngster Nachfolger wusste, dass es für den Sieg über das restliche Europa einen ganz besonderen Saft brauchte. Wer nicht muss, kann alles, vor allem Nein sagen.

Der Verhaltungsweltmeister ist trotzdem nicht Cameron, sondern Otto Schily. Unbesungen bis heute ist der Auftritt, mit dem der damalige Innenminister 2005 vor dem Visa-Untersuchungsausschuss des Bundestags alle Vorwürfe abwehrte. In einer mehr als fünfstündigen Erklärung zitierte Schily Verordnungen, Ausführungsbestimmungen, Erlässe und Paragraphen mit einer solchen Bürokratenlust, dass selbst den engelsgeduldigen Ausschussvorsitzenden Mordgedanken befallen haben müssen. Schily aber fuhr unbeirrt fort, ließ sich Unmengen von Wasser nachschenken und redete seine Inquisitoren in einen vordemokratischen Dämmer. Wer wie Schily oder Cameron den Zumutungen der Demokratie dermaßen heldenhaft widersteht, den ficht auch sonst nichts an, schon gar keine platzende Blase. *14. Dezember 2011*

VII

Der Mars ist das neue Hawaii – Neues aus fernen Welten

Das Leben, so viel steht fest, ist eine eitle Angelegenheit. Müssen wir tatsächlich die ganze lächerliche Kraft, die mit den Jahren ohnehin so demütigend nachlässt, auf Stilfragen verwenden, darauf, was man Besonderes anzieht, um ja nicht auszusehen wie die anderen? Müssen wir uns wirklich bis ultimo mit der Frage beschäftigen, ob wir ein Hermès-Tüchlein oder einen luftigen Foulard mit Totenkopfmuster um den immer sehniger werdenden Hals schlingen? Es mag in Vergessenheit geraten sein, aber wir werden alle irgendwann sterben, ob wir Cord-Boleros tragen oder blaue Trainingsjacken. Allenfalls könnte man hinzufügen, dass diejenigen, die sich für den Totenkopffoulard entschieden haben, auf der sichereren Seite stehen, weil sie das schöne alte Vanitas-Motiv ums Genick tragen, während die anderen nur irgendwie was Schickes anhaben. Der Tod reißt uns so oder so brutal aus unseren Geschmacksvorstellungen.

Das gilt allerdings nicht für Singapur. Hier soll die ewige Verpflichtung zum Stylischen aufs Jenseits ausgedehnt werden. „Mit Stil ins Gras beißen" lautet das Motto einer Kampagne der dort ansässigen Lien-Stiftung, das jetzt auch die in Gestaltungsfragen langsam zur Ruhe kommenden Bewohner eines Altenheims wieder in eitle Hektik versetzen dürfte. Statt kurz vor dem Exitus in lavendelfarbenen Schlafgewändern über innere Werte nachzudenken oder einfach frei von äußeren Zwängen vor sich hin zu starren, werden die Mittneunziger nun dazu aufgerufen, „die letzte Hülle", den Sarg also, selbst zu gestalten. Die Initiative firmiert unter dem eigentlich hübschen Motiv, den Tod nicht mehr als Tabu zu begreifen. Vielmehr soll er „eine Leinwand für Inspiration“ sein, was aber den grausamen Schluss zur Folge hat, dass man selbst im Hinscheiden noch kreativ sein soll, dass man noch als Greis seinen wackligen Stand auf dem Jahrmarkt der Eitelkeiten aufstellen muss.

Man müsste den Alten in Singapur zurufen: Lasst euch bloß nicht die Leinwand für Inspiration um die Schultern legen! Den Sarg sollen doch bitteschön die gestalten, die es gelernt haben. Wer im Restaurant essen war, räumt doch auch nicht selbst den Tisch ab. Die Greise von Singapur haben jetzt die wunderbare Möglichkeit, die Waffen des Alters gegen jedwede Form kreativer Selbstverwirklichung zu richten. Vor dem Kleiderschrank sollten sie fünfe gerade sein lassen. Sie sollten sich in lavendelfarbene Schlafgewänder kleiden, in sackartiges Leinenzeug oder – auch das ginge noch, um größtmöglichen Gleichmut in der Stilfrage zu demonstrieren – in eine schlicht geblümte Kittelschürze. Ob dazu besser die offenen Gummischlappen passen oder doch die Korksandalen, daran kann man vielleicht einen letzten Gedanken verschwenden. Aber dann muss wirklich Schluss sein. Endgültig. *12. Oktober 2010*

Manche Menschen sind wie Christbäume im Januar: Sie rieseln leise vor sich hin. Man braucht sie nur ganz leicht anzuschubsen, schon geht wieder eine kleine Lawine ab und legt sich als weißer Niederschlag auf ihre Schultern. Weswegen die Betroffenen helle Oberbekleidung bevorzugen, um sich nicht zu outen. Denn die meisten schämen sich für ihr Leiden, das vor keiner Bevölkerungsgruppe haltmacht. Noch immer ist das Mittel gegen diese Geißel der Menschheit nicht gefunden, sodass die Geplagten den Schutz der Anonymität suchen und sich nur in Internet-Foren freimütig mit ihresgleichen über den seelischen Druck austauschen, der auf ihnen lastet.

Es ist ein heikles Thema, das hier angesprochen werden muss, ein Tabu, ein gesellschaftliches Stigma. Richtig, es geht um Schuppen, und dieser körpereigene Fallout würde vielleicht immer noch totgeschwiegen, hätte nicht ein Mutiger das Wort ergriffen und in einer wahren Pioniertat ein 280-seitiges Standardwerk über die Geschichte der gemeinen Kopfschuppe verfasst. Dieser Vordenker war der Franzose Raymond Jacques Adrien Sabouraud (1864-1938), seines Zeichens Dermatologe, aber auch ein anerkannter Maler und Bildhauer. Es dürfte nicht zuletzt sein geschulter ästhetischer Sinn gewesen sein, der ihn für diese Mission prädestinierte. Schließlich sind Schuppen oftmals eher ein kosmetisches als ein medizinisches Problem.

Viele große Forscher sind dem Beispiel des Schuppenbekämpfers avant la lettre gefolgt. Ohne sich einschüchtern zu lassen, trugen sie die Fackel der Aufklärung bis in die Hochburgen der Leugner, um dem Fortschritt einen Weg zu bahnen. So haben drei unerschrockene Ärzte aus Pakistan im Geiste des Franzosen achthundert Armeeangehörige ihrer Heimat auf Schuppenbildung untersucht, und zwar Soldaten aller Ränge. Dabei waren sie sich bewusst, wie strikt diesbezüglich das Denkverbot in sämtlichen Waffengattungen ist. Umso niederschmetternder das Ergebnis ihrer repräsentativen Studie, derzufolge zwei Drittel der pakistanischen Streitkräfte durch Schuppen zermürbt werden. Anstatt jedoch mutig dagegen vorzugehen, strecken sie die Waffen. Aus falscher Scham und Angst vor Ausgrenzung scheuen sie sich, professionelle Hilfe in Anspruch zu nehmen. Die Ärzte schlugen Alarm und empfahlen, der schleichenden Wehrkraftzersetzung mit allen Mitteln Einhalt zu gebieten. Obwohl die Missstände bereits seit einigen Jahren bekannt sind, hat sich an der pakistanischen Schuppen-Front bislang nur wenig getan. Gerüchte kursieren, wonach sich mittlerweile betroffene Zivilisten freiwillig zur Truppe melden, in der Hoffnung, dort weniger aufzufallen. Denn die defensive Antwort der Militärs auf die Bedrohung durch den inneren Feind lautet bis auf weiteres: Flecktarn und Stahlhelm.

03. Januar 2012

Der oberösterreichische Ort Hallstatt besteht im Wesentlichen aus einer Straße und einem kleinen Marktplatz, die Häuser wiederum drängen sich auf dem schmalen Streifen zwischen den steil aufragenden Bergen und dem Hallstätter See. Schon in der Bronzezeit hat man dort Salz abgebaut, woran eine Holztreppe aus dem Jahr 1344 v. Chr. erinnert, die seinerzeit in den Schacht führte. Auch die Kollektion bemalter Schädel im örtlichen Beinhaus genießt einen ausgezeichneten Ruf, wie ja überhaupt das ganze Dorf von so zeitloser Schönheit ist, dass jährlich 800 000 Touristen diese Perle des Salzkammerguts besichtigen. In jüngster Zeit waren viele Chinesen darunter, und wahrscheinlich fühlten sich die Hallstätter geschmeichelt, als die Herrschaften aus dem fernen Asien jeden Balkon und jede Geranie fotografierten. Was die chinesischen Fotofreunde eigentlich im Schilde führten, ist soeben durch Zufall herausgekommen: Ein asiatisches Immobilienunternehmen will Hallstatt detailgetreu in der südchinesischen Provinz Guangdong nachbauen, wobei der See, da nimmt es der Chinese schon genau, nicht fehlen darf.

Nicht jeder der 800 Einwohner Hallstatts sieht die Sache so gelassen wie der Wirt des Gasthofs Zauner, der bereits Erfahrungen mit derartigen Raubkopien gesammelt hat. Sein Wirtshaus ist vor rund 20 Jahren von den Japanern abgekupfert worden, da nimmt man weitere Imitate nicht mehr krumm. Überhaupt wären die Hallstätter gut beraten, die gerade erst reifenden Beziehungen zwischen China und dem Salzkammergut nicht mit kleinkarierten Plagiatsvorwürfen zu belasten. Es ist doch ein Fortschritt, wenn die Chinesen nicht nur Plastikgießkannen, Eiswürfelbehälter oder deutsche Luxuslimousinen nachbauen, sondern auch mal was Schönes. Andere Städte wären froh, würden sie tüchtigen Architekturfälschern als Kopiervorlage dienen.

Im Übrigen ist es ein Vorurteil, dass Hallstatt/Guangdong als Domizil für Millionäre errichtet wird. Man darf dem Investor ruhig unterstellen, dass er nur eine Sicherheitskopie des als Unesco-Welterbe geschützten Dorfes anfertigen möchte – falls, was Gott verhüten möge, Hallstatt/Salzkammergut eines Tages im See versinkt. Ja, es wäre generell von Vorteil, gäbe es von den attraktivsten Flecken der Erde für den Fall des Verlusts immer eine exakte Kopie. Wie praktisch das ist, sieht man am Beispiel des Münchner Hofbräuhauses: Seit dessen 1:1-Nachbau in Las Vegas steht, haben Wirtshausschlägereien, bei denen kein Stein auf dem anderen bleibt, ihren Schrecken verloren. Und weil in Kasachstan gerade eine Las-Vegas-Kopie entsteht, ist das Hofbräuhaus sogar doppelt gesichert. Als Nächstes sollen sich die Chinesen aber bitte Athen vornehmen. Die Akropolis können sie weglassen. Von der steht schon eine Sicherheitskopie im dänischen Legoland. *17. Juni 2011*

Der Dichter ging nach Dichterart so vor sich hin, „und nichts zu suchen, / das war mein Sinn." Das ist Goethe und allerdings schon zweihundert Jahre her. Weil der Müßiggang aller guten Dinge Anfang ist und der Dichter nichts Spezielles suchte, fand er am Ende doch sein Blümelein, das er ungesäumt nach Hause trug. Wie es scheint, ist dieser erkenntnisstiftende Müßiggang inzwischen zusammen mit dem Flaneur vollständig von der Bild- und Dichtfläche verschwunden. Nirgends mehr ein Taugenichts, der seine Zeit sinnlos verprasste, ein Stöckchen vielleicht an der linken Hand und rechts am langen Bande eine Schildkröte, damit die ihn nur ja vor aller Eile bewahre. Verschwunden ist auch das Liebespaar, das sich mitten auf dem Großstadtboulevard selbstvergessen in die Augen schaute, ohne auf die zielstrebig gehetzten Passanten zu achten. Und vielleicht wurde deshalb auch schon lange kein Literaturkritiker mehr beobachtet, den ein Buch so gefesselt hätte, dass er beim Lesen in frischer Luft über einen besonders gelungenen Satz gestolpert wäre.

Der Flaneur ist keiner mehr, sondern folgt, wenn er sich nicht am Verkehrsleitsystem von Google („Seien Sie vorsichtig! Auf dieser Route gibt es möglicherweise keine Bürgersteige!") abarbeitet, den kryptischen Wegweisungen, die ihm sein Chef übers Handtelefon diktiert. Statt sich zu ergehen, muss der Großstadtbewohner im Gehen neue Aufträge akquirieren, Börsenkurse checken oder fürs Abendessen noch schnell eine SMS an die Frau daheim absetzen. Dabei kann es zu ganz neuen Arten von Unfällen kommen; ein Schädel-Hirn-Trauma nach allzu intensiver Betrachtung frisch aufgespielter

Brüste ist keine Seltenheit mehr: Die Zeitung *USA Today* meldet, dass sich in den USA schon 2008 tausend handysüchtige Fußgänger nach allzu intensivem Kontakt mit Autos oder hundsgemeinen Pollern in der Notaufnahme wiederfanden. Verschiedene Staaten der USA wollen deshalb ihre Bürger an ein strafferes Gängelband nehmen. In Delaware wird der Pflastertreter unverblümt aufgefordert, die Blickrichtung zu ändern: „Look up!" In der schönen Stadt Fort Lee, New Jersey, brummt die Verwaltung jedem 85 Dollar Strafe auf, der allzu unbeschwert simsend voranlatscht.

Den Kulturkritiker beschleicht langsam der Verdacht, dass zusammen mit dem Müßig- der gesamte aufrechte Gang aus der Mode gekommen ist. Wer den hingemalten Imperativ „Hochschauen!" braucht, um den Blick vom Trottoir zu wenden, dem ist dort unten auf Erden auch nicht mehr mit der Aussicht auf den maiblauen Himmel zu helfen. So bleibt für den Großstadtdschungel nur der Vorsatz eines anderen großen Fußgängers: „Ich werde mich entschlossen verirren." Natürlich ist Peter Handke dabei aufs Wort zu folgen. Zuwiderhandlungen werden streng bestraft.

19./20. Mai 2012

Friedrich Torberg erzählt einmal die Geschichte eines Orchestermusikers, der in seiner Freizeit ein Tongedicht mit dem Titel „Frühling an der Riviera“ komponiert hat. Als die Kollegen das Stück einstudieren, kommt es zu einem Disput darüber, ob an einer Stelle vor dem C ein Kreuz steht oder nicht, und da man sich nicht einigen kann, ruft einer schließlich zum Komponisten hinüber: „Sag einmal, du *warst* doch an der Riviera – ist das ein C oder ein Cis?“ Schöner als mit dieser Schnurre kann man nicht andeuten, dass in der Kunst vom Einfall zum Werk ein gerader Weg führt, nach Ansicht vieler jedenfalls führen sollte, und da dies auch oder gerade in der ohnedies eher eindimensionalen Welt des Schlagers gilt, verwundert es nicht, dass Vicky Leandros anlässlich ihres 60. Geburtstages gefragt wurde, ob sie je in Lodz gewesen sei. Sie war nie dort, und dieser Umstand hat der Sängerin nun eine offizielle Einladung nach Lodz eingebracht.

Was die Jüngeren unter uns vielleicht nicht mehr wissen: Vicky Leandros kam 1974 mit dem Lied „Theo, wir fahr'n nach Lodz“ groß heraus. Es gab bald keinen mehr, der den fanfarengleich aufsteigenden Ruf „The-o“ nicht hätte nachtrompeten können und der nicht auch der Ansicht gewesen wäre, man sollte die dörflichen Misthaufen schleunigst mit denen der prickelnden Stadt vertauschen. Manche hörten seinerzeit zum ersten Mal, dass es eine Stadt dieses Namens überhaupt gibt, und so selig, wie sie beim Mitsingen glotzten, dachten sie wohl, es handle sich bei Lodz um eine Art polnisches Xanadu. Die Sehnsucht, nach Lodz zu fahren, war übrigens schon damals nicht neu. Im Ersten Weltkrieg gab es die

Version „Rosa, wir fahr'n nach Lodz", wobei man wissen muss, dass Rosa kein Mädchen war, sondern ein Mörsergeschütz der k. u. k. Armee. Und wer war Theo? Otto hat auf diese Frage eine seiner schönsten Nummern gegründet. Demnach ist Vickys Theo jener Theo, „der in so wunderbaren Worten vorkommt wie Theologie, Theodorant, The oder Kaffee."

Polnischkenner haben längst bemerkt, dass unser System Lodz nicht so schreiben kann, wie sich das gehört: mit einem Querstrich im „L". Dieses Zeichen zählt zu den letzten echten Herausforderungen für unsere Nachrichtensprecher, die bei Namen wie Walesa und Wojtyla nie genau wussten, ob „Wawansa" und „Wojtiwua" reicht oder ob sie noch etwas Nasales draufsetzen sollten. Im Deutschen wurde Lodz schon immer, besonders aber nach Vicky Leandros' Erfolg, als „Lotsch" ausgesprochen, was uns die Polen erfreulicherweise nie verübelt haben. Sollte Vicky die polnische Einladung annehmen, wäre das eine gute Gelegenheit zu zeigen, dass wir auch im Hinblick auf Lodz dazugelernt haben. Was für ein polnisch-deutsches Highlight wäre es, wenn Tom Buhrow „Vicky – sie fährt nach Wudsch" sänge und dazu so verschmitzt lächelte, wie nur er das kann! *24. August 2012*

Schlangen im Finanzamt? Vielen dürfte das bekannt vorkommen. Wer hätte nicht schon beim Behördengang die lange Reihe der Fressfeinde verflucht, die vor Tau und Tag ihr Badetuch in den Warteraum geworfenhaben, um die vorderen Plätze zu belegen? Wer hätte nicht schon versucht, ein Kind einzuschüchtern, damit es die Zeit für einen absitzt, oder wenigstens einem weiter Vorgerückten die Wartenummer abzukaufen? Und wer hätte nicht schon den Drang verspürt, seinem Sachbearbeiter das Kraut auszuschütten? Die Einzigen jedoch, die es nicht bei der Redensart bewenden lassen, sind die aufständischen EU-Bauern. Wenn sie sich mal wieder von der Bürokratie gegängelt fühlen, karren sie tonnenweise Zuckerrüben nach Brüssel, um dort einen frugalen Kalvarienberg aufzuschütten. So kippen sie den Zuständigen ihren Unmut einfach vor die Füße. Das bringt dann ein nettes Foto in der Presse, aber den Amtsschimmel nicht auf Trab.

In Indien gab sich nun ein Wutbürger mit der bloßen Drohgebärde nicht länger zufrieden. Der Mann ist Schlangenbeschwörer und schon von Berufs wegen angefressen, da die Tierschützer seiner Zunft zunehmend das Leben schwermachen. Obwohl in seiner Heimat noch Hunderttausende Schlangenbeschwörer mit ihren Flöten praktizieren, pfeifen sie längst aus dem letzten Loch. Da die örtliche Dienststelle seinen Antrag auf Einrichtung eines Schlangen-Habitats für sein Gefühl zu schleppend bearbeitete, erging es dem Mann wie seinen Schützlingen, den Kobras, wenn sie gereizt werden: Sie kriegen einen dicken Hals. Also schleppte er drei Säcke mit Schlangen in die zuständige Behörde und ließ die

Giftspritzen vor den entsetzten Mitarbeitern frei. Dieser Akt von Selbstjustiz auf dem kleinen Dienstweg kann aber eigentlich nur als Übersprungshandlung gedeutet werden. Schließlich ähnelt solch ein wirres Tun insofern dem Verhalten der Schlangen, als diese ebenfalls nicht wissen, ob sie eigentlich balzen oder beißen sollen, wenn der Schlangenbeschwörer sie aus ihrem Korb lockt, und einstweilen völlig gaga wirken.

Was immer auch der Erfolg der Protestaktion sein mag – indem der Inder mit Schlangen gegen Schlangen vorging, verweigerte er sich jedenfalls dem traditionellen Breitensport des Queuing, des fairen Sich-Einreihens, welchen einst die englischen Kolonialherrn nach Indien exportierten. Wir aber sitzen weiterhin duldsam auf den Ämtern, vertieft in die Lektüre von Franz Kafkas Parabel „Vor dem Gesetz". Darin wartet ein Mann vom Lande sein Leben lang vergeblich darauf, vom Türhüter eingelassen zu werden, der das Gesetz bewacht. Als der Mann stirbt, schließt der Türhüter das Tor mit den Worten: „Dieser Eingang war nur für dich bestimmt." Dann klappen wir das Buch zu und zischeln: Kobra, übernehmen Sie! *03. Dezember 2011*

Es begab sich in Schottland im Jahr 1881, das Wetter muss damals so ähnlich gewesen sein wie bei uns heute: kühl, grau, feucht. Der Autor Robert Louis Stevenson saß gelangweilt im Cottage, er war wieder einmal krank, Erkältung, vielleicht auch schon Tuberkulose. Sein Sohn hatte auch Langeweile, und weil es außer den eigenen Gedanken nicht viele Mittel der Zerstreuung bei Schlechtwetter in einem schottischen Cottage des 19. Jahrhunderts gab, begannen die beiden die Landkarte einer fiktiven Insel zu zeichnen. „Die Gestalt dieser Insel befruchtete meine Phantasie außerordentlich", schrieb Stevenson später. „Da waren Hafenplätze, die mich entzückten wie Sonette, und im Bewusstsein einer Schicksalsbestimmung nannte ich mein Erzeugnis ‚Die Schatzinsel'". Die gezeichnete Karte lieferte die Inspiration zu seinem ersten Roman.

Ob der Kapitän des Walfängers „Velocity", der fünf Jahre zuvor, 1876, im Korallenmeer unterwegs war, auch unter Langeweile und grippalem Infekt litt, ist nicht überliefert. Doch auch er dachte sich eine Insel aus, die auf halber Strecke zwischen Australien und Neukaledonien liegen sollte, was sich übrigens mit Neu-Schottland übersetzen lässt. Diese Insel, Sandy Island genannt, wurde seitdem in alle möglichen Karten übernommen, auch auf die von Google im Internet. Auf den Satellitenfotos sieht man dort allerdings nur einen schwarzen Fleck mit pixeligen Rändern, hineingekratzt in das Blau der Südsee. Lange hat sich niemand für die Insel interessiert, aber diesen Herbst kamen australische Geologen, vielleicht aus Langeweile, auf die Idee, mal hinzufahren und nachzuschauen, was auf Sandy Island so geht.

Doch so gründlich sie auch suchten: Da, wo die Insel liegen sollte, war nur Wasser, über 1300 Meter tief. Sandy Island blieb unauffindbar, ein Phantom. Der Walfänger-Kapitän, der in neuseeländischen Archiven als der Erste ausgemacht wurde, der die Insel verortet hatte, war wohl ein außergewöhnlich phantasiebegabter Nautiker: Er sah Land, wo nur Wasser war.

Fest steht, dass mit dem Beweis der Nichtexistenz Sandy Islands ein weiteres Stück Phantasie von der Welt heruntergeforscht wurde. Bald werden uns weder weiße Flecken auf Landkarten noch schwarze Pixellöcher auf Satellitenfotos bleiben. Die Möglichkeit einer Insel verschwindet und damit auch der Ort, auf den wir all unsere Idealvorstellungen projizieren können, weil niemand widerlegen kann, dass es dort ganz anders zugeht. Keine Chance mehr, die Augen vor dem grauen Wetter zu verschließen und sich den feuchten Sprühnebel, den man morgens in der Straßenbahn auf der Haut spürt, als Gischt der Südsee vorzustellen, obwohl es eigentlich das Niesen des Nebenmanns ist. Und so summt man traurig das, was John Travolta einst in „Grease" schmachtete: „I sit, I wonder why you left me, oh Sandy."

05. Dezember 2012

In diesem August war es an manchen Tagen so heiß und sonnig, dass der Sommer am Abend selbst eine Dusche nehmen musste. Ein kurzer Schauer, 15 Minuten nur, dafür sollte man Verständnis haben. Aber Pusteblume, die Leute holen ja immer gleich ihre Outdoorjacken raus und verziehen die Gesichter. Unter der ganzen Funktionswäsche bekommen sie gar nicht mit, dass da nur ein leichtes Nieseln vom Himmel geht, es wird da sozusagen mit Kanonen auf den Haussperling geschossen. Man muss sich wirklich mal vorstellen, wie das von der anderen Seite aussieht. Wenn sich also ein kleiner Regentropfen aus seiner Wolke loseist und mit besten Absichten zur Erde rauscht, in der Hoffnung, dass dort ein lachendes Kindergesicht auf ihn warten möge oder eine aparte Hochsteckfrisur als weicher Landeplatz. Und was sieht er stattdessen? Menschen, die eilig Schirme aufspannen, die sich unter Traufen flüchten und in Autos, und die sich eigentlich nur freuen, wenn das Wasser einen großen Regenbogen um sie macht. Als Tropfen bleiben einem da nur noch die Gutgläubigen auf freier Fläche. Leute, die am Morgen, als es noch schön war, im Übermut den Schirm haben liegen lassen. Deren Vorstellungskraft gerade so von der Wand bis zur Tapete reicht, aber nicht bis zum Abend, an dem es eben nicht mehr schön ist. Doch selbst diese Tröpfe werden sich bald besser anstellen, und zu verdanken haben sie das niemand anderem als Franco Bocci von der Universität Brescia.

Bocci ist Italiener und Physiker, eine für den Regen nicht ungefährliche Kombination. Als Italiener ist Bocci eitel genug, Haar und Kleidung von Wasser unberührt durch den überraschenden Schauer am Nachmittag bringen zu wollen. Als Physiker wiederum verfügt er über das Wissen und offenbar auch die nötige Zeit, um sich mit Problemstellungen wie dieser zu beschäftigen: Sollte man durch Regen rennen oder gehen, wenn man so trocken wie möglich bleiben möchte? Die Überlegungen dazu stehen im European Journal of Physics, das im Übrigen auch ein recht brauchbarer Schutz gegen den Regen ist, wenn man es nur geschickt über den Kopf hält. Boccis Antwort aber ist ein entschiedenes Mal-so-mal-so. Die richtige Geschwindigkeit hängt von der Stärke des Regens ab, von jener des Windes und auch von der Körperform der Menschen. Im Zweifel aber, schreibt Bocci, solle man rennen, das sei selten verkehrt.

Wenn das Physikstudium wenigstens zu dieser Einsicht geführt hat, dann ist es ja gut. Der Fairness halber sei erwähnt, dass Bocci mit seiner Veröffentlichung durchaus einen wertvollen Beitrag für die Nassforschung leistet. Kommt der Regen nämlich von der Seite, dann ist die Sache klar, dann sollten schlanke Menschen gehen und Dicke rennen. Wer zu viele Plundern isst, muss im Regen also schneller laufen. Faszinierend, diese Teilchenphysik. *25. August 2012*

Wenn es noch eine Konstante gibt im Leben, so ist es der Wandel. Ständig muss der Mensch etwas verändern. Er macht das, weil ihm sonst langweilig wäre und weil er getrieben ist von der naiven Hoffnung, dass, wer die Dinge verändert, sie letztlich auch verbessert. Das aber stimmt erstens nicht, und zweitens ist es ziemlich egal. Es geht ja nicht darum, ob sich die Dinge verbessern oder verschlechtern – es geht einzig darum, dass sie sich verändern. Der Mensch verändert vor allem des Veränderns wegen; das ganze Sein ist eine Beschäftigungstherapie und dauert an, bis das Leben generell zum Stillstand kommt. Heraklit umspülte seinerzeit die Einsicht, dass jedem, der in den Fluss steige, anderes und wieder anderes Wasser zufließe. Daran hat sich nichts geändert, allerdings ist der Mensch heute mit weitaus mehr Wasser gewaschen, weil er seit Heraklit viele neue Baumaschinen erfunden und damit die Wasserläufe begradigt hat. Alles fließt, nur eben schneller denn je.

Was aber hat all dies mit den Eisbären zu tun? Nun, eine Menge, betrachtet man die jüngeren Ereignisse in der Prudhoe Bay am Nordpolarmeer, im US-Bundesstaat Alaska. Im Oktober verabschiedeten sich dort eine Eisbärin und ihr Junges zur Winterruhe, ein halbes Jahr lagen die beiden herum, nun sind sie erwacht – man muss sagen: böse erwacht. Mitten in ihrer natürlichen Umgebung haben Mutter und Kind die unnatürliche Großbaustelle einer italienischen Ölfirma vorgefunden. Drei Tage sind die verdatterten Bären um das Ungetüm herumgeschlichen, es war ein ehrlicher Versuch, sich in der neuen Umgebung irgendwie wiederzufinden. Der Versuch ist missglückt, die Bären haben klein beigegeben und sich verzogen. Die Abgesandten der Ölfirma sind geblieben, nach einer kurzen Pause haben sie die Bauarbeiten wieder aufgenommen.

So weit also ist es gekommen. Man macht kurz nur die Augen zu, schon vollzieht sich der Wandel durch Annäherung und schon stehen die Italiener mit dem Ölbohrer im Garten. Der Mensch wird weiterbohren um des Weiterbohrens willen, er wird mit den Großbaustellen wandern und auch noch die letzte Höhle ausräuchern, wenn er nur glaubt, dass es denn sein müsse. Die Eisbären werden weiterziehen, so lange sich an Land und zu Wasser neue Schollen auftun. Sie werden immer wieder klein beigeben, weil sie unsere Sprache nicht sprechen und niemand ihnen erklärt, wie man eine Kommission einberuft und wenigstens ein Moratorium herausschlägt. Und weil der Mensch nicht die Sprache der Eisbären spricht, werden wiederum die Eisbären dem Menschen nicht erklären können, dass das Leben per se kein schlechteres sein muss, wenn man mal ein halbes Jahr die Beine hochlegt. Dass sich also die Dinge durchaus mal verbessern können, wenn man sie nicht verändert. *21. April 2011*

Ist da nicht ein Geräusch? Ein leises Brummen, bisweilen ein Ritschen und Ratschen, dann ein dumpfer Schlag. Unheimlich, hier mitten im finnischen Wald. Wo kommt denn das Geräusch nur her? Menschen gibt's hier nicht, nur Bäume und wieder Bäume und zwischendrin die Seen, es müssen tausende sein. Wanderer, hatten sie gesagt, kommst du nach Jyväskylä, halte dich nordwärts in Richtung Kuukanpää, und dann gehe weiter, gemessenen Schrittes, vielleicht schaffst du es rauf bis nach Rauhalanmäki. Und nun ist da dieses Geräusch. Schnell den Rucksack abgeschnallt, auf den weichen Boden gestellt und durchwühlt bis auf den Grund. Von dort Band IX des Lexikons des Aberglaubens zutage gefördert, ohne den kein Wald- und Weltenwanderer sich hinauswagt in die belebte Natur. Waldgeister, steht dort, „sind klein und verhutzelt, stark behaart, ihr Gesicht ist faltig und rissig, ihr Haar wirr, ihr Gewand oft von Baummoos. Meist sind sie gutartig und hilfsbereit." Ein Glück. Weiter also, mit Bedacht, vielleicht bis rauf nach Rauhalanmäki.

Das Geräusch ist bald vergessen, eine Lichtung tut sich auf. Wanderer, hatten sie gesagt, raste, wenn es Zeit ist zu rasten. Schnell den Rucksack abgeschnallt, auf den weichen Boden gestellt, aus der Seitentasche die zerknitterte Ausgabe von Henry David Thoreaus „Walden oder Leben in den Wäldern" gefischt, das jeder Wald- und Weltenwanderer stets bei sich führt. „Ich zog in den Wald", steht da, „weil ich den Wunsch hatte, mit Überlegung zu leben, dem eigentlichen, wirklichen Leben näher zu treten, zu sehen, ob ich nicht lernen konnte, was es zu lehren hätte, damit ich nicht, wenn es zum Sterben ginge, einsehen müsste, dass ich nicht gelebt hatte." Dann kehrt das Geräusch zurück, ein tiefes Brummen, ein Ritschen und Ratschen, ein dumpfer Schlag. Wanderer, hatten sie leider nicht gesagt, sei unbesorgt, das ist bloß der Hackschnitzelharvester.

Vielleicht hatten sie es vergessen, denn in Finnland weiß jedes Kind, dass der Hackschnitzelharvester eine Weiterentwicklung des Holzvollernters ist, und wer hat den erfunden? Richtig, Sakari Pinomäki, damals, in den Siebzigern. Heute ist ein guter Tag, an Pinomäki zu denken, denn gerade hat das „Internationale Jahr der Wälder" begonnen. Ausgerufen haben es ausnahmsweise nicht die meist verhutzelten und oft stark behaarten Waldaktivisten, sondern die Vereinten Nationen. Lange war der Wald der Sehnsuchtsort für all diejenigen, die zur Ruhe kommen und über alles nachdenken wollten, die Geister und das Moos, das Leben und den Tod. Sakari Pinomäki hingegen zog in den Wald, weil er den Wunsch hatte, mit Überlegung zu ernten. Ob er damit dem eigentlichen Leben nähergetreten ist, muss er mit sich selbst ausmachen, wenn dereinst der Harvester aus den Himmeln seine Ernte einbringt. *22. März 2011*

Guten Morgen, meine sehr verehrten Damen und Herren, im Namen des Chefredakteurs und seiner Crew möchten wir Sie herzlich an Bord unserer SZ Nr. 60/2012 begrüßen. Die Lektürezeit für dieses Streiflicht beträgt voraussichtlich drei Minuten, Sie überfliegen währenddessen in einer Leseflughöhe von circa 40 Zentimetern Paderborn, Frankfurt und die amerikanische Stadt Dallas und werden nach 72 Zeilen sicher über dem Inhaltskasten landen.

Einer der härtesten Berufe unserer Tage ist der der Stewardess. Während der Kapitän bekanntlich sofort nach dem Start an den Autopiloten übergibt und sich dann für den Rest des Fluges schlafen legt, muss sie hinten, inmitten ungeschlachter Passagierhorden, auch nach acht Stunden Transatlantikflug noch strahlen wie eine Königin. Vor hundert Jahren war das wahrscheinlich anders, jedenfalls wenn man aus den wenigen Fotos, die von Heinrich Kubis überliefert sind, Rückschlüsse auf dessen Wirken ziehen darf. Der Kellner Kubis versorgte im März 1912 erstmals die Fluggäste des Luftschiffs *LZ-10 Schwaben* . Er trug Livree und stand, wenn wir die Aufnahmen richtig deuten, den ganzen Flug über steif neben seinen Gästen, um ihnen beim Verzehr exquisiter Speisen zuzuschauen. Die *Schwaben* gondelte alle paar Tage zwischen Düsseldorf, Frankfurt und Paderborn hin und her, Kubis hatte also immer wieder Zeit, sich auszuruhen und über seine Rolle als welterster Steward nachzudenken. Heutige Stewards und Stewardessen fliegen an einem Tag weiter als Kubis damals in mehreren Wochen, sie arbeiten in einem engen Gang, werden hemmungslos begafft, sind gezwungen, eingeschweißten Fraß so huldvoll zu servieren, als sei's Haute Cuisine, und kümmern sich mit der Geduld einer Kindergärtnerin um ihre anmaßenden, oft nicht mal rudimentär mit dem elementarsten Sittenkodex vertrauten Passagiere. Und jedes Mal müssen sie diese gern belächelte Performance über Sauerstoffmasken und Schwimmwesten aufführen.

Wie wichtig dieses Ritual mit seiner einlullenden Wirkung ist, wurde gerade erst wieder klar. In Dallas sagte eine Stewardess – der American-Airlines-Jet stand bereits auf dem Rollfeld –, das Flugzeug werde leider abstürzen, was aber nicht ihre Schuld sei. Die Maschine habe ein technisches Problem, außerdem wolle sie alle Passagiere an den 11. September 2001 erinnern. Es soll hier nicht um diese Frau gehen, die offenbar verwirrt war und in ein Krankenhaus eingeliefert werden musste. Vielmehr zeigt die Panik, die ihr Gerede unter den Passagieren verursachte, was für einen hervorragenden Job ihre Berufskolleginnen und Berufskollegen normalerweise seit hundert Jahren leisten. Weshalb wir das heutige *Streiflicht* als dankbare Bonuszeilen verstanden wissen wollen.

12. März 2012

Vielgereiste Menschen behaupten gern, Australien sei eigentlich so ähnlich wie Amerika, endlos viel Platz, seltsame Sportarten, man ernährt sich von großformatigen, gegrillten Fleischbatzen und ist mit der Natur auf Du und Du. Zumindest letzteres Klischee bekommt nun aufgrund einer Befragung australischer Kinder zu ihrem Allgemeinwissen zarte Risse. Die meisten der befragten Sechstklässler dachten nämlich, dass Baumwollsocken von Tieren stammen. Viele der Kinder behaupteten auch, Joghurt und Rührei würden aus Pflanzen gewonnen, wohingegen Nudeln wiederum ein Tierprodukt seien. Nun ja, werden da viele mit mokantem alteuropäischem Bildungsschmunzeln sagen, vielleicht ist es der Intelligenz eben doch abträglich, wenn man den ganzen Tag kopfüber in Richtung Weltall hängt.

Wer nun aber denkt, er könne hier über die dümmlichen Australier herziehen, die anscheinend nicht mal wissen, dass die Baumwolle von den Bäumen stammt, wie ja der Name schon sagt, der befrage einfach mal ein paar mitteleuropäische Kinder nach der Herkunft gängiger Lebensmittel. Er wird aus dem Staunen nicht herauskommen: Spinat wächst demnach in Klötzen, Kühe sind ohnehin lila, und wie orientieren sich eigentlich die Fischstäbchen im Meer, wo sie doch gar keine Augen haben? Solches Zeug kommt da. Wirklich befremdlich an der australischen Studie ist auf den ersten Blick ja nur der Satz von den Baumwollsocken, die auf irgendwelchen Tieren wachsen. Andererseits – warum sollte man als Kind auf einem Kontinent, auf dem jedes zweite Tier einen Beutel mit sich herumschleppt, nicht auch annehmen, dass einige dieser Tiere in Baumwollsocken durch die Fauna hoppeln? Die ganze Gegend ist schließlich voller merkwürdiger Wesen, die Indianer heißen Aborigines und schießen mit Pfeil und Bumerang, durch die Vorgärten huschen Cola-Bären, und die Kiwis, diese grünpelzigen Früchte, die bei uns seit Jahr und Tag in der Obstabteilung verkauft werden, gelten dort unten bis heute als Vögel. Was sagen Sie? Kiwis leben in Neuseeland? Ach ja, stimmt. Aber Neuseeland stammt ja auch irgendwie von Australien ab.

Was nun unseren gutabgehangenen europäischen Bildungsdünkel angeht, so sei zum Schluss noch auf die Pisa-Studie verwiesen, bei der die Australier regelmäßig brillieren. Ob beim Lesen, den Naturwissenschaften oder beim Dosenbiertrinken, in allen Fächern schlagen die australischen Schüler die deutschen um Längen. Wahrscheinlich ist Australien eben doch nicht wie Amerika. Eher könnte man den ganzen Kontinent als Finnland der südlichen Hemisphäre bezeichnen, super Schüler, hartes Klima, ganz wenig Menschen. Und Finnlands Rentiere sahen ja immer schon so aus, als würden sie Baumwollsocken tragen. *07. März 2012*

Werden Kinder eigentlich noch zum Bier holen geschickt? Ist das nicht längst verboten? Oder vielmehr: War es jemals erlaubt? Früher scherte sich keiner darum. Bier holende Kinder in der Abenddämmerung waren „voll normal", wie sie in Nordrhein-Westfalen sagen. Wenn die Sonne rot über der Zeche stand, zog man los mit dem Einkaufsnetz aus knisterndem Polyester. Das Feierabend-Köpi für den Vater oder DAB, das deutsche Arbeiterbier, wie er das nannte. Das Wechselgeld wurde in Süßigkeiten umgesetzt. Die Entscheidung, wie der Groschen am besten angelegt sei, konnte sich hinziehen, bis das Bier warm war. Geduldig angelte der Mann hinterm Tresen mit der Zange in den bunten Plastiktrommeln. Einmal Herr dieser Zange sein!

Dieser Mann vom Büdchen hatte immer eine Kippe auf den Lippen – und einen gefürchteten Scherz: „Wat willse, Pils? Wiesenpils oder Waldpils?" Im Sommer gab es Eis, Capri für 50 Pfennig, unerschwinglich das maskuline Nogger, ein echtes Männereis, der Motorsportler unter den Eissorten. Später teilte man sich die *Bravo*, die Schwester sammelte die Starschnitte, man selbst studierte es der Aufklärung halber. Peinsam nur die Bestellung. Am besten erst mal ganz viel anderes aufzählen, und dann das Eigentliche hinterhergeschlenzt, halb verschluckt. Denn der Kiosk kennt keine Anonymität, hier sind alle Nachbarn. Hat er eigentlich immer geöffnet? Nicht ganz. Groß war die Überraschung, als der Mann einmal zusperrte: Der hat ja Beine! Aber sonst? Für jeden aus NRW ist die Trinkhalle das zweite Wohnzimmer. Mochte in den Stahlhütten nach und nach das

Feuer ausgehen, im Büdchen brannte immer noch Licht. Ein Stück Heimat.

Bevor wir nun vollends auf der Welle der Revierromantik wegschwimmen – Ruhrgebiet ist ja immer auch Rührgebiet – , zu den trockenen Fakten: Dem Büdchen geht es nicht gut. Tankstellen, Bahnhöfe, der „Späti" machen ihm Konkurrenz. Der Kiosk-Club in der Trinkhallenwelthauptstadt Dortmund schlägt Alarm. Eine Kultur gehe kaputt, jedes Jahr verschwänden im Schnitt 200 Kioske von der Landkarte. Der Fortschritt, der sie einst gebracht hatte, nimmt sie wieder fort. Im 19. Jahrhundert waren die Kioske aufgestellt worden, um Mineralwasser zu verkaufen. Weil sauberes Trinkwasser rar war, hielten sich die Kumpels mehr ans Bier, einige Zechenbetreiber zahlten sogar Teile des Lohns in flüssiger Münze aus. Mäßigkeitsvereine sagten dem Teufel Alkohol den Kampf an. Das, so kann man sagen, ging nach hinten los. Die scharf riechenden Adidas-Anzugträger mit ihren Nuckelflaschen gehören zum Kiosk wie die *Bild*-Zeitung und das Langnese-Fähnchen. Doch langsam, aber sicher ist Schicht im Schacht. Der Mann vom Kiosk sperrt seinen Laden endgültig zu. Er braucht seine Beine nun: für den Weg aufs Amt. Und Kinder werden sowieso nicht mehr Bier holen geschickt. *25. Juli 2012*

Manche Landschaften haben es so leicht. Sie kriegen allein durch ihr Aussehen alles, was sie wollen. Zum Beispiel Touristen. Landschaften stehen auf Touristen, weil die vor ihnen verharren, sie bewundern, sie fotografieren und ihnen verzückt lobpreisende Worte zurufen. „Hach!“ seufzen sie oder „pittoresk!“, und wenn es amerikanische Touristen sind, quietschen sie „Oh my god, that's so amazing!“ Einige Landschaften sind derart gefällig, dass sich alle auf sie einigen können. Sanfte, sattgrüne Toskanahügel mit Zypressen etwa, die sind wie George Clooney – jeder findet sie hübsch. Andere Landschaften geben sich eher exzentrisch, sind mehr der Typ Andrea Sawatzki, für diejenigen mit einem spezielleren Geschmack. Schwer aber haben es die Mauerblümchen unter den Gegenden, die Christian Wulffs der geographischen Gebiete. Doch mit ein wenig Mühe können auch sie es schaffen, Menschen für sich zu begeistern. Wenn man nicht viel kann, muss man sich spezialisieren, das weiß jeder Berufsberater. Der dröge Spessart zum Beispiel hatte jahrhundertelang nichts zu bieten, bis die Stadt Bad Orb auf die Idee kam, durch hohe Sanitätshausdichte, rollatortaugliche Konditoreien und eine Konzertmuschel im Kurpark zum Hotspot der deutschen Rentner zu werden. Die hessische Rockband *Rodgau Monotones* widmete ihr sogar ein Lied, das sie zur Melodie von „New York, New York“ dichtete.

Von solchen Ehren träumt die Gemeinde Scheidegg im Allgäu noch. Die nackten Fakten, die Wikipedia auflistet, lesen sich wenig sexy: naturräumlich liegt der Ort an einem Bergrücken, der aus gefalteter Südwassermolasse aufgebaut ist, siedlungsgeographisch hat er sich aus einem Haufendorf entwickelt. Das klingt irgendwie nach Verdauung. Vielleicht war das der Grund, warum sich die Gemeinde auf eine ganz bestimmte Zielgruppe spezialisiert hat: auf die chronisch Dünndarmkranken. Scheidegg wirbt damit, glutenfrei zu sein, und macht sich damit zum *Place to be* für alle Zöliakiekranken, für Menschen also, die an Weizeneiweiß-Unverträglichkeit leiden und sich deswegen speziell ernähren müssen. Für diese Kampagne hat die Gemeinde jetzt den Bayerischen Innovationspreis im Tourismus gewonnen. Die Kurverwaltung organisiert ein ganzjähriges Freizeitangebot für Betroffene aller Altersklassen. Bleibt die Frage, ob die gemeinsame Lebensmittelallergie auch wirklich zu gemeinsamen Freizeitvorlieben führt – und wie die wohl aussehen.

Schätzungsweise vertragen zwei Prozent der Europäer kein Weizeneiweiß. Wenn sie alle in Zukunft miteinander Urlaub in Scheidegg machen, wird es eng in dem Haufendorf am Bergrücken aus gefalteter Südwassermolasse. Aber im Kornfeld bleibt sicher immer noch ein Bett frei. Da hätte der Ort doch schon seine Hymne. *23. Juli 2011*

VIII

Frau liebt Mauer –
Die Vielfalt des Eros

In den vergangenen Wochen war ja viel von Frauen und Männern die Rede, wobei die Männer eher schlecht beleumundet davonkamen. Männer gelten im großen Gender-Diskurs als eher tölpelhafte Menschen, die im Umgang mit Frauen bestenfalls nach den falschen Wörtern greifen, ansonsten nach Schlimmerem. Wenn man das alles richtig verstanden hat, haben die Frauen den Männern den Krieg erklärt. Vielleicht ist auch alles ein bisschen übertrieben dargestellt, und die Frauen haben den Männern nur erklärt, dass diese sich künftig ihrer Rolle nicht mehr allzu sicher sein dürfen. Zum Beispiel wird es bald nicht mehr ausschließlich männliche Bankräuber geben. Das hat der Hashtag Aufschrei in seiner jüngsten Soirée beschlossen. Es könne nicht sein, dass nur Männer auf dem Feld der Kriminalität das große Geld machen und Frauen bestenfalls den Fluchtwagen fahren dürfen. Und vor dem Raub müssen sie sich auch noch anhören, dass sie mal besser nicht in die Parklücke einscheren, weil sie sonst eine halbe Stunde brauchen, um wieder rauszukommen.

Der Spielfiguren-Hersteller Playmobil hat die in Aussicht stehende Gender-Gerechtigkeit bereits mit seinen Mitteln vorskizziert. Und alle wissen ja, dass die Mittel von Playmobil kleine Menschen mit zackenfransigen Frisuren über freundlichen runden Gesichtern sind, die in allen möglichen sozialen Feldern ihr niedliches Wesen treiben. Im Rahmen der genderbezogenen Neujustierung seiner Püppchen hat sich Playmobil mit seiner heiteren Darstellungskunst nun aber auf ein eher dissoziales Feld begeben: Es geht um den Bankraub. Hier waren – Aufschrei! – bislang immer nur Männer tätig, finstere Männer mit – Aufschrei!– Strumpfhosen über dem Kopf und mit Waffen in der Hand. Das einzig angemessene Wort für diese fiesen Kerle war Bösewichte. Wenn nun aber eine Playmobil-Frau das neue Spiel-Set „Bank mit Geldautomat“ beehrt, werden es die Kinder mit einer waschechten Bösewichtin zu tun haben. Und sie wird genauso aussehen wie die Bösewichtinnen im richtigen Leben: strohblond und schwarz gekleidet, und eine Sonnenbrille wird sie auch tragen. Derart montiert wird sie vor den Schalterbeamten treten und diesen auffordern, die Geldbündel in ihre sehr, sehr rote Handtasche zu stopfen.

Es ist vermutlich noch zu früh, um den Erfolg der neujustierten Frauenquote bei Playmobil zu bilanzieren, aber dass nun weibliches Führungspersonal sogar im rechtsfreien Raum unterwegs ist, zeigt, wie groß die Sehnsucht nach Veränderung ist. Als völlig frei von Pikanterie und Anmaßung muss die Frage verstanden werden, wer sich nun aber an die Fersen der strohblonden Bösewichtin heften darf. Legitim und ehrenvoll ist wiederum der Vorschlag, das solle doch bitte die Privatdetektivin mit Lupe machen. Die gibt es nämlich schon bei Playmobil.

22. Februar 2013

Der Bundespräsident spricht zwar gelegentlich von Kriegen, die er gegen Herren zu führen gedenke, auf denen sein Auge nicht mit Wohlgefallen ruht. Man sollte dies aber nicht zu wörtlich nehmen. Er hat mit dem Säbel gerasselt, jedoch eigentlich nur im Zusammenhang mit Problemen der Eigenheimfinanzierung und des, aus seiner Sicht, größeren Problems der Berichte darüber. Bemerkenswerter ist seine Einschätzung, sämtliche ihm daraus erwachsene Unbill werde binnen Jahresfrist vergessen sein. Sollte er das tatsächlich gesagt haben, es wäre ein Beleg mehr, wie harmlos die Kriegsdrohung an die lärmenden Heerscharen des Boulevards doch war. Kein geringerer Feldherr als Napoleon Bonaparte hat im Verlauf seiner gefürchteten Monologe vorgebracht, ein Kopf ohne Gedächtnis sei wie eine Festung ohne Besatzung – ein nichtswürdiger Gegner. Wahrscheinlich, das nur nebenbei, hätten sich die meisten Untertanen des Korsen eher einen Herrscher wie Wulff gewünscht, der sich, statt alle erreichbaren Länder zu überfallen, mit dem Bau eines Klinkerhauses in der norddeutschen Einöde befasst hätte. Aber solch hässliche Gebäude gab es damals noch nicht.

Jedenfalls, der Wunsch, unerfreuliche Dinge zu vergessen und vor allem bei anderen in Vergessenheit geraten zu lassen, zählt zu den Urtrieben der Menschen; leider bleibt er meist unerfüllt. Meisterdetektiv Sherlock Holmes wollte sich unerwünschter Erkenntnisse durch die Kraft seines Geistes entledigen: „Jetzt, da ich es weiß, werde ich mich nach Kräften mühen, es zu vergessen.“ Doch das menschliche Hirn gleicht einem Bordcomputer, der ein unerwünschtes Eigenleben führt. Es speichert Demütigungen, Ärgernisse und Peinlichkeiten mit perfider Akribie. Die Ehefrau etwa pflegt all die Wohltaten und Schmeicheleien und Gaben, die ihr der Gatte im Laufe der Jahre zudachte, zu vergessen, als habe es sie nie gegeben. Dass er aber einst vor dem Sommerurlaub den Topf mit den Resten des Chili con Carne zu spülen versäumte und die Heimkehrenden dann von einem mannshohen Schimmelpilz empfangen wurden, dessen entsinnt sie sich heute noch mit erschreckender Präzision.

Derart geplagt, versucht sich der Mensch gegen die Tyrannis des Gedächtnisses zu wehren – von jeher durch die Kunst der Verdrängung. Mittels Autosuggestion versetzt er sich in einen Zustand virtueller Reinheit von störenden Reminiszenzen. Dazu bedarf es einer gewissen Systematik und Begabung, beides scheint aber beim Herrn Bundespräsidenten in ausreichendem Maße gegeben zu sein. Leider besteht, wie seine Causa deutlich zeigt, die Gefahr, dass dann andere dem Gedächtnis nachhelfen und so die schöne, aber unzutreffende Vorstellung Jean Pauls widerlegen: „Die Erinnerung ist das einzige Paradies, aus dem wir nicht vertrieben werden können.“ *09. Januar 2012*

Nichts leichter, als auf die Klischees zu schimpfen, sie oberflächlich und unlauter, wenn nicht gar voreingenommen oder dämlich zu nennen. Dabei sollten wir dankbar sein, dass wir sie haben: die Gemeinplätze. Sie geben uns einen verlässlichen Halt in dieser komplett unüberschaubaren Welt, in der alles immer auf so unsäglich postmoderne Weise hinterfragt und in Zweifel gezogen werden muss. Warum zum Teufel soll man nicht sagen dürfen, dass Berlusconis geliftetes Altherrengesicht nur auf dem Humus des Bella-Figura-Gehampels der Italiener gedeihen kann? Weshalb darf Lady Ashton nicht ganz offiziell als der phänotypische Standard einer Britin gelten, der sie doch ist? Und die Pariser? Man muss doch nur einmal im Bistro in gebrochenem Französisch ein Menü bestellen, um in den Genuss ihrer ebenso sprichwörtlichen wie maßlosen Arroganz zu kommen.

Die Deutschen, das jedenfalls sagen die Italiener, die Franzosen und die Briten, die Deutschen meckern eigentlich immer nur herum, und zwar an den Franzosen, den Briten und den Italienern, und beim Meckern tragen sie noch dazu Socken in ihren Sandalen. So könnte man sich eigentlich ganz schön im europäischen Gleichgewicht der Vorurteile einrichten – wenn einem bloß nicht immer diese „Forsa"-Umfragen dazwischenkämen, die jedes Klischee zunichte machen. Das Ergebnis der neuesten lautet: Ein Deutscher beschwert sich nur ein einziges Mal im Jahr, und dann am liebsten bei seinem Internet- und Telefonanbieter. Solche Resultate sind unserer gehobenen Nörgelreputation natürlich äußerst abträglich, sie unterstreichen allenfalls ein anderes Klischee: Das deutsche Phlegma, dieses Birkenstockhafte. Jenseits nationaler Eigenheiten gibt es, entgegen allem Unken (und in Zeiten der vorherrschenden Verunsicherung dringend zu begrüßen), immer noch die altbewährten Geschlechterrollen: Sanftmütiger als der Deutsche an sich ist nur die deutsche Frau, auch das haben die Meinungs- und Zustandsforscher jetzt herausgefunden. Was könnte beruhigender sein als die faktische Existenz weiblicher Sanftmut, zumal wenn sie nicht nur zitiert, sondern auch kulturgeschichtlich sauber untermauert wird? Man hatte ja schon Angst, dass sich zum Klimawandel und zur weiß Gott nervenaufreibenden Integrationsdebatte nun auch noch Emanzipationssperenzchen wie die angeblich verschwimmenden Rollenmodelle gesellen würden.

Wohltuend und sehr angenehm ist in dieser Hinsicht, was „Forsa“ eruieren konnte. Die deutsche Frau, steht da nämlich zu lesen, beschwert sich noch seltener als der deutsche Mann. Höchstens beim Frisörbesuch wird sie ungehalten, manchmal sogar laut. Aber, bei aller Liebe: Ein kleiner Eklat beim Waschen – Schneiden – Föhnen sollte traditionelle Einordnungen nun wirklich nicht aus dem Lot bringen. Ganz im Gegenteil. *29. Oktober 2010*

Es liegt nicht nur am Novembernebel, dass es immer undurchsichtiger und verschwommener wird in der Welt. Früher – gemeint ist die Epoche, in der alles besser war – hatten die Dinge noch klare Konturen, vor allem gesellschaftlich und sozial gesehen. Wer reich war, wohnte in einer Villa im Grünen und nicht in einer ehemaligen Fabriketage im Schlachthofviertel; Steckrüben wurden in stockfleckigen Hinterhofküchen in den Eintopf geworfen und nicht als Carpaccio serviert; ordentliche Männer trugen ihr Haar mit dem Rasiermesser gescheitelt und nicht als flaumweiche Justin-Bieber-Wolke um die Stirn. Nichts bleibt mehr, wo es einst hingehörte, oben, unten, hinten, vorne, rechts, links, hü, hott. Kein Wunder, dass mancher nicht mehr weiß, ob er Männlein oder Weiblein ist.

Im Tierreich kennt sich auch bald keiner mehr aus, wenn das so weitergeht. Eine Studie im Fachjournal *Biology Letters* hat nun das merkwürdige Verhalten geschlechtsreifer Rohrweihen zur Paarungszeit analysiert. Forscher fanden heraus, dass vierzig Prozent der Männchen dieser Greifvogelart ein Gefieder tragen, das dem des Weibchens ähnelt – und damit bessere Chancen beim Damen-Klarmachen haben. Sie müssen sich weniger mit Angriffen männlicher Macho-Konkurrenten herumschlagen, weil die den Verkleidungstrick nicht durchschauen, und können ganz entspannt mit der Rohrweiherin im Röhricht-Weiher schnäbeln. Die gleiche Taktik fahren übrigens der Blaue Sonnenbarsch, der Riesentintenfisch und die Plattgürtelechse. Und die wechselwarme Strumpfbandnatter, die genau so drauf ist, wie ihr Name nach Federboa und La Cage aux Folles klingt. Ein Teil der Männchen produziert am Ende der Winterruhe kurzzeitig weibliche Duftstoffe, auf dass Geschlechtsgenossen heranschlängeln und sie warmkuscheln. Sind sie wieder auf Betriebstemperatur, haben sie freie Fahrt bei den Weibchen, weil die anderen Natteriche vom vergeblichen Balzen erschöpft sind.

Schaut man sich an, wie es um die menschlichen Männchen heute bestellt ist, klingt das Verhalten der Tiere eher wie von Aesop ausgedacht, als von Wissenschaftlern erforscht. Die Population der Metrosexuellen wächst, diese possierliche Art, bei welcher der Rücken immer enthaarter, die Hosen schmaler, die Haare länger und die Gespräche verständnisvoller werden. Aussterben aber wird der echte Mann, den die wabernden Rollenbilder in nebulöser Verwirrung zurücklassen. Einsam sitzt er und trinkt Bier, weil er verzweifelt ist, und weil er das männlich findet. Davon bekommt er Bierbrüste, das sieht zwar weiblich aus, lockt aber keine Frau hinterm Ofen hervor. Traurig schaut der Mann aus dem Fenster auf unerreichbare Damen, die im Novembernebel wandern. Und er träumt nach Rohrweihen-Art, so verheißungsvoll weiblich gekleidet zu sein wie sie. *17. November 2011*

In diesen Tagen häufen sich die Meldungen über Diebe, die uns weniger durch die Unverfrorenheit ihrer Missetaten empören, als dass sie uns durch eine gewisse menschliche Note anrühren. Da ist zum Beispiel dieser Schiedsrichter aus Bayern, der vor einem Spiel aus den Kabinen beider Fußballmannschaften einen dreistelligen Geldbetrag entwendet hat – und dem man zumindest zugutehalten muss, dass er auch als Dieb unparteiisch geblieben ist. Und geradezu großherzig wirkt die Geste der Täter, die Monate nach ihrem Einbruch in das Haus von Hans-Dietrich Genscher offenbar so sehr das schlechte Gewissen plagte, dass sie Genscher nun den gestohlenen Füller zurückgaben, mit dem er 1992 den EU-Vertrag von Maastricht unterzeichnet hatte und der darum einen besonders hohen sentimentalen Wert für den Ex-Politiker besitzt.

Zartgefühl, Korrektheit und ein gewisser Anstand sind nicht gerade Tugenden jener Metalldiebe, die in Hamburg Orpheus und Eurydike gewaltsam getrennt haben, wo sie in Bronze gegossen seit fünfzig Jahren in trauter Zweisamkeit am Alsterufer standen. Und doch ist das erste, was einem zu dieser hirnverbrannten Idee einfällt, dass es eine Schweine-Arbeit gewesen sein muss, die lebensgroße Plastik von ihrem Fundament zu lösen. Vielleicht waren die Diebe die elende Schinderei bald leid und haben sich aus diesem Grund mit der Statue der Eurydike begnügt und Orpheus einen guten Mann sein lassen. Es könnte auch sein, dass sie nicht mehr dazu kamen, Orpheus ebenfalls loszuflexen. Oder sie planten, später noch mal wiederzukommen, wurden aber in der U-Bahn überführt, weil sie für Eurydike keinen Fahrschein gelöst hatten. Unwahrscheinlich ist dagegen, dass sie das Paar absichtlich entzweien wollten.

Jeder Schrottdieb kennt doch die Schote, dass Orpheus seine Frau Eurydike für immer verlor, als er versuchte, sie aus dem Totenreich zu befreien. Auf der Flucht vor einem Vergewaltiger war sie an einem Schlangenbiss gestorben. Aber sie war ein Star, und Orpheus holte sie da raus. Nur verstieß er dabei gegen die einzige Bedingung, die der Gott der Unterwelt ihm gestellt hatte: dass er vorangehen müsse und nicht zurückblicken dürfe. Da er jedoch Eurydikes Schritte im dunklen Gang nicht hören konnte, drehte Orpheus sich nach ihr um, und sie sank zurück zu den Toten. Orpheus soll aus Frust darüber schwul geworden sein. Die Schritte seiner Eurydike wird er aber auch bei seiner zweiten Chance in Hamburg wieder nicht gehört haben, da ihr die Füße abgesägt wurden, um sie wegschleifen zu können. Womöglich beherzigen wenigstens die Diebe die Lehre aus der Orpheus-Sage. Der österreichische Sänger Falco hat sie ja eigens für ihre Gilde in folgenden Vers gefasst: „Drah di net um, der Kommissar geht um.“ *20. Oktober 2011*

Der Bub buddelt tumb im Sand herum, klatscht mit ungeschlachter Hand eine Ladung Schlick auf den grellbunten Plastiklaster und brüllt brummbrumm – so spielt er Bob, den Baumeister. Das Mädel aber streift der blonden Puppe Barbie die ausgesuchtesten Gewänder über, zieht ihr Bänder durchs feine Haar. Dann setzt sie Barbie mit Ken, deren Gefährten, in der Stube nieder und lässt die beiden erörtern, ob noch ein weiteres Schuhschränkchen ins Puppenhäuschen passen würde. Ken ist ein alter Schönling, viel schöner als Bob, der grobmotorische Baumeister, aber das nutzt Ken gar nichts. Was auch immer er eigentlich mit Barbie im Sinne hätte, er ist verdammt in alle Ewigkeit, als keuscher Begleiter mit ihr durch „die geheime Welt der Glitzerfeen" zu schlurfen oder Nerzmäntelchen für den „perfekten City-Look" shoppen zu gehen. Es muss die Hölle sein. Dann lieber mit Meister Bob Löcher graben und mit der schieläugigen Planierraupe möglichst viele Ameisen überfahren. Aber derlei Fertigkeiten sind später leider nur noch sehr selten gefragt.

Ja, die Frauen haben es weit gebracht. Sie haben den Mann, einst Herr der Schöpfung, dazu abgerichtet, im Biomarkt Rapunzelmarmelade zu holen und das auch noch ganz toll zu finden sowie sich immerfort für seine eigenen, quasi eingebauten Unzulänglichkeiten zu entschuldigen. Neuerdings haben die Frauen herausgefunden, dass auch schon kleine Jungs wenig taugen. Klären die in der Pause mal was unter Männern mit Kevin, dem Quälgeist, was mal geklärt werden musste, liefert man sie der Konfliktmediatorin aus. Sie spürt dann den Wurzeln männlicher, also falscher Verhaltensmuster nach. Jungs müssen sich bei so was fühlen wie der aufrechte Kommunist, den die Stasi in Billy Wilders Film „Eins, zwei drei" fesselt und mit dem Abspielen westlicher Strandschlager foltert: Itsy Bitsy Teenie Weenie Honolulu Strandbikini ... Und während die Frauen einfach Kampfpilotinnen werden, Kickbox-Meisterinnen und auf Befehl der Arbeitsministerin sogar Vorstandschefinnen, nehmen sie uns auch noch Bob weg, Bob den Baumeister.

Bob stirbt nicht einmal wie ein Mann. Er wird erniedrigt und domestiziert. Das hat sie schon ganz professionell gemacht, die Blonde mit den langen Beinen, der Bobs Baumänner tölpelhaft hinterherpfeifen, ohne zu ahnen, mit wem sie es da zu tun haben. BBC Business News meldet, die Barbie-Firma Mattel habe mit einem 680 Millionen Dollar schweren „Cash Deal" die Bob-Firma erworben. Barbie kauft Bob einfach weg, so wie eine der angeordneten Vorstandschefinnen das künftig tun darf: kleinere Unternehmen überwältigen, dort Abbaupotenziale definieren, Low Performer feuern. Wer bei den Aufgekauften seinen Job behält, hat Glück. Zumindest für ein Weilchen noch. Bye, bye, Bob. *26. Oktober 2011*

Natürlich weiß niemand genau, was alles so in deutschen Schlafzimmern geschieht. Aber man wagt sich in sexueller Hinsicht sicher nicht zu weit vor, wenn man die These aufstellt, dass das männliche Innenohr für gewöhnlich nicht im Zentrum des Geschehens steht. Sicher, ein Wispern hier, ein Lecken da, so etwas wird auf dem Weg zum Glück gerne mitgenommen. Die meisten von uns lassen die Ohren dann aber schnell links und rechts liegen und widmen ihre Aufmerksamkeit interessanteren Körperzonen. Ganz anders anscheinend in Japan. Zumindest, wenn man einem Bericht des *Focus* Glauben schenken will. Der berichtet, dass seit einigen Jahren landauf, landab sogenannte Ohrenstudios aus dem Boden sprießen, in denen man jungen Frauen für die fachgerechte halbstündige Behandlung rund 25 Euro bezahlt. In erster Linie wird in diesen Etablissements mittels kleiner, gebogener Bambusstäbchen der Gehörgang gereinigt. Angeblich kommen Kunden dabei aber immer wieder derart in Wallung, dass sich die Betreiberinnen einiger Studios genötigt sehen, auf Schildern zu warnen, das Ohrenreinigen werde unverzüglich abgebrochen, wenn die Frauen belästigt werden.

Nun steckt das Innenohr, sobald man sprachlich etwas tiefer eindringt, tatsächlich voller schimmernder Begriffe: Steigbügelschnecke. Vorhoflabyrinth. Ovales Fenster. All das klingt weitaus anregender und verlockender als die Bezeichnungen anderer Körperregionen. Dennoch: Der Bollerwagen der Phantasie, der für gewöhnlich schnurstracks und im Schweinsgalopp in die entlegensten Feuchtgebiete rattert, sobald man ihn eine Handbreit vom rechten Pfad der Tugend abweichen lässt –

er will bei der Vorstellung eines halbstündigen Ohrspiels nicht so recht vom Fleck kommen.

Der japanische Schriftsteller Tanizaki Jun'ichiro legte in den dreißiger Jahren einen Essay über das Liebesleben seiner Landsleute vor, in dem er betont, das Klima in Japan sei prinzipiell zu feucht und stickig, als dass man irgendwelchen anstrengenden Techniken frönen könne. Ja, es sei so heiß, dass einen „meist schon der bloße Gedanke an Sex anödet". Nach dieser Lesart könnte man die Ohrenstudios als Orte feinster Sublimierung deuten, während wir im Westen nur grobmotorisch ackern. Oder haben Japaner zartere Mütter als wir Europäer? Viele Männer bekunden, der Besuch im Ohrensalon würde sie auf angenehme Weise an mütterliche Reinigungsprozeduren in ihrer Kindheit erinnern. Beneidenswertes Japan! Wollte man ähnliche Erinnerungen hierzulande evozieren, müsste man Studios gründen, in denen einem dominante Frauen die Nase putzen oder mit fester Hand einen Scheitel ins zerzauste Haar wischen. Zartere Handreichungen würden bei deutschen Männern wahrscheinlich auf taube Ohren stoßen. *15. November 2011*

Die tote und die lebende Welt werden ständig gegeneinander ausgespielt. Dabei haben wir von klein auf ein inniges Verhältnis zum Ding als solchem. Kaum kann das Baby die Hand ausstrecken, greift es sich alles, was ihm vor die Finger kommt. Bald schon bilden Rasseln, Ringe, Holzklötze und andere praktische Dinge das Universum unseres Lebens. Die Störenfriede, die diese Besitznahme blockieren, sind allerdings keine Gegenstände, sondern ausgerechnet: Menschen. Sie wollen, dass wir statt der Dinge sie abknutschen, dass wir ihnen den Finger in die Augen stecken und uns ihnen ganz widmen. Diese Fehlorientierung verleidet uns das ganze Leben. Immerzu wollen wir zurück zu den Gegenständen, die wir einst so selbstvergessen betatschten und aufessen wollten. Denn bei ihnen finden wir die hölzerne, bissfeste, unzerstörbare Liebe der ersten Tage: Smartphones, Plattenspieler, Silberschmuck, Eichentische, Carbonrennräder, kurz: das Zeug, das uns später am Lieben und Leben hält.

Wer daran zweifelt und glaubt, das Schönste sei die Liebe zwischen Menschen, dem verschafft nun eine Studie Klarheit darüber, wie die Dinge auf Erden tatsächlich liegen: Psychologen fanden deutliche Hinweise dafür, dass wir, wenn es uns schlecht geht, Trost und Zuspruch bei Gegenständen suchen, mehr als bei Menschen. Die Forscher bekamen das mittels raffinierter Fragen heraus, über die hier nicht weiter gesprochen werden soll, nur so viel: Wenn er an was so richtig zu knapsen hat, dann hat der Mensch lieber alles unter Kontrolle. Zumindest wenn er gerade an einer Studie teilnimmt. Und einen rustikalen Eichentisch, den man eben noch zärtlich umfasst hielt, kann man eben leichter in die Ecke schieben als einen Lebensgefährten, der noch mal über alles reden möchte.

Wie so vieles in unserer Gesellschaft wird auch dieses Phänomen längst von extrem denkenden und fühlenden Menschen als Mittel der Ekstase genutzt: Der Objektsexuelle sucht im Gegenstand das, was zu jeder Beziehung gehört, nämlich Körperlichkeit und lebenslange Bindung. Die schwedische Modellbauerin Eija Riitta Wallis Winther Arja Nikki Lee Eklöf heiratete deshalb, verknallt wie sie war, 1979 die Berliner Mauer und führt seither den Namen Eklöf-Berliner-Mauer (schwedisch: Eklöf-Berlinmuren). Wer Ähnliches plant, benötigt für das Ja-Wort nur die Hilfe eines Animisten, der mit dem Partner kommuniziert. Die Objektophilie bleibt zwar vorerst eine Liebe unter Außenseitern, das ist klar. Aber in ihr steckt auch für Lebendliebende viel Lehrreiches: Wie die Vertreter dieses way of loving zu betonen nicht müde werden, suchen sie Nähe, die über den Gegenstand als Objekt hinausgeht. Sie sehen auch im Ding die Persönlichkeit. Schmerzfrei ist diese Liebe deshalb nicht. Frau Eklöf-Berliner-Mauer ist seit 1989 Witwe, ihr Partner wurde abgerissen. *16. Juni 2012*

Immer wenn man dachte, es geht nicht mehr, kam von irgendwo dieses Paar daher, strahlend, minzfrisch, sauber, und führte uns Normalsterblichen vor, dass es eben doch geht, und zwar spielend: Familie und Job, Erotik und Kinder, täglich gleiche Arbeit und total verrückte Überraschungen. Während unsereins Jahr um Jahr den Hochzeitstag vergaß und dann schnell noch und im Grunde doch zu spät einen Tisch beim Italiener um die Ecke buchte, flog Seal mit seiner Heidi Jahr um Jahr nach Mexiko an den weißen Strand und feierte das gemeinsame Glück. Während die Gattin, nach einem Tag allein mit den Kindern, zu Bett ging und sich fragte, warum der aktenordnergraue Typ, auf den sie sich irgendwann eingelassen hat, immer noch mehr Zeit im Büro verbringt, las sie seufzend eines von Seals typischen Statements: „Ich setze einfach meine Prioritäten richtig: erst meine Frau, dann meine Kinder, dann meine Karriere."

Während der Mann, spät abends, nach seiner klammheimlichen Rückkehr aus dem Büro, müde in den Fernseher starrte und dabei überlegte, dass er doch früher um dieselbe Uhrzeit so gerne mit seiner Frau zwar nicht wirklich wilde, aber doch anregende Dinge tat, mit seiner Frau, die jetzt längst bei den Kindern schlief, saß da plötzlich Heidi Klum in der Fernsehshow und sagte, befragt, wie sie die Erotik mit ihrem Gatten nach all dieser Zeit am Köcheln halte, das sei ja nun überhaupt kein Problem: „Wir verabreden uns einfach zum Sex. Hey, Baby, um zwei auf dem Dachboden! Und um sechs Uhr im Wandschrank." Die anschließende Stille im eigenen Wohnzimmer wurde nur vom Knarzen des resopalbeschichteten Wandschranks unterbrochen. Kurzum: Während wir alle durch die Grauzonen des Lebens taperten, schauten wir auf zum Himmel, an dem sie leuchteten als Sternbild des Glücks, die goldene Heidi und der große Seal.

Aus, vorbei, perdu. Sie sind getrennt. Sogar das kriegen sie besser hin als wir. Es wird keine schmutzige Wäsche gewaschen, im Gegenteil, alles duftet perwollweich: acht herrliche Jahre, wunderbarste Frau der Welt, weiterhin eine enorme Menge an Achtung und Liebe füreinander. So Seal im exklusiven Trennungs-Interview. Merkwürdigerweise sagte er dann aber auch noch, sowohl für ihn als auch für seine Frau komme die Trennung „völlig überraschend“: Sie seien „beide selber schockiert“. Rätselhafte Welt der Stars, sogar das Unglück bekommen sie noch als Rundumüberraschung hin. Was aber sollen wir jetzt tun, wo nehmen wir zukünftig die Vorbilder her? Auch Ashton Kutcher und Demi Moore sind getrennt, Vanessa Paradis und Johnny Depp soll es ebenfalls schlecht gehen. Bleibt uns nur noch Brangelina. Immerhin. Angelina Jolie hat Brad Pitt gerade einen Wasserfall zum Geburtstag geschenkt. *25. Januar 2012*

Eines der letzten Tabus dieser Zeit ist der Verlust. Das liegt an der Wirtschaft, die als Maß aller schönen Dinge nur den Besitz kennt sowie dessen Mehrung. Ständig sollen die Menschen Sachen kaufen, und wenn einer mal fragt, wozu der ganze Krempel eigentlich gut sei, dann ist er gleich ein Kommunist. Bei ihrer ständigen Anschafferei merken die Leute auch nicht, was sie alles verlieren. Es ist eine ganze Menge, und bevor wir die Dinge jetzt einzeln aufzählen, stellen wir uns ein geräumiges Fundbüro vor für wirklich alles, was je im Leben verloren ging. Ein Zimmer allein wird dafür kaum genügen, selbst ein Fundbürokomplex wäre mit den Fundsachen nur weniger Lebensjahre rasch ausgebucht. Es muss also schon eine Art Speicherstadt sein, mit mächtigen Türmen aus großen und kleinen Kisten, aus Dosen und Containern. Mal sind nur ein paar Milchzähne darin, mal sind es riesige Filzknäuel aus Schals, Mützen, Handschuhen. Ein Geldbeutel ist dabei und auch das schöne blaue Rad, das sie einem damals vor der Uni geklaut haben. Verlust überall, doch selbst ein schnittiges Rad ist schnell verschmerzt, wenn man in einer Ecke schließlich die Kisten mit den wirklichen Wertsachen öffnet: das innige Verhältnis zum Vater, dieses Gefühl ewiger Freiheit bei der Abschlussfahrt, die größte Liebe des Lebens. Alles weg.

Die Dinge kommen einem oft auf undurchsichtige Weise abhanden, aber genau so überraschend kehren einige von ihnen zurück. Im virtuellen Speicher von Jesse Taylor Mattos, einem 90-Jährigen aus Vallejo in Kalifornien, ist gerade wieder etwas frei geworden. Vor 72 Jahren hatte er sich für 29 Dollar den Abschlussring seiner Highschool gekauft. Mattos trug ihn kein Jahr, da flutschte ihm das Goldstück vom Finger direkt in den erbarmungslosen Sog einer Toilettenspülung. Verloren, für immer, so schien es. Aber vor ein paar Wochen hat ein Kanalarbeiter den Ring wiedergefunden. Er entdeckte ihn in einem Haufen Bauschutt, das war reines Glück. Den Kanalarbeiter aber erfüllte sogleich der Ehrgeiz, Ring und Finger wieder zusammenzuführen. Er ließ den Schmuck reinigen, um die Gravur zu erkennen: JTM, Abschlussklasse 1938. Er besorgte sich ein Jahrbuch der Schule, sprach mit Klassenkameraden, und schließlich stand der Kanalarbeiter bei Jesse Mattos vor der Tür und gab ihm seinen Ring zurück.

Vor kurzem ist Mattos' Frau Florence gestorben, die beiden waren 69 Jahre verheiratet. Der Alte sagt, er sei danach in einem Tal gewesen, erst der Ring habe ihn wieder ans Licht geführt. So schließt sich die Ring-Parabel: Verlust kann vorübergehend sein, irgendwann wird Jesse Mattos auch seine Frau wiedersehen, vielleicht auf einem Speicher. Sie werden sich dort küssen, und dann wird Jesse ihr die schöne Geschichte vom Ring und seiner Wiederkehr erzählen. *28. Mai 2011*

Das Ansprechen junger Damen am Strand ist ein anspruchsvolleres Vorhaben, als die meisten Männer glauben. Nun gut, das Ansprechen an sich weniger, wohl aber die Bewältigung der Folgen. Wenn es dumm läuft, und das tut es meistens, reagieren die Schönheiten gar nicht oder sagen zu ihren Freundinnen hässliche Dinge wie: Guck mal, das Bierfass da kann reden. Wenn es, wie bei Coronado in Südkalifornien, sehr dumm läuft, steigt gerade der Begleiter eines der Bikinimädchen aus dem Meer und ist ausweislich seiner Tätowierungen Mitglied der in der Nähe stationierten US Navy Seals, einer Truppe, die man nicht wegen ihres Langmuts kennt. Diese Herren freilich haben es am Strand leicht. Auf die Frage der Frauen, was sie denn so machen, antworten sie lässig: Baby, ich gehöre zu den Jungs, die Bin Laden umgelegt haben, aber sprechen wir lieber über etwas Schöneres, zum Beispiel über dich. Eine solche Antwort ist der Traum all der Tröpfe, die wahrheitsgemäß antworten müssten: Ich verkaufe Geschirrspüler im Großmarkt, und mein fieser Boss weiß nicht, was er an mir hat.

Es mag am Meer oder in einer schummrigen Bar gewesen sein, da trat ein Mann in Tarnjacke an eine einsame Dame heran, man kam ins Gespräch, und er erzählte, er sei ein Navy Seal: Bin Laden, das war ein harter Job, der hastete noch ins Schlafzimmer, aber wir immer hinterher, den Laserpointer auf die Stirn gerichtet und bang! So sein Bericht. Die Frau war aufs höchste beeindruckt. Bald hing der Held in ihrem Haus herum, sprach zu ihrer Verblüffung den Bierdosen zu und lamentierte über Schmerzen im Kniegelenk. Auch schien sein Schmerbauch selbst für eine Patriotin drängende Fragen nach dem Zustand der Spezialeinheit aufzuwerfen. Die Tochter des Hauses erkundigte sich in der Seal-Kommandozentrale, wie viel Übergewicht ein Elitekämpfer denn haben dürfe. Dort aber wusste man weder, was Übergewicht noch wer der Mann ist; sicher aber sei: Auf jeden echten Seal kommen nach Abbottabad tausend, die behaupten, einer zu sein.

Sittlich gefestigte Menschen könnten nun nicken und mit Friedrich Rückert sagen: „Wer etwas ist, bemüht sich nicht zu scheinen. Wer scheinen will, wird niemals etwas sein." Aber gerecht geht es leider nicht zu. Ungezählt sind die Herzen, die bezahlten Mittagessen, die schönen Jobs, die Einladungen zu Empfängen und Cocktailparties, welche die falschen Seals gewonnen haben. So redselig sie sind, so düster wird ihr Schweigen, fragt jemand genauer nach. Geheimsache, sagen sie dann, Reden kann Leben kosten, da draußen im Einsatz. Und man glaubt ihnen nur zu gern. Früher hieß es, die Pforte zum Himmel sei klein, es passe kein Prahlhans hinein. Aber die schönen Strände sind eben hier unten. *16. Mai 2011*

Wenn die Autorin Muriel Rukeyser recht hat und das Universum tatsächlich nicht aus Atomen besteht, sondern aus Geschichten, dann sind wir wieder ein kleines Stück weit ins Wesen der Welt vorgedrungen. Drei Storys aus der Sparte „Human Interest" liegen vor. Die erste steht in der Zeitschrift *Men's Health* und handelt davon, dass der Skifahrer Felix Neureuther sein Vorbild Alberto Tomba bis hin zur Unterwäsche kopiert habe. Die zweite geben wir by courtesy of *Brigitte Woman* wieder. Es geht darin um den Intendanten Jürgen Flimm, der sich über Depressionen und Versagensängste mit Kartoffelpüree hinweghilft. Die dritte stammt aus der *Bunten*. In der Fassung der Nachrichtenagentur dapd trägt sie den Titel „Ursula von der Leyen redet zu Hause nicht viel", und wer jetzt sagt, dass es um die Welt besser bestellt wäre, wenn sie auch außer Haus nicht so viel redete, der verkennt den Sinn solcher Geschichten – nämlich dass sie, wie die Atome auch, keinen Sinn haben, dafür aber die Welt zusammenhalten.

Keinen Sinn haben bedeutet indessen nicht: keine Substanz haben, und unter diesem Aspekt erscheint die Neureuther/Tomba-Geschichte am ergiebigsten. Die meisten unter uns sind ja schon einmal in Italien ausgeraubt worden und mussten sich mit neuen Sachen eindecken. Sie erinnern sich gewiss an die heiter südländische Ironie, mit der die Verkäuferinnen das heimische Unterhosensortiment am nordisch ausladenden Körper des Kunden maßen und einander irgendwas wie „colossale" zuwisperten. Was die Unterwäsche von Alberto Tomba angeht, gibt es insofern Irritationen, als die Internetsuche nach dessen Kollektion „La Bomba" Dessous an den Tag fördert, die man sich an Felix Neureuther weder vorstellen kann noch mag: romantisch verspielt und „mit süßem Spitzenbesatz". Möglicherweise sind das späte Ausläufer einer ursprünglich strengen, dabei aber männlich erregenden Unterhosenlinie, die Alberto Tomba seinerzeit innerlich derart festigte, dass er auch äußerlich gerüstet war und unanfechtbar von Sieg zu Sieg fahren konnte. Neureuther ist ungefähr so groß wie Tomba – wie hätte er da nicht danach streben sollen, auch in dessen Unterhosen zu passen!

Was ihm noch mehr imponierte als die Kollektion „La Bomba", war der Oberkörper seines Idols. So viel „Kompaktheit und Stabilität" hätte er gern an sich selbst gesehen, doch scheint es da noch Nachholbedarf zu geben. Kein Wunder bei Eltern wie Christian Neureuther und Rosi Mittermaier, die auf Nordic Walking abfahren, statt den Buben an die Welt der Hanteln heranzuführen. Noch ist nicht aller Tage Abend, und sollte Felix sich über Mängel seines Oberkörpers grämen, täte er gut daran, einen Teller Kartoffelbrei zu ordern. Jürgen Flimm nimmt das Püree übrigens „mit Brünnchen" – da kommt die Soße hinein.

16. Februar 2012

Yoga, richtig praktiziert, gehört bestimmt zu den heilsamsten, allemal lebenserhellenden Tätigkeiten, die je von Menschen erdacht wurden. Ja, wahrscheinlich haben überhaupt nur gute Musik, intensives Fahrradfahren und der Anblick der oberbayerischen Seenlandschaft eine ähnlich purgierende Wirkung auf die zerknitterten Seelen heutiger Großstädter wie diese Kombination aus körperlicher Ertüchtigung und Psychohygiene. Aber Yoga als olympische Disziplin? Eine amerikanische Yogavereinigung, die dem IOC diesen Vorschlag unterbreiten will, hat sich damit innerhalb der Szene heftige Kritik zugezogen. Etwas verkürzt lautet die Argumentation der Kritiker: innere Werte ja, äußerer Medaillenglanz nein. Dass der Vorschlag von Vertretern des Bikram-Yoga stammt, einer extremistischen Splittergruppe, deren Anhänger ihre Übungen in überhitzten, klitschnassen Räumen praktizieren, dürfte auch nicht gerade akzeptanzfördernd sein für die Initiative.

Aber muss man den Vorstoß deshalb gleich verwerfen? Bei näherem Hinsehen hat das Projekt einiges für sich. Statt sich auf ärmlichen Karibikinseln jahrelang ausschließlich von Anabolika zu ernähren, nur um dann im Stadion gerade mal 100 Meter weit zu rennen, könnten die Kombattanten sich mit feinstofflichem Atmen auf einen Wettbewerb vorbereiten, in dem sie dann in aller Ruhe ihre Haltungen vorführen. Die Moderatoren müssten nicht hysterisch irgendwelchen hektisch ausgeführten Würfen oder Sprüngen hinterherformulieren, sondern könnten sanfte Übergänge von Utt-hita Trikonasana in Ardha Chandrasana ausleuchten. Und beim Zuschauen vor dem Fernseher würde sich ein Zustand interesselosen Wohlgefallens einstellen; wahrscheinlich wäre es so, als würde man mit einer riesigen Zeitlupe auf das ganze Treiben blicken. Vor allem aber könnte das olympische Yoga die Verfechter ähnlich introvertierter Tätigkeiten dazu animieren, ihr Können ebenfalls vor internationalem Publikum zu präsentieren. Die Zen-Meditation hat noch längst nicht ihr ganzes Potenzial ausgeschöpft, und auch das zweckfreie Flanieren, das im 19. Jahrhundert auf den breiten Boulevards von Paris einige Menschen zu unfassbaren Extremleistungen anspornte und das heute ein kümmerliches Nischendasein auf engen mitteleuropäischen Bürgersteigen führt, würde dank Olympia gewiss zu neuer Blüte gelangen.

Wie auch immer sich das IOC entscheiden mag, für die Spiele 2012 in London, Großbritannien, kommt der Antrag der Yogis leider zu spät. Apropos Großbritannien: Erwägenswert wäre auch, das Teetrinken in den Rang einer olympischen Disziplin zu heben. Die Wettkämpfe würden allesamt um fünf Uhr stattfinden, und im Finale müssten dann Earl Grey und der Chinese Oolong in aller Ruhe um die Wette ziehen. *14. Mai 2012*

Mal angenommen, man könnte im Laufe eines langen Lebens nur einen einzigen Satz sagen, wie würde der lauten? Für Romantiker ist die Sache klar: „Ich liebe dich", und damit ist im Grunde wirklich alles gesagt, es sei denn, man irrt sich im Adressaten, was leider häufig vorkommt. Misanthrophen entscheiden sich vielleicht für ein knappes „Tür zu, von außen!". Unentschlossene setzen wägend an: „Tja, was soll man da sagen?", und dann erst geht ihnen auf, dass es das schon war. Satz gesprochen, Satz verschenkt. Das ist natürlich nur ein Spiel der Gedanken, denn niemand spricht im Laufe eines langen Lebens nur einen einzigen Satz. Vielmehr sprechen alle dauernd, stets und ohne Unterlass, und immer, zumindest fast immer, ist es dummes Zeug, Papperlapapp, Gewäsch. Als Ausnahme können der Deutschlandfunk und der Hund Pluto gelten – ersterer, weil auf seinen Wellen bisweilen kluges Zeug gesprochen wird, letzterer, weil er im Laufe seines langen Lebens tatsächlich nur einen Satz sagte. Er lautete: Kiss me, zu Deutsch: Küss mich.

Da Pluto, der Hund von Micky Maus, nicht näher spezifizierte, wo genau er geküsst werden wollte, bleibt unklar, ob er eher ins Romantische oder doch ins Misantrophische tendiert, oder ob er gar jener kleinen Gruppe verzweifelter, innerlich zerrissener Kreaturen angehört, in denen beide Wesenszüge angelegt und ausgeprägt sind. Möglich ist es, und das würde auch Plutos besondere Rolle in Walt Disneys Kosmos erklären. All die Tiere, Micky und Minni Maus, Goofy, Klarabella Kuh, Rudi Ross, der finstere, an Mario Adorf gemahnende Kater Karlo (um nur einige zu nennen), laufen auf zwei Beinen herum und sprechen, sie sind vermenschlicht. Pluto hingegen ist einfach ein Hund. Er ist meist Mickys Hund, aber er war auch schon der Hund von Donald Duck. Pluto war sogar mal der Hund von Goofy, der selber ein Hund ist, was bedeutet, dass der Hund Pluto dem Hunde ein Hund war.

Ein Hundejahr entspricht sieben Menschenjahren. Also ist Pluto, der am 18. August 1930 erstmals in einem Cartoon namens „The Chain Gang" auftrat, umgerechnet 560 Jahre alt. Wer so viele Jahre und so wenige Sätze zusammenbringt, dem eignet das Maulfaule ebenso wie das Weise. Gesprochen hat er übrigens, nachdem Micky während einer Jagd versehentlich auf ihn schoss. Pluto stellte sich tot, Micky eilte herbei, um dem geliebten Hund in die Pupillen zu sehen, woraufhin dieser im Falsett den einzigen Satz seines langen Lebens sprach. Dass er seither schweigt, obwohl er jederzeit sprechen könnte, macht ihn zur interessantesten Figur der Disney-Welt. Es verleiht dieser stets so fürchterlich heilen Welt eine angenehm dunkle Note, dass es der schweigende Hund ist, mit dem man am ehesten mal auf ein Bier gehen würde. *18. August 2010*

Die Frage, wohin mit den Männern, wenn sie mitteilsam werden, hat das Britische Weltreich seinerzeit beispielhaft gelöst. Die agilsten Exemplare speiste es in ein – wie man heute sagen würde – Netzwerk entlegener Kolonien ein. Dort konnten sie so viele Martinicocktails trinken, wie die brütende Hitze zuließ. Die Daheimgebliebenen versammelten sich im heimischen Club. Hier durften Männer mit ihren Ledersesseln alt werden, so viele Zigarren rauchen und so viele Martinicocktails trinken, wie in einen Winston Churchill reingehen. Somit waren die Welten von Mann und Frau ausbalanciert: Die Frauen hörten nicht, was die Männer murmelten, und die Männer konnten folglich nicht hören, wie die Frauen ihr Gemurmel fanden. Diese Einrichtung verlor ihren Zauber, als die Frauen entdeckten, dass sie dem Club nicht freiwillig fernblieben. Der Feminismus setzte zum Sturm auf das Refugium an, und 1981 entschloss sich der „Reform Club" als erster seiner Art, weibliche Mitglieder aufzunehmen. Männer und Frauen reden nun auch im Club nicht miteinander, im Londoner „Savage Club" allerdings nur am Dienstag und Mittwoch.

Wohin es den Mann treibt, wenn ihm der Club und damit der schützende Raum genommen wird, hat der Schriftsteller Raymond Chandler früh erkannt. In einem seiner Romane stellte er fest: Nach 20 Jahren Ehe gibt es für den Mann nur noch den Platz an der Werkbank in der Garage. Weil es aber immer schlimmer kommt, als die schlimmste Prognose voraussagt, hat der Niedergang des Britischen Empire sowie der Männerfreundschaft schlechthin mittlerweile in einer ehemaligen Strafkolonie seinen symbolischen Tiefpunkt erreicht. Aus dem

Club ist ein Schuppen geworden, und der steht auch noch in der australischen Ödnis.

650 Männerschuppen mit 125 000 Mitgliedern zählt der australische Verband der Männerschuppen mittlerweile, und es werden immer mehr, wie die dpa ermittelt hat. Nur im Schuppen finden ältere Männer Zeit und Raum, sich über all das auszutauschen, worüber sie eigentlich nicht reden möchten, also über das Alter, die Einsamkeit und die Prostata. Das geht, weil die Männer gemeinsam an der Werkbank stehen, mit Schmirgelpapier hantieren und Sägespäne über die Arbeitsfläche pusten, bis alles ausgesprochen ist. Männer schweigen eben lieber, als dass sie reden, es sei denn, sie wollen mal so richtig quatschen. Weil sie aber nie wissen, wann sie das eine wollen und das andere nicht, ist es am besten, sie arbeiten nebeneinander. So lange, bis die Worte fallen wie reife Früchte vom Affenbrotbaum der Erkenntnis. „Männer reden nicht von Angesicht zu Angesicht“, hat ein australischer Forscher festgestellt, „sie reden Schulter an Schulter.“ Und solange diese Schulter nicht hübsch und frei ist, so lange wird es in Australien auch keine Sexismusdebatte geben. *31. Januar 2013*

Wer die Welt der Wortspiele und Bonmots betritt, wandelt am Abgrund der Peinlichkeit, nicht selten stürzt er ab. Es lässt sich, was die Qualität von Wortspielen und Bonmots angeht, ein Bogen spannen von Peter Ustinov, der niemals abstürzte, bis hinüber zur Zunft der Friseure, die stets mit bewundernswerter Konsequenz abstürzt, oft sogar mit Wonne. Ustinov hatte die Gabe, ausschließlich in Sätzen zu sprechen, die umgehend zu Klassikern wurden. Eben noch sagte er: „Planung bedeutet, den Zufall durch den Irrtum zu ersetzen." Jetzt schon rief er: „Wenn man zu viele Talente hat, endet man irgendwann als Übersetzer bei den Vereinten Nationen." Das ist gewitzt, klug und lustig. Die Zunft der Friseure hingegen hat die Gabe, ihre Arbeitsstätten mit Namen zu schmücken, die umgehend zum Gegenstand des allgemeinen Spotts werden. Altbekannte Beispiele für Namen von Friseursalons sind „Haarmonie", „Haarakiri" und „Haarbacadabra"; ganz vereinzelt gibt es den lieben „Hairgott", was allerdings bisweilen zu Protesten der christlichen, besonders der katholischen Kirche führt. Es ist ein großes Glück, dass sich noch niemand an den „Mohaarmed" herangetraut hat, und das soll bitte auch so bleiben, aus Gründen, die über die Qualität von Wortspielen und Bonmots weit hinausweisen.

Die beiden letztgenannten Beispiele können das religiöse Gefühl von Menschen verletzen. Trotzdem spielt der Themenkomplex Haare und Haarschnitt sowohl im Christentum als auch im Islam immer wieder einmal eine gewichtige Rolle. Gerade eben meldet die *Saudi Gazette*, dass die Wallfahrtsbehörde in Saudi-Arabien 220

Aufpasser zur Großen Moschee in Mekka entsendet, die darauf achten sollen, dass die Pilger sich nicht auf den Gebetsteppichen im Hof der Moschee die Haare scheren. Männliche Pilger rasieren sich üblicherweise nach der Wallfahrt die Haare. Das ist künftig, so der Wille der Wallfahrtsbehörde, nur noch beim Friseur erlaubt. Und ebenfalls gerade eben meldet die *Katholische Nachrichtenagentur*, dass Pastor Daniel Brinker aus Bremen sich beim nächsten Pfarrfest eine Glatze rasieren lässt, wenn bis dahin 500 Euro an Spenden zusammengekommen sind. Mit dem Geld soll die Sankt-Josef-Kirche in Oslebshausen eine neue Lampenanlage erhalten.

Dieser ungeplante interreligiöse Dialog zwischen Mekka und Bremen ist ein weiteres, angenehm verschlungenes Beispiel dafür, dass die Publizistin Marion Gräfin Dönhoff recht hatte, wenn sie unermüdlich schrieb, alles hänge mit allem zusammen. Zudem zeigt er, dass das Thema Haare offenbar gerade in der Luft liegt, oder, um mit der furchtlosen Konsequenz, ja mit der lustvollen Wonne der Friseure in der Muttersprache Peter Ustinovs den Absturz zu wagen: „There's something in the hair".

28. August 2010

Sterben hat ja immer etwas Endzeitliches an sich, das liegt in der Natur der Sache. Wenn jedoch einer wie Gunter Sachs stirbt, dann bricht das eschatologische Gemunkel aus allen Ecken, obwohl er selber zu Lebzeiten mit den apokalyptischen Themen so gut wie nie in Verbindung gebracht wurde, seinen Weg vielmehr in heiter-kluger Zuwendung zum Irdischen gegangen ist. Es wabert aber dies Ultimative und Götterdämmerungshafte aus einer Wertung, auf die keiner der vielen Nachrufe verzichten wollte, nämlich auf die, dass mit bzw. in Gunter Sachs der letzte Playboy dahingegangen sei. Es erübrigt sich der Hinweis, dass da nie der Playboy als Hallodri und Windhund gemeint war, sondern immer jener Playboy, der in seinem Genre so etwas ist – und so selten vorkommt – wie der edle Wilde unter den Naturmenschen: Charmeur und Denker, und das mit Ferrari.

Schön für Sachs, dass man ihn so sieht, denn das Beiwort „letzter“ ist weiß Gott nicht immer nur schmückend. Der letzte Schrei zum Beispiel mag in der Mode zunächst durchaus ein Schritt nach vorne sein, am Ende bleibt er doch als Peinlichkeit in Erinnerung. An dieses Muster halten sich Charakterisierungen wie der letzte Depp, die letzte Pfeife, der letzte Heuler oder, völlig absolut gesetzt, das Letzte. In deren abwertenden Sog sind leider auch die letzten Mohikaner geraten. Ursprünglich waren das Chingachgook und sein Sohn Uncas, zwei Wilde, wie man sie sich edler nicht wünschen konnte, doch seit sie in die ewigen Jagdgründe der Metaphern eingegangen sind, müssen sie für alle möglichen Versager herhalten, bis hin zu jenem Letzten, den bekanntlich die Hunde beißen. Die Sprichwortforschung hat dazu das, nun ja, letzte Wort noch nicht gesagt. Es gibt aber die Theorie, wonach der Letzte, den die Hunde beißen, unter bestimmten Bedingungen kein anderer ist als jener Letzte, der das Licht ausmacht – letzte Möglichkeit zu dieser mythischen Verschmelzung wäre dann wohl der Weltuntergang.

Gunter Sachs spielt in einer anderen Liga. Es war in den Obituarien viel von seiner Ritterlichkeit die Rede, was dazu verlocken könnte, ihn den letzten Ritter zu nennen. Freilich ist dieser Rang seit 500 Jahren durch Kaiser Maximilian I. besetzt, um nicht zu sagen blockiert, und in der Tat war Sachs' Ritterlichkeit von anderer Art als die des Habsburgers. Ferner sagt man Gunter Sachs nach, dass er überaus gebildet war, und insofern ginge er auch als der letzte *uomo universale* durch – eine ebenfalls recht diffizile Zuweisung, da der Titel schon ein paarmal vergeben wurde. Zuletzt ging er an Universalmenschen wie Leonardo da Vinci, Leon Battista Alberti, Gian Lorenzo Bernini und Johann Wolfgang von Goethe, was darauf schließen lässt, dass die Letzten nie wirklich die Letzten sind. Möge das Gewerbe der Playboys von dieser Annahme möglichst bald profitieren. *10. Mai 2011*

Die beiden seien so unzertrennlich, dass sie auch still miteinander kommunizieren könnten, versichert der Hundeschutzbund in der englischen Grafschaft Shrewsbury. Die dortigen Tierschützer suchen ein neues Zuhause für zwei ihrer Schutzbefohlenen, die sie als „große, sanfte Riesen" beschreiben. Genau die richtigen Gefährten seien das für alle „mit einem großen Herzen und einer großen Wohnung". Der Hinweis auf die Quadratmeter ist in diesem Fall angebracht, weil die Tiere, um die es hier geht, nicht ganz leicht zu vermitteln sind. Zum einen handelt es sich um ausgewachsene Doggen-Damen, zum anderen aber sind diese nur im Doppelpack zu haben. Und das hängt damit zusammen, dass die eine der beiden, mit Namen Lily, im Alter von 18 Monaten ihr Augenlicht verloren hat, weshalb ihre ältere Freundin nicht von ihrer Seite weicht.

Obwohl sich die beiden Hunde wie gesagt blind verstehen, kann es vorkommen, dass Maddison in der hoffentlich barrierefreien Hundehütte auch mal die Stimme erhebt, um ihre Freundin zum Beispiel darauf hinzuweisen, dass der Knochen, den sie da angeschleppt hat, schon abgenagt ist. Womit wir bei zwei anderen großen Tieren und unzertrennlichen Freunden wären, denen der Moderator Günther Jauch am Sonntagabend in der ARD dermaßen vorhersehbare Fragen apportierte, dass in seiner Sendung auffällig oft von Knochen die Rede war. Zuerst sagte Jauch, dass er den Knochen jetzt mal weglege, und er meinte damit das Buch, das Helmut Schmidt und Peer Steinbrück gemeinsam geschrieben haben. Und dann war es an Steinbrück zurückzuknurren, der Knochen sei abgenagt, nachdem

Jauch zum zweiten Mal versucht hatte, ihm das öffentliche Bekenntnis zu seiner Kanzlerkandidatur zu entreißen. Dabei war ein solches gar nicht nötig: Warum saßen die beiden sonst bei Jauch herum, wenn nicht, damit Helmut Schmidt sagen konnte, was er schon im *Spiegel*-Interview gesagt hat: dass Steinbrück der Beste sei. Und wer würde dem Altkanzler schon widersprechen? Am wenigsten Peer Steinbrück, der sich sichtlich in der Rolle eines elder statesman gefiel und uns die Welt erklärte, als würde er bereits auf eine Kanzlerschaft zurückblicken.

Nun sage niemand, dass Steinbrück zum Jagen getragen werden muss. Auch fände er gewiss ohne Blindenhund den Weg ins Kanzleramt. Und doch bot das geheimnisvolle Doppelwesen Schmidtbrück das Bild einer symbiotischen Beziehung, in der man auch mal still kommunizieren kann, zum Beispiel bei einer guten Partie Schach. Der Fernsehauftritt war eine Art Kamingespräch ohne Kamin. Feuer hatten hier allein die Zigaretten des Königsmachers Schmidt, die er auch im ehemaligen Gasometer unverdrossen qualmte. Wer aber sehen kann, hat die Rauchzeichen verstanden. *25. Oktober 2011*

IX

Popsongs waren früher auch lustiger – ein kleines Feuilleton zum Schluss

Dass die Lage für den Bundesverteidigungsminister schwierig und immer schwieriger werden würde, war spätestens zu erkennen, als die Ersten im Internet den Zusatz „gate" an seinen Namen hängten. Vom „Guttenberggate" ist im Netz gerade verstärkt die Rede, und das ist kein gutes Zeichen, denn das Suffix -gate markiert den Moment, in dem ein scheinbar nachrangiges Problem sich zum Skandal ausweitet. Zurückführen lässt sich alles auf die Watergate-Affäre, in welcher der Watergate-Gebäudekomplex eine wichtige Rolle spielte. Ohne in die historischen Details gehen zu wollen, kann man erkennen, dass der Begriffsteil -gate damals nicht hinzugefügt werden musste, denn der Watergate-Gebäudekomplex hieß zuvor schon so. Danach hat das kleine -gate allerdings ein interessantes Eigenleben zu führen begonnen, es hat sozusagen Karriere gemacht und sich wie ein Schatten an alles gehängt, was irgendwie ins Rutschen geraten ist.

Manchmal fügte es sich elegant in alte Sinnzusammenhänge: Der Skandal um Uwe Barschel, späte achtziger Jahre, ging als „Waterkantgate" in die Geschichte ein, eine kreative Wortschöpfung, die die Küstennähe der Geschehnisse thematisierte und gegen die nichts einzuwenden ist. Auch die Idee der Journalisten, eine Schieberei beim Eiskunstlaufwettbewerb der Olympischen Spiele 2002 als „Skategate" zu bezeichnen, mag zumindest der durchgehen lassen, dem simpel gestrickte Reime gefallen. In jüngster Zeit wird aber mit dem -gate veredelt, was das -gate nicht verdient. Wenn ein Sänger auf der Bühne einer Sängerin den BH vom

Körper reißt, schreiben alle von „Nippelgate“, und Berlusconis Liaison mit der jungen Ausreißerin Karima El Mahroug, genannt Ruby, hat unter dem Schlagwort „Rubygate“ inzwischen einen Eintrag bei Wikipedia.

Es ist wie immer bei Journalisten: Wenn einer eine Idee hat, schreiben alle von ihm ab – nicht nur Guttenberg weiß, wohin das im schlechtesten Fall führen kann. Wobei die Amerikaner den Deutschen überlegen sind, was den inflationären Gebrauch des vergifteten Anhangs angeht. Der Begriff „Lewinskygate“ – Insider sprechen von „Monicagate“ – ist jedem ein Begriff. Nur Fans werden dagegen noch wissen, welche Kontroverse sich hinter der reißerischen Bezeichnung „Ketchupgate“ verborgen hat. Es ging darum, dass der ehemalige US-Präsident Ronald Reagan handelsüblich in Flaschen abgefülltes Tomatenketchup nicht länger als Sauce klassifiziert wissen wollte, sondern als Gemüse. Ein Skandal war das zwar nicht, eine erstaunliche Initiative aber auf jeden Fall. Tomatenketchup ist schließlich dann doch kein Gemüse geworden, die Aufregung legte sich irgendwann, während sie noch immer anschwillt im Fall des Verteidigungsministers, der hinten jetzt das -gate trägt, während vorn der Doktor fehlt. *21. Februar 2011*

Der englische Schriftsteller William Shakespeare hat alle seine Dramen selbst verfasst. Das hat jetzt die Deutsche Shakespeare-Gesellschaft bekanntgegeben. Früher hatte man immer gedacht, Shakespeares Dramen seien von Otto Schenk geschrieben worden. Das stimmt also definitiv nicht, Shakespeare war es selbst. Der Autor steht damit in einer Reihe mit Goethe, Wilhelm Raabe und Günter Grass, die ebenfalls ihre Werke jeweils selbst geschrieben haben. Kafka zum Beispiel gehört nicht in diese Reihe. Die Werke von Kafka wurden von Klaus Wagenbach geschrieben. Auch die Ilias wurde nicht von Homer verfasst, sondern von Raoul Schrott. Dessen Werke wiederum stammen aus der Feder von Durs Grünbein, der auch nichts selbst geschrieben hat. Grünbeins Gedichte sind alle von Helge Schneider. Aber darauf hätte bitte jeder selbst kommen können.

Es ist heute aus der Mode gekommen, dass Schriftsteller ihre Werke eigenhändig verfassen. Helene Hegemann, keiner kennt dieses Mädchen heute noch, hat ihr sehr schönes Buch von einem Rapper namens Axolotl kopiert. Und alles, was wir unter dem Namen Peter Rühmkorf kennen, stammt von Walther von der Vogelweide. Oder umgekehrt. Man gilt als Schriftsteller heutzutage schnell für sonderbar, wenn man sich hinsetzt und ein Werk nach dem anderen selber runterrattert. Dafür gibt es genügend freie Journalisten um die vierzig, die in Berlin sitzen und den ganzen Tag über per Google-Mail ihre Texte an Zeitungen schicken, die diese Texte aber nicht drucken, weil sie nur von der Perspektivlosigkeit vierzigjähriger freier Journalisten in Berlin handeln. Wenn man aber all diese Texte aneinanderreiht, hat man schon einen Roman von Maxim Biller zusammen.

Der Regisseur Roland Emmerich, der alle seine Filme selbst gedreht hat, bringt jetzt den Film „Anonymus" heraus. Darin geht es darum, dass Shakespeare kein einziges seiner Werke ..., ja, genau, wir sprachen drüber. Die Legenden, denen zufolge Shakespeare gar nicht schreiben konnte oder wollte, sind so alt wie Shakespeare selbst. Eine besagt, die Dramen und Gedichte Shakespeares seien in Wahrheit von Christopher Marlowe geschrieben worden. Was blühender Unsinn ist, denn tatsächlich war es umgekehrt: Shakespeare hat die Werke von Marlowe auch noch geschrieben, weil er eh schon zugange war, und da kam es auf ein paar Stücke mehr oder weniger nicht an. Außerdem war Marlowe damit beschäftigt, das Werk des heute unbekannten Dramatikers Robert Greene zu verfassen. Es gibt einen sehr klugen Satz von George Bernard Shaw, der lautet: „Die Stücke Shakespeares stammen nicht von ihm, sondern von einem Unbekannten gleichen Namens." Ein Hammersatz. Die Dramen von George Bernard Shaw wurden übrigens alle von Dario Fo geschrieben.

17. Oktober 2011

Vor einigen Jahren hat der deutsche Schriftsteller Günter Grass den Wechsel von der Ölheizung zur Fernwärmeheizung vollzogen. Jeder andere Mensch würde eine derartige Entscheidung im Stillen treffen und hoffen, dass es irgendwie gutgeht mit dem neuen Heizding, besonders wenn die Umstellung in einem alten Haus stattfindet. Grass nicht. Er hat unmittelbar nach der Installation der Fernwärmeheizung ein Interview gegeben, in welchem er seiner doppelten Freude darüber Ausdruck verlieh, dass nun der lästige Ölgestank ausbleibe und ihn die neue Heizung dazu unabhängiger mache von der herkömmlichen Energie. Wenn also Günter Grass eine neue Heizung bekommt, wird er automatisch zum Experten für das Energiewesen, ja im Grunde wird er selbst zu einer Art Energiewesen, sobald sich eine Kamera, ein Tonbandgerät oder ein Schreibblock vor sein Auge schiebt. Grass muss aber nicht zwingend über Fernwärme reden. Er kann auch allgemein zum Klimawandel befragt werden, zum Islamismus, zum Atomstaat und zur Maulfaulheit junger Autoren. Wer Näheres über die Hamburger Kulturpolitik erfahren will, wende sich an Grass. Grass weiß auch alles über Fischsuppen, doofe Journalisten, den deutschen Wald und Frauenfußball.

Den Frauenfußball beobachtet Günter Grass schon seit ein paar Jahren, und das geschieht, wie immer bei diesem Seismographen der Zeitläufte, kritisch – und zwar äußerst. Vor drei Wochen hatte Grass davor gewarnt, den Frauenfußball zu kommerzialisieren. Der Kommerz ist reines Teufelszeug, Grass verachtet ihn seit Menschengedenken und verzichtet daher zum Beispiel auf jede Art von Kommerzialisierung seiner eigenen Bücher. Deshalb möchten bitte auch die Frauen aufpassen, dass sie nicht dadurch in den Ruch der Unsportlichkeit geraten, dass sie für ihren weiblichen Spaß auch noch Geld bekommen. Aber das ist nur das eine. Hinzu kommt jetzt, dass Günter Grass nicht mehr an den Sieg der deutschen Nationalmannschaft bei der Frauenfußball-WM glaubt. Und die Frauen hätten das auch gar nicht nötig, die alberne Siegerei, sagt Grass. Denn sie, die Frauen, bezaubern ihn, Grass, ja vielmehr durch ihr betontes Mannschaftsspiel, ein Vorgang, der für den Dichter von „örtlich betäubt" einen zusätzlichen ästhetischen Reiz darstelle.

Es ist nicht statthaft, Günter Grass in die Nähe der Berliner Krake Ophira zu rücken, deren Weissagungen bereits durch zwei Siege der Fußballfrauen ins Recht gesetzt wurden. Aber man könnte Grass spaßeshalber mit einem alten Haus vergleichen, in das keine Fernwärmeheizung eingebaut wird, sondern eine Schalldämmung. Eigentlich müsste das gehen. Grass hat in dem Heizungsinterview doch selber gesagt, „dass mit zusätzlicher Isolierung ein altes Haus durchaus dafür geeignet ist".

07. Juli 2011

Wenn Kollegen dem Blasphemie-Vorwurf ausgesetzt werden, müssen wir ihnen mit flatterndem Solidaritätswimpel entgegeneilen und laut kreischen: Was, ihr seid dem Blasphemie-Vorwurf ausgesetzt? Wie bitte, der Heilige Stuhl hat eine einstweilige Verfügung gegen euch Kollegen von der *Titanic* erwirkt? Nur weil ihr ein Foto des Papstes gezeigt habt, auf dem er mit einem Urinfleck auf der Soutane zu sehen ist und ihr daruntergeschrieben habt: „Die undichte Stelle ist gefunden?“ Ja, wo leben wir denn, wenn ein grunzend witziges Satiremagazin wie das eure in unserer Zeit nicht einmal einen solchen grunzend komischen Cartoon veröffentlichen darf, wo ein bepinkelter und bekackter Papst abgebildet ist. Das ist doch lustig wie sonst nur noch Fips Asmussen. Warum habt ihr denn nicht noch statt Papst „Pupst“ geschrieben, das wäre doch noch einen Dreh weit anarchokomischer gewesen, denn bitte: Gibt es überhaupt etwas Peitschenderes in der Welt des haltlosen Lachens als Witze, die mit Verdauung, Inkontinenz und Ausscheidungen zu tun haben? Gut, vielleicht noch Wortspiele mit Geschlechtsteilen und natürlich die geilen Gedichte von Thomas Gsella, die so komisch sind, dass man dasitzt und sich die Augen reibt: „Fußball: Scheißdreck! Bah! Zum Kotzen! /Andrerseits: soo schön! Sooo schön! /Sieg verschenken?! Selber motzen? /Was ein Quatsch! Behalten den!“ Wie kann ein einzelner Typ bitte so lustig sein?

Ältere Leute, die mit der Humorlosigkeit von Rudi Dutschke groß geworden sind, lasen die Zeitschrift *Pardon*. Seit ein paar Jahren lesen Menschen, die mit dem Humor von Oliver Pocher groß geworden sind, die *Ti-*

tanic. Die *Titanic* ist der *Spiegel* in lustig, und er ist für Leute gemacht, die schon lachend in den Rabatten liegen, wenn irgendwo das Wort Vagina steht oder dessen plebejische Variante, die sich auf das populäre Wort für Fernsehen reimt. Und jetzt kommt eine Herde von Bonner Juristen daher und erklärt uns und den Freunden von der *Titanic*, die Grenze des Zumutbaren sei erreicht. Und da muss man sich denen natürlich mit stramm durchgedrückten Knien entgegenstellen und sagen: Ich möchte nicht in einem Land leben, wo eine Zeitung keine kritischen Witze übers Pipimachen machen darf. Denn dann könnten die da oben schließlich machen, was sie wollten.

Um eines ganz klar zu kriegen: Die *Titanic* darf nicht beschnitten werden, niemals und von niemandem. Apropos: Müsst ihr nicht ganz dringend auch einen Brüllkreisch-Titel zum Thema Beschneidung machen? Irgendwas irre Anarchisches mit Broder und Friedman oder so? Und wenn da wieder einstweilige Verfügungen kommen, wisst ihr ja, dass ihr Freunde habt, die sich reihenweise vor euch stellen und sich jedesmal bepinkeln vor Lachen, wenn sie sehen, was ihr euch diesmal wieder ausgedacht habt, ihr abgefahrenen Flitzpiepen von der *Titanic*.

12. Juli 2012

Das tägliche Streiflicht ist ja so was wie der James Bond unter den Zeitungsartikeln. Zugegeben, die Stuntszenen kommen manchmal vielleicht ein bisschen zu kurz. Und die Abonnentinnen schmelzen beim Lesen wahrscheinlich auch nicht ganz so hemmungslos dahin wie die Kinozuschauerinnen beim Anblick des Geheimagenten. Aber sonst: Absolut stilsicher, immer den richtigen Spruch parat. Und es altert einfach nicht. Bond feierte gerade 50. Dienstjubiläum, da kann das Streiflicht nur müde lächeln. Trotzdem ist es jeden Morgen, genau wie Bond, taufrisch zur Stelle, um irgendein Thema zur Strecke zu bringen.

Schon gut, der Vergleich hinkt nicht nur, er ist vollkommen lächerlich. Aber er zeigt, was die Faszination dieses Agenten ausmacht. Wir alle wären halt selbst so rasend gerne mal wie er. Ein einziges Mal wenigstens: Statt Familienurlaub am Ostseestrand zu buchen, Actiontrips nach Shanghai und Istanbul unternehmen. Statt still am Pullisaum des eigenen Lebens zu knispeln, kraftvoll am Mantel der Geschichte schneidern. Statt Bahncard-50-Tickets zweiter Klasse auszudrucken und dann vier Stunden im stickigen Abteil zu verdösen, auf dem Dach des Zuges mit einem Bösewicht kämpfen. Und statt wieder nur unbeholfen dummes Zeug zu stammeln, wenn eine schöne Frau das Wort an einen richtet, diese Frau handstreichartig erobern. Ach was, erobern: Bond muss um diese Wesen ja nicht einmal buhlen, sondern deutet, beutesatt und immerhungrig, nur mit einem halben Lächeln an, dass er momentan zu haben wäre.

Umso überraschender also, dass der Schauspieler Daniel Craig, der den Geheimagenten seit einigen Jahren spielt, zur Premiere des neuen Films „Skyfall" sagte, er wolle auf gar keinen Fall so leben wie Bond. Ist das nun ein Zeichen der Reife? Oder weiß Craig nur schon, was dem Agenten in den nächsten Folgen blüht? Bereits diesmal ist Bond ja so alt und verletzlich wie nie zuvor; er versagt nach einer schweren Verletzung bei einem Eignungstest, scheint seinen Alkoholkonsum endgültig nicht mehr im Griff zu haben und weint am Ende um die Mutter, die er nie wirklich hatte. Dass Daniel Craig im Interview auch noch sagte, er werde Bond spielen, bis er tot umfällt, lässt für die Zukunft Böses ahnen. Statt Fahrten im Aston Martin gibt es dann Verfolgungsjagden mit Rollator; statt Ostagenten Osteoporose, und irgendwann verliebt er sich im Wartezimmer von Doktor No in die so patente wie geduldige Sprechstundenhilfe. Mit der zieht er in eine Seniorenresidenz, schaut, mit dem Zielfernrohr als Lupe, alte Filmstills an, erzählt ihr von Sean Connery, Roger Moore und Pierce Brosnan, bis er irgendwann nicht mehr weiß, wer er ist, und sie ihm immer wieder liebevoll erklärt: Dein Name ist Bond. James Bond.

02. November 2012

Es ist fest davon auszugehen, dass Lynne Truss gerade leidet. Sie spürt diesen Schmerz, wenn die Welt mal wieder nicht zuhört. Wenn die Welt mal wieder macht, was sie will, anstatt sich an die Regeln zu halten. Es gibt bekanntlich Regeln für alles, und jede Regel hat ihre Hüter. Wer zum Beispiel einmal versehentlich einen deutschen Radweg gegen die Fahrtrichtung bereiste, wird mit ziemlicher Sicherheit von den Radwegregelhütern sehr bestimmt auf seinen Verstoß aufmerksam gemacht worden sein. Ein zum Klischee geronnener Klassiker ist das Schlangestehen in Großbritannien. Noch immer ist es so, dass der Vordrängler, ganz gleich ob er in böser Absicht oder gutem Glauben handelt, mittels eines Konzerts aus lauten Räusperern und kurzen, scharfen Hustern ermahnt wird. Erkennt der Vordrängler seinen Irrtum auch beim Fortissimo noch nicht, kann es zum Äußersten kommen: Er wird direkt angesprochen, was als höchste Stufe der Demütigung gilt.

Lynne Truss wacht über das weite Feld der Zeichensetzung. Mit dem Buch „Eats, shoots and leaves" hatte sie 2003 einen schönen Erfolg, von dem man insoweit auch in Deutschland etwas bemerkte, als wenig später die Bücher von Bastian Sick erschienen. Sick widmet sich in vermutlich witzig gemeinten Episoden Problemfällen der deutschen Sprache. Truss widmet sich in witzigen Episoden der schludrigen Zeichensetzung vieler Engländer. Der Titel ist ein Wortspiel, das allein über das Komma funktioniert. Ohne Komma bedeutet der Satz „Isst Sprösslinge und Blätter", womit ein Panda-Bär gemeint ist. Mit Komma bedeutet er „Isst, schießt und haut ab", womit zum Beispiel Clint Eastwood in all seinen frühen Filmen beschrieben ist. Ein winziges Zeichen, will Truss sagen, verändert alles. Sie verfasste zudem ein Kinderbuch, das sich allein dem Apostroph widmet. Fehlende Apostrophe, erklärte sie, bereiten ihr Schmerzen.

Die britische Buchkette Waterstone's hat sich gerade in Waterstones umbenannt, allerdings nicht, um Ms. Lynne leiden zu sehen, sondern weil der neue Name „vielseitiger" sei. Im Englischen wird das Genitiv-s, anders als im Deutschen, mit einem Apostroph abgetrennt. Während jedoch die Engländer sich den Apostroph zunehmend sparen, streuen die Deutschen ihn unvermindert munter an den falschen Stellen ein: Man denke an „Oma's Zeiten", den „Bahnhof's Imbiss" oder die Landwurst „Usedom'er Küstenlümmel". Es ist nun, was den kulturellen Austausch angeht, leider weder zu erwarten, dass in England ausreichend Radwege gebaut werden, noch dass man in Deutschland die Kunst des Schlangestehens erlernt. Dass aber Deutschland die von England abgelegten Apostrophe mit so großer Freude aufträgt, könnte in punkto Völkerverständigung als winziges, aber durchaus gutes Zeichen gelten. *17. Januar 2012*

Im Voraus möchten wir uns ausdrücklich dafür entschuldigen, dass dieses Streiflicht leider nicht in der gewohnten Premium-Qualität gefertigt werden konnte. Keine Rede davon, dass im Zuge allgemeiner Kostendeckelung das zeitraubende Verfassen der Leitglosse an billige Lohnschreiber outgesourct worden wäre. Dahingehend können wir unsere Leser beruhigen. Das Streiflicht wird nach wie vor in traditioneller Handarbeit von ausgewählten Kräften der Region hergestellt. Und klapprige Montags-Streiflichter sondert ein rigoroses Qualitätsmanagement ohne falsche Rücksichtnahmen aus. Dass wir trotzdem die gebotene Sorgfalt beim Formulieren, die berühmte Gedankentiefe und die so beliebten Bildungszitate ausnahmsweise vermissen lassen, hat andere Gründe. Es musste, so schnöde ist die Wahrheit, es musste einfach schnell gehen.

Da war keine Zeit, dem Chef die noch tastenden ersten Sätze vorzulegen, die zeigen, wie man den Text anzulegen gedenkt. Es fehlte die Muße, vor der Endabnahme mit erfahrenen Kollegen zu beraten, ob ein eingangs fein angespieltes Thema später angemessen wiederaufgenommen wird, und welche Schlussvariante man wählen sollte, zirkulär oder doch lieber paradox? Sobald wir nämlich länger als 45 Sekunden absetzen beim Schreiben, löscht der Computer neuerdings automatisch alles, was wir bereits geschrieben haben. Es ging nicht mehr anders. Mildere Varianten der App „Write or die" haben sich als zu lasch erwiesen, um unseren Workflow zu disziplinieren. Und auch das Kätzchen, das immer als Gutbildchen aufpoppte, wenn man hundert Wörter niedergeschrieben hatte, konnte uns nicht mehr ausreichend motivieren. Also haben wir die Kamikaze-Version installiert, welche die Saumseligkeit streng bestraft. Aber sind 45 Sekunden ein vertretbarer Zeitrahmen für Unproduktivität? „Sie können Äquilibristik lernen, Seiltanzen, Balanceakte, auf Nägeln laufen, aber das Wort faszinierend ansetzen, das können Sie, oder das können Sie nicht", schrieb der Dichter Gottfried Benn, bei dem jedoch mitunter Jahre verstrichen, bevor er das nächste Wort faszinierend ansetzen konnte.

Bei den genannten Programmen geht es allerdings weniger darum, Schreibhemmungen abzubauen, als um das, was netzaffine Menschen Prokrastination nennen: die Ablenkungen des Internets. Und, zugegeben, das mit Benn haben wir auch schon wieder heimlich an der Sperre vorbei gegoogelt. Immer mehr Autoren lassen ihren Netzzugang gegen eine Gebühr blockieren, um ungestört schreiben zu können. Schon rufen andere, die das für Zensur halten, nach einem Tool, das es ihnen erlaubt, sich ungehindert vom Schreiben abzulenken. Nicht ganz zu Unrecht weist ein Online-Kommentator darauf hin, dass so etwas bereits existiere: Es nenne sich Internet.

03. Juli 2012

Die Religionsfreiheit ist eine famose Sache, ein durch weltweit und lokal geltende Normen abgesichertes Grund- und Menschenrecht. Sie betrifft in erster Linie die *substantia*, also den Glauben und dessen Inhalte, in zweiter Linie freilich auch die *accidentia*, das Drumherum, um es mal ganz untheologisch zu formulieren. Zu diesen *accidentia* könnte, wenn es der Religionsstifter so gewollt hätte, ein bestimmtes Kleidungsstück gehören, beispielsweise eine Hose. Es könnte aber auch sein, dass der Religionsstifter ausgerechnet dieses Kleidungsstück stigmatisiert, vielleicht sogar verflucht hätte. In diesem Fall würden sich seine Anhänger eher vierteilen lassen, als dass sie in Hosen herumgingen, und ein in seinen Rechten gesicherter Staat würde ihnen die Marotte schützen, wie wenn sie Teil der Glaubenssubstanz wäre.

Das Christentum hat zur Hose keine Meinung, keine stringente jedenfalls, es gibt dazu weder Enzykliken noch sonstige Handreichungen lehrhaften Charakters. Das heißt nun keineswegs, dass der Christ die Hose nicht in sein Weltbild einbeziehen sollte – er soll sie nur nicht zur Hauptsache machen. Das genau hat aber die britische Hebamme Hannah Adewole getan. Sie verklagte ihren Arbeitgeber, das Queen's Hospital in Rumford, Essex, wegen religiöser Diskriminierung, weil man sie dort aus hygienischen Gründen genötigt hatte, Hosen zu tragen. Zur Begründung zog sie 5 Mose 22, 5 heran, worin es, in Luthers Worten, heißt, dass eine Frau „nicht Mannsgeräthe tragen" solle, widrigenfalls sie dem Herrn „ein Gräuel" sei. Mit den Mannsgeräten sind zwar keine Jagdgewehre oder Schlagbohrer gemeint, wohl aber Männergewänder. Es fragt sich nur, ob die von Frau Adewole so heftig abgelehnten Hosen unter diese Rubrik fallen oder ob sie nicht seit Jahrzehnten als gemeingeschlechtliche Beinkleider anzusehen sind. Die Hose als solche kommt in der Bibel überhaupt nicht vor, und wenn andere Kleider erwähnt werden, dann äußerst vage. Näher spezifiziert werden nur die Gewänder Josephs und Johannes des Täufers. Das eine ist buntgestreift, das andere von Kamelhaaren, doch Hosen sind sie beide nicht. Wer es nicht glaubt, sollte sich in Oberammergau umsehen, dort versteht man sich auf die alt- und neutestamentliche Mode, sei es Haute Couture oder Prêt-à-porter.

Hannah Adewole ist mit ihrer Klage gescheitert. Bei uns hat jetzt der Münchner Erzbischof Reinhard Marx mit dem Bekenntnis aufhorchen lassen, dass er als junger Priester der Tanzmusik nur sehr schwer habe widerstehen können. Unter dem Licht der Bibel dürfte das in Ordnung sein, denn laut 2 Mose 15, 20 schlug die Prophetin Mirjam die Pauke und alle Weiber folgten ihr tanzend. Es ist anzunehmen, dass auch Aaron, Mirjams fideler Bruder, im Reigen mitzog, und was einem Aaron recht ist, sollte einem Marx allemal billig sein. *05. August 2011*

De Selby hatte geplant, allen Sauerstoff aus der Welt zu saugen, und es ist gut, dass er den Plan nicht in die Tat umsetzte. Ohne Sauerstoff wäre es in der Welt ebenso wenig auszuhalten wie ohne die Werke Homers, den Klang des Fados, den Geschmack von Guinness und ohne Flann O'Brien. Letzterer ist bekanntlich der zweithervorragendste unter den irischen Schriftstellern, nach Harry Rowohlt aus Hamburg. Wer ernsthaft Joyce ins Feld führen will, der begebe sich kurz mit Flann O'Brien in einen irischen Pub und lausche: „Sie marschierten und gingen und krochen übereinander und aufeinander herum: Jeder Mann so trocken wie ein Ziegel, und die Zunge in seinem verdorrten Maul so angeschwollen, dass sie ihn halb erstickte. Und der Durst!!! Mein Gott, der Durst!!!!" O'Brien konnte wirklich schreiben, oft lieh er sich Figuren aus Büchern von anderen, Haarspalter sagen: Er klaute sie. Den Wissenschaftler de Selby aber hat sich O'Brien ganz allein ausgedacht. Nach einer der stets schlüssigen Theorien de Selbys entsteht die Nacht durch eine Anhäufung schwarzer Luft. Außerdem glaubt er, dass die Zeit eine an Sauerstoff gebundene Illusion ist.

Wie schön wäre es, wenn auch die Finanzkrise nur eine Theorie de Selbys wäre. Wie die echte Krise würde auch die De-Selby-Krise alles Geld aus der Welt saugen und in eine Anhäufung von Luft verwandeln. Bei de Selby hätte die Krise jedoch keinerlei Bedeutung, weil bloß das Geld verschwindet, nicht der Sauerstoff. Im wirklichen Leben hingegen scheint die Finanzkrise alles andere an Bedeutung zu übertreffen, sogar die Werke Homers, den Klang des Fados, den Geschmack von Guinness. Die Finanzkrise bedroht besonders Griechenland, Portugal und Irland – Letzteres ist bekanntlich das zweithervorragendste unter den Ländern, nach Schleswig-Holstein. Reiche Staaten wie Deutschland zeigen mit dem Finger auf die ärmeren Länder, die nicht schuldenlos, aber doch schuldlos schuldig geworden sind.

Wer nun in herzloser Erregung einwendet, Griechenland, Portugal und Irland hätten über ihre Verhältnisse gelebt und seien selbst an allem schuld, der würde vermutlich im Iren Jonathan Swift nicht den Satiriker, sondern einen Krisenmanager erkennen. Swift überlegte, wie Kinder armer Leute dem Land nicht zur Last fallen könnten, und bemerkte, dass ein „gesundes, gut genährtes Kind im Alter von einem Jahr eine äußerst wohlschmeckende und bekömmliche Speise sei". Nein, er hat's nicht ernst gemeint. Dass hingegen die Finanzkrise jetzt in den schönsten Ländern Ernst macht, ist nur auf den ersten Blick bedrückend. Wer die Werke Homers kennt und den Klang des Fados und den Geschmack von Guinness, der wagt einen zweiten, an de Selby geschulten Blick und sieht: Geld ist eine an Papier gebundene Illusion. *24. November 2010*

Von der Monarchie mag man halten, was man will, aber das Popkonzert zum diamantenen Thronjubiläum der Queen war schon der Hammer. Paul McCartney sang ein Ständchen, der bei royalen Anlässen unvermeidliche Elton John haute in die Tasten, ja auch der altgediente Schmuse-Rock-'n'-Roller Cliff Richard sowie Tom Jones, der ewige Tiger, brachten sich untertänigst in Erinnerung. Wäre man selbst Queen, gäbe es nach dieser Sause keinen Zweifel mehr: Das sechzigjährige Ausharren auf dem Thron hat sich gelohnt. Da kann man auch locker das Gemecker wegstecken, zum Jubiläumssingen seien vor allem Künstler erschienen, die so lange im Geschäft sind, wie Prinz Charles auf seine Krönung wartet. Wer so daherredet, weiß nicht, wie man eine Königin feiert. Dabei soll es nun mal fröhlich zugehen, und am fröhlichsten sind halt doch die Lieder der Alten. Das ist wissenschaftlich erwiesen. Früher, so haben Forscher der Freien Universität Berlin herausgehört, klangen Songs vorwiegend heiter. In der jüngeren Popmusik hingegen tendiert die Stimmung zunehmend in Richtung Moll.

Angesichts dieses Befundes ist klar, warum einen aktuelle Hits immer so traurig stimmen. Man sitzt vorm Radio, und zum Bum-Bum-Beat beschimpft ein übel gelaunter Rapper Gott und die Welt und die Frauen, und danach ist man genauso übel drauf wie der Rapper. Was für ein bekloppter Song, denkt man und legt eine Beach-Boys-Platte auf, um wieder in Sommer-Sonne-Strand-Laune zu geraten. Aber vielleicht ist der Song ja gar nicht so schlecht. Vielleicht ist er nur in Moll, wie so viele aktuelle Kompositionen. In den 1960er Jahren waren 85 Prozent der Titel in den US-Charts in einer Dur-Tonart – heute sind es nur noch 42 Prozent. Und man weiß doch, wie so ein Mollakkord aufs Gemüt schlägt. Man wird melancholisch, depressiv und findet nicht mal mehr Prinz Charles lustig.

Es lässt sich nicht leugnen: Die heitere Dur-Tonleiter steht auf verlorenem Posten. Die Popmusik, sagen die Forscher, bilde heute eine komplexere Gefühlswelt ab als früher, so wie ja auch die Welt komplizierter erscheine. Wie übersichtlich waren dagegen die Sixties: Da gab es den bösen Osten und den guten Westen, und wenn es den Beatles nach einem Liebeslied war, jubelten sie einfach: „She loves you, yeah, yeah, yeah!" Geht heute nicht mehr. Jetzt heißt's: Okay, sie liebt dich, aber was ist dann: Wollt ihr zusammenziehen oder besser nicht? Was wird aus dem Job, wenn mal Kinder kommen? Kriegt ihr einen Krippenplatz oder nur Betreuungsgeld? Wer macht die Steuererklärung und welchen Einfluss hat die Euro-Krise auf die Haushaltskasse? Das alles muss in einem zeitgemäßen Popsong anklingen, und sei es nur in einem monotonen Bum-Bum. Die Beatles, genial wie sie waren, haben die ganze Misere in einem Song vorweggenommen: „Help!" *06. Juni 2012*

Harry Belafontes Stern ging auf mit dem „Banana Boat Song" von 1957, der bald in aller Munde war. Das heißt, die Melodie war in aller Munde, der Text weniger. Damals konnte nicht jeder Englisch, schon gar nicht das der Dockarbeiter, die nachts Bananen verladen: „Come Mr. Tally Man, tally me banana, daylight come and we wanna go home." Google übersetzt das mit: „Kommen Sie, Herr Tally Man, tally mir Banane, Daylight kommen und wir wollen nach Hause gehen" – eine Version, die selbst deutschen Schauerleuten spanisch vorkäme. Kurz nach Belafonte brachte das Wiener Kabarett den Song heraus, eine Coverversion sozusagen. Nun lautete die fragliche Stelle so: „Kumm, Mista Jedamann, gehma bissl sterbn. Briaderl, kumm, deine Stunden san um." Da war der ganz große Bogen geschlagen, und man weiß bis heute nicht genau, ob diese Parodie die Apotheose des „Jedermann" war oder im Gegenteil der Todesstoß, den das altdeutsch dahinrumpelnde Drama in den Augen seiner Kritiker mehr als verdient hat.

Vor 100 Jahren hatte das „Spiel vom Sterben des reichen Mannes" Premiere. Wer jetzt „ ... und zwar in Salzburg" hinzufügt, liegt gewaltig daneben. Er ist, wie Hugo von Hofmannsthal das vielleicht formulieren würde, allweg in der Irr, weil die Uraufführung im Berliner Circus Schumann stattfand, vormals Circus Renz, einem Etablissement mit 5600 Plätzen, neben dem der Salzburger Domplatz mit seinen 2544 Sitzplätzen ziemlich alt aussieht. Besser hätte der Ort indessen nicht gewählt werden können, da die Abrechnung des Himmels mit dem Jedermann bis heute als gewaltige, unverwüstliche Zirkusnummer dasteht. „Will Quadflieg, oder will er nicht?“, kalauerte Friedrich Torberg 1952, und in ähnlicher Weise, wenn auch ohne Wortspiele, ächzt die Welt Jahr für Jahr unter der Last, sich an neue Jedermänner und Buhlschaften gewöhnen zu müssen. Besonders die Buhlschaften: Was war das für eine Aufregung, als man merkte, dass Sophie von Kessels Busen unter der Salzburger Buhlschaftsbusennorm zu bleiben drohte, ein Unglück, das bei Veronica Ferres nicht zu gewärtigen war. Dess' hatten, um Jedermann persönlich zu zitieren, die Leute „wohl zehnfach Gram und Weh“.

Jenseits dieser Wichtigkeiten hat der „Jedermann“ allerlei fürs praktische Leben zu bieten, so den Schuldknecht, der sich finanziell übernommen hat und in den Turm muss. Um dem Geplärr zu entgehen, sorgt Jedermann für dessen Weib und Kinder, verhehlt aber nicht, was auf dem Kreditmarkt auch jetzt noch Sache ist: „Ein Häusel baun mit fremdem Geld, wer also haust, um den ists so bestellt.“ Bei den Salzburger Festspielen werden solche Ratschläge gering geacht, weswegen Besucher, die ihr Häusel auf Kredit bauen, ein Jahr später oft schon keine Karten mehr kaufen können. Und das ist schlimmer als der Schuldturm. *01. Dezember 2011*

Holger Gertz, 1968 geboren, ist als Seite-3-Reporter wie auch als Streiflichtautor vom Kleinen grundsätzlich mehr fasziniert als vom Überlebensgroßen. Fachmann für Legomänner, Zwergelefanten und Berti Vogts. Findet so ein Streiflicht von 72 Zeilen eher überdimensioniert; hätte es gern etwas kürzer. Von ihm sind die Streiflichter auf den Seiten 26, 50, 60, 66, 136, 246.

Wolfgang Görl, Jahrgang 1954, überlegt vor jedem Streiflicht, wie Adorno das Thema angegangen wäre. Stellt sich heraus, dass Adorno die Finger von der Sache gelassen hätte, beginnt Görl mit dem Schreiben. In allen anderen Fällen meldet er sich krank. Von ihm sind die Streiflichter auf den Seiten 32, 68, 94, 110, 116, 126, 134, 140, 172, 182, 264.

Boris Herrmann, Jahrgang 1978, hat sich während seiner Adoleszenz im Kurstädtchen Baden-Baden nicht das Geringste zu Schulden kommen lassen. Mal abgesehen von einem Auftritt in der katholischen Dreieichen-Kapelle mit der sozialkritischen Schulband „The Disabled Killerants", deren Texte der liebe Gott an der einen oder anderen Stelle gewiss anders formuliert hätte. Und natürlich abgesehen von jenem hinlänglich vermurksten Deutschaufsatz, den seine sonst so sanftmütige Klassenlehrerin Frau Locher mit dem Kommentar versah: „So etwas kann man vielleicht im Streiflicht schreiben, aber nicht am Gymnasium!" Gemessen an diesem strengen Urteil, war er mit seiner 4 minus noch gut bedient. Gleichwohl hat er sich, der Anregung Lochers folgend, inzwischen darauf verlegt, seine Aufsätze dem

Streiflicht anzudrehen. Von ihm sind die Streiflichter auf den Seiten 40, 42, 88, 90.

Julia Amalia Heyer, Jahrgang 1980, hätte liebend gern weiter gender-maingestreamt im harten Ressort Streiflicht. Weil die Frauenquote woanders aber dringlicher nach Erfüllung verlangte, schreibt sie jetzt von weit weg Politikzeugs. Von ihr sind die Streiflichter auf den Seiten 76, 178, 212.

Harald Hordych, Jahrgang 1961, kennt sich gut in den Lokalredaktionen Düsseldorf, Neuss, Ratingen, Burscheid, Remscheid-Lennep, Meerbusch, Hilden und Mettmann aus. Er erinnert sich gern an diese Zeit, wenn er in sein Hochhaus-Büro in München-Zamdorf fährt. Von ihm sind die Streiflichter auf den Seiten 20, 64, 144, 222, 236.

Joachim Käppner, Jahrgang 1961, besitzt als wertvollsten Schatz eine nicht geringe Zahl antiquarischer Nilpferd-Figuren. Auch hat er persönlich auf dem Münchner Marienplatz das Hippo Hannibal hinter den Ohren gekrault und ihm viel Glück für den Auftritt im Zirkus gewünscht. Um solche und andere Leidenschaften als rein dienstlich erscheinen zu lassen, ist er seit zwölf Jahren Autor des Streiflichts, seit 2011 als Stellvertreter von → Klute, Hilmar. Von ihm, Käppner, sind die Streiflichter auf den Seiten 34, 84, 86, 98, 100, 146, 152, 170, 210, 218, 228.

Kurt Kister, Jahrgang 1957, ist kurz nach Kriegsende in die Redaktion der SZ eingetreten. Er weiß nur nicht mehr nach welchem Krieg das war. Streiflichter schreibt er, weil er lieber Archäologe als Journalist geworden wäre. Früher war er Korrespondent in Bonn, Washington und Berlin, heute ist er der oberste Hausmeister der Redaktion. Privat sammelt er alte Bücher, hört obskuren ECM-Jazz und würde gerne in Bisbee, Arizona, frühpensioniert werden. Von ihm sind die Streiflichter auf den Seiten 52, 154, 156.

Hilmar Klute, Jahrgang 1967, leitet seit erst drei Jahren die Streiflicht-Redaktion, hat aber das Gefühl, er habe im Leben nie etwas anderes gemacht. Von ihm stammen die Streiflichter auf den Seiten 10, 28, 46, 56, 80, 82, 108, 114, 120, 124, 128, 138, 142, 158, 162, 208, 248, 250, 252.

Judith Liere, Jahrgang 1979, hat große Freude daran im Streiflicht Wörter unterzubringen, die es sonst nie auf die Titelseite der *Süddeutschen Zeitung* geschafft hätten. Vorschläge nimmt sie gern entgegen, die Gewinner werden postalisch benachrichtigt. Von ihr sind die Streiflichter auf den Seiten 44, 190, 204, 214.

Alexander Menden, Jahrgang 1972, genoss vor Abfassung seines ersten Streiflichts regionalen Ruhm als Mundart-Schweinerocker. Unter dem Künstlernamen Rünxo bediente er die Rhythmusgitarre der Bonner Band „Aso Pauer“. Nach zahllosen Auftritten u. a. in Rheinbach, Troisdorf und Meckenheim beschloss die Gruppe, sich auf dem Zenith ihres Erfolges zu trennen. Erst als er begann Streiflichter zu schreiben, erkannte Rünxo, dass der Journalismus Erlebnisse bereithält, die sogar ein fast ausverkauftes Konzert in der Gesamtschulaula Wachtberg-Berkum in den Schatten stellen. Von ihm sind die Streiflichter auf den Seiten 48, 102.

Cornelius Pollmer, geboren 1984 in Dresden und damit zu spät, um an den Weltjugendspielen in der Disziplin Streiflicht teilzunehmen. Versucht deswegen nun, am Streiflicht in den Disziplinen Welt, Jugend und Spiele teilzunehmen. Von ihm stammen die Streiflichter auf den Seiten 22, 54, 192, 194, 226.

Alex Rühle, Jahrgang 1969, wusste von frühester Kindheit an nicht, was er machen wollte, wenn er mal groß ist. Stattdessen interessierte er sich für abseitige, unwesentliche Dinge und hatte sich schon damit abgefunden, graduell zu verzauseln, als er eines Tages → Hermann Unterstöger über den Weg lief. Der nahm ihn mit in eine Streiflichtkonferenz, in der lauter Zausel herumsaßen, die sich gutgelaunt über abseitige, unwesentliche Dinge unterhielten. Seither erst weiß er, was Heimat ist. Von ihm sind die die Streiflichter auf den Seiten 30, 198, 200, 220, 224, 232, 254.

Christopher Schmidt, Jahrgang 1964, nimmt seit Jahren regelmäßig an den Treffen der Anonymen Ironiker im Streiflichtbüro teil. Das gab ihm den Mut, sich zu outen, auf den Seiten 58, 70, 92, 112, 150, 160, 166, 180, 188, 202, 216, 242, 258.

Hermann Unterstöger, Jahrgang 1943, ist der Dienstälteste unter den Streiflichtschreibern und macht sich darauf gefasst, dass man ihn irgendwann so anredet, wie man Immanuel Kant schon zum 50. Geburtstag angeredet haben soll: Reverendissime senex, Verehrungswürdigster Greis. Von ihm – Unterstöger, nicht Kant – sind die Streiflichter auf den Seiten 12, 14, 16, 18, 74, 106, 130, 132, 164, 168, 186, 230, 240, 260, 266.

Willi Winkler, Jahrgang 1957 (so alt wie „Sweet Little Sixteen!"), schreibt sonst gewissenhafte Feuilletons. Von ihm sind die Streiflichter auf den Seiten 24, 174, 184.

Christian Zaschke, Jahrgang 1971, hält Lakonie für überschätzt. Von ihm sind die Streiflichter auf den Seiten 38, 62, 78, 104, 122, 196, 234, 238, 256, 262.